I0635312

ÉDOUARD 1990

COLLECTION MICHEL LÉVY
— 1 franc le volume —
1 franc 25 centimes à l'étranger

MAX VALREY

MARTHE

DE

MONTBRUN

PARIS

MICHEL LÉVY FRÈRES, LIBRAIRES-ÉDITEURS

RUE VIVIENNE, 2 BIS

—

1857

COLLECTION MICHEL LÉVY

MARTHE

DE

MONTBRUN

545

72458

Paris. — Imprimerie WITTERSHEIM, rue Montmorency, 8.

MARTHE

DE

MONTBRUN

PAR

MAX VALREY

PARIS

MICHEL LÉVY FRÈRES, ÉDITEURS
RUE VIVIENNE, 2 BIS

1857

Reproduction et traduction réservées.

72458

MARTHE

DE

MONTBRUN

I

Qui a pu aimer une femme belle et artiste sans maudire dans certains moments son talent et sa beauté? Qui n'a pas vu dans les regards admiratifs attachés sur elle une profanation de sa personne? Qui ne s'est pas irrité des émotions que sa voix faisait naître, comme d'une sorte de prostitution de son âme? Comment se résigner à voir la femme qu'on aime parler au public la langue par excellence de la passion? Et le chant est si bien cette langue, que dans le langage ordinaire lui-même, les mots n'expriment tout au plus que les idées; c'est l'intonation qui est chargée de traduire toutes les nuances du sentiment. Une femme dit : « Je l'adore! » en parlant de son épagneul, et

1

quand elle murmure les mêmes paroles à l'oreille de son
amant, les trois syllabes dont ce verbe est composé ne
changent pas. Quel abîme pourtant entre les deux phrases !

Manuel pensait aussi, avec tous les amoureux, qu'il y a
une atroce et impudente coquetterie, de la part d'une femme,
à répandre sa vie en brûlants accents devant un homme
dont elle se sent aimée, à se montrer à lui le sein palpi-
tant, l'œil humide de tendresse, comme pour lui dire :
« Voyez comme ma voix sait trembler, voyez comme mon
cœur sait battre, voyez comme je comprends l'amour! Mais
malheur à vous si vous oubliez que ce n'est qu'un jeu, car
quand je vous aurai enivré, troublé jusqu'au délire, je re-
deviendrai calme, froide, impassible, et je n'aurai pour
vos souffrances qu'un sourire de dédain. »

Toutes ces impressions, il les avait déjà ressenties en
entendant chanter Marthe, mais jamais avec le degré de
violence qu'elles atteignirent au moment où commence
cette histoire, car la jalousie venait de changer en certitude un vague soupçon qu'il nourrissait depuis longtemps.
Dans le jeune homme qui chantait un duo avec elle, il
voyait un rival.

Quoique sa tête fût inclinée sur sa main, personne dans
le salon n'apercevait aussi distinctement que lui le front
lumineux de Marthe, les ondulations de ses admirables

cheveux noirs et les lignes harmonieuses de son corsage. Quand toute la vie de la jeune fille et du jeune homme passait dans les sons qu'exhalaient leurs deux poitrines soulevées en même temps par un même rhythme, et que ces sons, en s'unissant, semblaient confondre leurs deux âmes, quand leurs regards se cherchaient et se pénétraient, il les eût volontiers poignardés.

« C'est donc vrai, se disait-il, il l'aime ! Comment ai-je pu en douter si longtemps ? Pouvait-il la voir chaque jour et ne pas l'aimer ? Et elle ? Pourquoi pas ?... George n'est-il pas beau, distingué ? Dans quel aveuglement ai-je donc vécu jusqu'ici ! Ces longues soirées que j'employais à approfondir le sens de ses moindres paroles, à inventer une interprétation de ses plus imperceptibles gestes, il les passait, lui, à lui parler une langue divine, une langue qui amenait sans cesse sur ses lèvres le mot d'amour, ce mot que je n'osais prononcer devant elle dans la crainte de rompre le charme qui la retenait près de moi. Mais qu'est-ce qu'un mot ? N'a-t-elle pas mille fois compris ce qui se passait en moi ? Ne l'ai-je pas vue émue, profondément émue en m'écoutant ? Ses regards mentaient donc ? Qui sait pourtant ? Je ne ressemblais pas à tous les hommes qu'elle avait connus jusqu'alors ? J'éveillais sa curiosité, j'étonnais parfois son imagination, j'avais enfin près d'elle le succès d'un orateur ou d'un poëte; cela ne lui ôtait pas le droit de donner son cœur à un autre. Oh! elle ne saura jamais combien je l'ai aimée, combien je l'aime! Jamais!... »

A l'instant où Manuel se répétait à lui-même ce serment, les applaudissements éclataient de toutes parts, et un gros homme, aux allures tant soit peu vulgaires, qui n'en était pas moins maître Servet, l'avocat le plus renommé du département du Finistère, se retournait vers lui dans un état de complet épanouissement en s'écriant: — Voilà des artistes! qu'en dites-vous, don Manuel?

— Mais c'est très-beau, répondit Manuel d'un ton si froid et si distrait, que maître Servet quitta la place qu'il occupait près du jeune étranger pour aller chercher ailleurs des auditeurs plus enthousiastes.

On ne s'étonnera pas de son zèle musical, quand on saura que le jeune homme blond, gracieux et frêle, qui venait de dire un duo de la *Norma* avec une ampleur toute magistrale, était son fils, un fils unique, auquel il avait régulièrement envoyé, sans récrimination aucune, cinq mille francs chaque année à Paris, pendant tout le temps qu'il y avait passé à étudier Mozart et Beethoven au lieu de suivre les cours de droit.

Le Cicéron bas-breton recueillit des félicitations plus

bienveillantes qu'éclairées. Parmi les personnes qui remplissaient le grand salon du château de Cernan, bien peu
étaient capables d'apprécier le chef-d'œuvre du célèbre
compositeur italien et la merveilleuse intelligence musicale de ceux qui l'avaient interprété.

A l'extrémité du salon était assise la maîtresse de la
maison, madame la baronne de Cernan. C'était une femme
de soixante ans environ, veuve d'un ancien ministre de
Charles X. Sa physionomie échappait par sa nullité même
à toute observation. A première vue, il était impossible
d'en rien dire, si ce n'est qu'elle portait noblement ses
dentelles d'Alençon et sa robe de velours noir.

Près de la baronne s'étalait une autre femme, d'une
dizaine d'années plus jeune qu'elle, qui, à en juger par
l'échancrure exagérée de son corsage et les artifices de sa
coiffure, conservait encore quelques prétentions. Amie
d'enfance de madame de Cernan, la marquise de Rosbac
se trouvait depuis huit jours au château, et la soirée se
donnait en son honneur. Il était évident qu'elle avait été
fort belle, et sa figure eût pu sembler encore assez at-
trayante, si je ne sais quel mélange de froideur, d'inflexibilité et de ruse, n'avait percé par intervalles derrière le
sourire doucereux stéréotypé sur ses lèvres ; mais il aurait
fallu un œil bien exercé en ce moment pour apprécier cette

révélation du caractère vrai de la marquise, tant elle mettait d'entraînement et de chaleur à féliciter madame de Cernan sur la beauté, la grâce et les talents de la jeune fille qui se trouvait au piano. Cette jeune fille n'était autre que mademoiselle Marthe de Montbrun, nièce et héritière présomptive de la baronne.

Une blonde pensionnaire de quinze ans, fille de la marquise, jouait avec son éventail à côté des deux amies, et jetait à la dérobée des regards pleins d'une satisfaction naïve sur les nœuds de ruban et les bracelets dont elle se voyait parée pour la première fois de sa vie.

A quelques pas de là, une demi-douzaine de jeunes gens étaient groupés autour de la vicomtesse Julia de Cernan, veuve peu désolée d'un époux septuagénaire. Encore vêtue de crêpes funèbres qui faisaient admirablement ressortir l'éblouissante blancheur de ses bras et de ses épaules, la très-jolie et très-coquette vicomtesse paraissait n'accorder qu'une médiocre attention à la musique, et adressait de temps en temps un sourire ou un mot à ses adorateurs, comme pour les empêcher d'oublier qu'elle était dans le salon la seule femme dont il leur fût permis de s'occuper.

Le reste de l'auditoire pouvait se comprendre dans deux grandes divisions. D'un côté du salon était rassemblée

l'aristocratie féodale du département; de l'autre, l'élite de
la bourgeoisie de B... Le château de Cernan était un terrain neutre où l'on pouvait se rencontrer sans se compro-
mettre ; si la noblesse et la roture ne s'y donnaient pas la
main, elles s'y contemplaient du moins face à face. La baronne aurait peut-être assez volontiers ouvert exclusivement ses portes aux châtelains des manoirs environnants ;
mais le baron de Cernan avait eu, comme bien d'autres,
des velléités de députation, et tout en déplorant la triste
nécessité où le réduisait le malheur du temps, il n'en avait
pas moins prodigué ses visites, ses pâtés truffés et ses
poignées de main aux fonctionnaires et aux petits propriétaires de B... Cette condescendance intéressée avait
créé entre le château et les habitants de la petite ville des
relations que madame de Cernan, devenue veuve, ne s'était
pas donné la peine de briser. D'ailleurs les jeunes hôtes des
castels d'alentour auraient suffi difficilement à défrayer une
soirée dansante, et si les majestueuses épouses des hobereaux bretons se récriaient tout haut contre ce flagrant mépris des convenances et cet encouragement évident donné
aux principes révolutionnaires, leurs maris et leurs filles ac-
ceptaient d'assez bonne grâce une dérogation aux us et
coutumes de la noblesse bas-bretonne, compensée par un
notable renfort de frais visages et de polkeurs intrépides.

En définitive, l'avantage ne restait pas à l'aristocratie.
Si la tournure et la toilette des beautés de B... sentaient
fort la province, il faut bien avouer que les jeunes filles
élevées à l'ombre des tourelles héréditaires étaient pour la
plupart de lourdes villageoises, encore bien moins initiées
que les premières aux raffinements de la civilisation. Les
gentilshommes campagnards en jugeaient bien ainsi, et
on en avait vu plus d'un, à la suite de ces réunions, mettre
son cœur et ses quartiers de noblesse aux pieds de quelque
Circé plébéienne, au grand scandale du département et au
désespoir plus grand encore des mères de famille riches
d'une collection trop variée de filles d'un sang illustre,
mais déplorablement majeures.

Ces énormités creusaient des abîmes d'inimitié entre les
deux camps féminins. Hostiles sur tous les points, ils ne
s'accordaient que dans une jalousie sans borne pour la fortune, la distinction et les ravissants colifichets parisiens de
mademoiselle de Montbrun. Cette jalousie se traduisait par
d'amères critiques de ses goûts et de son caractère, critiques qui s'appuyaient sans scrupule sur de fantastiques
exagérations et de très-gratuites calomnies. On la déclarait
fière, dédaigneuse, pédante, enfin *excentrique*, adjectif
qui résume en province les plus accablantes accusations.
Il était généralement admis qu'elle faisait des armes

comme le chevalier de Saint-George, écrivait un traité
d'astronomie et fumait vingt cigarettes par jour. Quand
de pauvres vieilles femmes, soignées et consolées par elle,
exaltaient sa bonté devant quelque rigide douairière et la
nommaient la providence des paysans, la bonne dame
haussait les épaules et murmurait tout bas le mot de *so-
cialisme*. Les hommes eux-mêmes, d'ordinaire portés à
l'indulgence envers les femmes aussi belles que Marthe,
faisaient volontiers leur partie dans ce concert d'absurdes
commérages. Les lions de B..., — à savoir trois officiers
de cavalerie en garnison dans cette ville, un professeur de
rhétorique, deux premiers clercs de notaire et un poëte
incompris, — se regardaient comme justement offensés de
son indifférence pour leurs madrigaux en prose et en vers,
de sa persistance à ne jamais assister aux bals de la sous-
préfecture, aux concerts d'amateurs et aux parties de campagne, dont la vicomtesse Julia ne dédaignait pas de faire
le plus bel ornement. Les gentilshommes des environs
avaient encore de bien plus sérieux griefs. Bon nombre
d'entre eux, à qui les terres de la baronne auraient été
d'un grand secours pour relever l'éclat d'une maison jadis
florissante, avaient vu leurs prétentions à la main de
Marthe absolument repoussées, après s'être résignés pendant des mois entiers à des dépenses exorbitantes de gants

1*

jaunes, de cravates multicolores et de compliments my-
thologiques.

Quand Manuel vit mademoiselle de Montbrun quitter le
piano, il se leva et suivit d'un regard anxieux tous ses
mouvements. Bientôt il se rassit avec colère : elle s'apprê-
tait à chanter un second duo avec George Servet. Il lui
fallut faire un immense effort sur lui-même pour supporter ce nouveau supplice sans que ses regards révélassent
ses tortures. Il ouvrit une *Revue*, et affecta de lire attentivement ; mais il ne voyait qu'une seule phrase sur toutes
les pages : « Quand donc pourrai-je lui parler ? » Dès que
le chant eut cessé, il releva la tête, et vit mademoiselle de
Montbrun traverser un salon où on jouait au whist et au
boston, entrer dans un boudoir qui touchait à l'appartement de la baronne et en refermer la porte sur elle. Il
éprouva un soulagement énorme : personne ne pouvait
plus ni la voir, ni l'entendre, ni lui parler. Pendant cinq
minutes, il promena autour de lui le regard joyeux d'un
homme qui vient d'être délivré d'un cauchemar ; il s'aperçut alors que George n'était plus dans le salon.

Une pensée horrible, une de ces pensées qui se tradui-
sent immédiatement par une souffrance physique et étrei-
gnent le cœur comme une main de fer, lui vint aussitôt. Il
fit quelques pas, puis s'arrêta. De quel droit pouvait-il

ouvrir la porte que mademoiselle de Montbrun avait fermée? Une idée lumineuse traversa en cet instant son cerveau. Un vaste balcon régnait sur toute la façade du
château ; il pouvait arriver par là jusqu'au boudoir et voir
ce qui s'y passait. C'était de l'espionnage s'il en fut ; mais
la passion arrivée à un certain degré d'exaltation n'est jamais scrupuleuse. Il fut bientôt sur le balcon et arriva
quelques secondes après devant la croisée du boudoir.

A peine y eut-il jeté un regard, qu'il respira librement :
mademoiselle de Montbrun était seule. A travers la mousseline transparente des rideaux, il l'aperçut à moitié couchée sur un sofa. Ce n'était plus l'éblouissante créature
que cent personnes contemplaient tout à l'heure avec admiration ou envie ; son front était pâle, son regard était
voilé ; il y avait un indicible découragement dans sa pose.

« Cette femme aime, se dit Manuel ; est-ce George, est-ce
moi ? Il faut que je le sache. »

Il poussa la croisée, qui céda sans difficulté, entr'ouvrit
les rideaux, et se trouva à trois pas de mademoiselle de
Montbrun.

Au bruit qu'il fit en exécutant ce mouvement, Marthe
écarta sa main de son front, et, sans témoigner ni surprise
ni frayeur, elle attacha sur lui un regard triste et profond.
Manuel se crut aimé. Il allait se jeter à ses pieds quand la

porte s'ouvrit brusquement. La ritournelle d'une valse et la blonde pensionnaire dont nous avons déjà parlé firent en même temps irruption dans le boudoir.

« Je savais bien que je la trouverais, moi, s'écria la jeune fille avec une gaieté enfantine. Mon frère vous cherche partout depuis cinq minutes. Viens donc, Gaston, » continua-t-elle en se retournant vers la porte.

Un jeune homme frisé et ganté à ravir se précipita dans le boudoir, et rappela à mademoiselle de Montbrun qu'elle devait danser avec lui. Marthe prit son bras; subitement transformée, elle passa devant Manuel vive, gracieuse, légère, et lui jeta ces mots en souriant :

« Vous ne dansez donc jamais, monsieur Belmar? »

L'indignation empêcha Manuel de répondre.

En sortant, la blonde pensionnaire, restée en arrière, se retourna pour lui lancer un regard sympathique. Elle se croyait sur la voie d'une histoire d'amour, et se jurait à elle-même de remplir dignement l'emploi de confidente. Manuel la trouva horrible. Rien n'était pourtant plus frais et plus délicieusement mutin que cette jeune fille.

Une fois seul, il se jeta sur le sofa, précisément à la place que mademoiselle de Montbrun venait de quitter, posa sa tête sur le coussin où elle s'était appuyée, et aspira lentement le vague parfum qu'elle y avait laissé; mais bientôt, cédant à un sentiment involontaire, il rentra dans le salon, se mêla à un groupe de causeurs, et regarda Marthe valser avec un mélange de ravissement et de fureur. L'inévitable maître Servet l'attendait encore là.

« Voyez donc le joli couple! » dit l'avocat en désignant de la main Marthe et son danseur.

Le jeune homme avec lequel mademoiselle de Montbrun valsait était la copie exacte de la gravure de modes du mois précédent : coupe des cheveux et de la barbe, forme du gilet; pose apprêtée, rien n'y manquait. Tout cela constituait aux yeux de monsieur Servet le type suprême de l'élégance et du bon goût.

« Comme elle écrase toutes les autres femmes! poursuivit-il en regardant Marthe. Et lui, *quel joli cavalier!* Entre nous, je crois qu'il pourrait bien songer à devenir pour elle quelque chose de plus qu'un valseur. Je ne donne pas beaucoup dans l'amitié de jeunesse qui a amené cette vieille marquise de Rosbac de l'autre bout de la France ici, pour présenter à la baronne son fils et sa fille. Je jurerais qu'il y a là-dessous quelque arrière-pensée matrimoniale; je me défie d'elle malgré tous ses grands airs. Je ne serais pas étonné qu'il y eût quelque brèche à sa fortune. J'y veillerai. Je l'attends au contrat, et quelque fine qu'elle soit, elle ne parviendra pas à me tromper. »

Manuel était à bout de patience, quand la fin de la valse amena la dispersion du groupe dont il faisait partie. Il se sépara de l'avocat sans aucune cérémonie et essaya de se rapprocher de Marthe. Malheureusement pour Manuel, le danseur de Marthe s'appuya sur le dos du fauteuil où elle était assise, et ayant rencontré une pose qui faisait ressortir les grâces de sa personne, il sembla décidé à lui débiter le plus longtemps possible de délicieuses fadeurs, qu'il supposait irrésistibles, à en juger par le sourire de satisfaction répandu sur son visage.

Ne sachant que faire de lui-même, Manuel se mêla aux admirateurs empressés que la vicomtesse Julia savait retenir autour d'elle. Un nouveau supplice l'attendait là.

La vicomtesse n'avait rien épargné pour captiver Manuel ; mais avec le tact que possèdent toutes les femmes coquettes pour apprécier le degré précis d'admiration qu'on accorde à leurs charmes, elle avait depuis longtemps reconnu qu'elle prodiguait inutilement ses plus séduisants sourires et ses toilettes les plus inimitables. Le dépit qu'elle en ressentit augmenta sensiblement, quand elle crut découvrir que Manuel aimait Marthe. Julia détestait Marthe, elle la détestait pour sa beauté, pour ses talents, quoiqu'elle affectât de les dédaigner, et plus encore peut-être pour la position qu'elle occupait au château, comme fille adoptive de la baronne. Devinant ce qui se passait dans l'âme de Manuel, elle voulut se donner le plaisir de la vengeance. Elle l'accabla de plaisanteries moqueuses et d'ironiques compliments sur son dédain des vains amusements du monde et sur son zèle immodéré pour la science. Manuel, dont le cœur était plein de tristesse et d'amertume, eut d'abord moins d'esprit qu'il n'en aurait fallu pour repousser victorieusement d'aussi terribles attaques ; puis, s'irritant de se sentir presque ridicule devant les élégants de B..., qu'il méprisait cordialement, il finit par n'avoir plus d'esprit du tout, et fut très-heureux qu'une mazurka vînt mettre un terme à ce tournoi de paroles.

Marthe dansait cette fois avec George. C'en était trop. Manuel entra dans le salon où l'on jouait, et frappa sur le bras d'un jeune homme qui suivait avec un recueillement parfait les vicissitudes d'un *piccolo*.

« Juan, si nous partions ? » dit-il.

Le regard de Juan quitta un dix de trèfle pour se fixer sur son ami avec une expression de stupéfaction telle que Manuel jugea une explication nécessaire.

« J'ai une migraine affreuse ; cette chaleur me tue.

— Comme tu voudras, » dit Juan en se levant.

Quelques minutes après, les deux amis roulaient sur la roue de B...

« Toutes les femmes se ressemblent, s'écria tout à coup Manuel en jetant un cigare qu'il venait d'allumer avec le plus grand soin; toutes sont froides, artificieuses, coquettes...

— Je croyais que tu aimais mademoiselle de Montbrun, dit Juan du ton le plus calme.

— Moi ! aimer cette femme de marbre, cette sirène sans cœur !

— Et ces traits de bienfaisance et de sensibilité dont tu m'as entretenu si souvent ?

— Bah ! — dit Manuel, enchanté de trouver une opposition qui lui permettait de parler de Marthe et d'épancher sa colère, — vertus d'apparat, sensibilité d'héroïne de roman ! Ces femmes-là pleurent sur des orphelines d'opéra-comique; puis, quand elles ont des enfants, elles les abandonnent à des mercenaires pour aller faire de la philanthropie à travers champs. On accuse les Espagnoles d'être ignorantes, sensuelles, que sais-je? Eh ! parbleu, j'aime mieux cela, on sait au moins à quoi s'en tenir? Mais ces Protées en robe de gaze qui passent d'une théorie sentimentale à une dissertation philosophique, et du lit d'un malade aux enivrements de la valse, qu'en penser? Oui, je leur préfère mille fois une femme qui a franchement dix amants. »

Notez que, si quelque imprudent bavard eût avancé devant Manuel que Marthe avait bien pu éprouver dans sa vie quelques sentiments d'amour pour un autre que lui, il n'aurait pas hésité à lui lancer à travers la figure le fouet avec lequel il frappait impitoyablement un pauvre cheval de louage qui trottait pourtant de son mieux.

Juan, pour toute réponse, lâcha la fumée de son cigare, et s'étendit au fond de la voiture en homme qui sait parfaitement à quoi s'en tenir, et qui trouve peu digne de lui de prodiguer ses paroles dans une discussion inutile.

II

Juan et Manuel étaient depuis deux mois en Bretagne. Tous les deux étaient espagnols, tous les deux venaient d'être proscrits à la suite d'une de ces révolutions, si fréquentes dans la Péninsule, qui, à défaut d'un plus sérieux résultat, ont du moins l'avantage de faire étudier forcément les mœurs des nations voisines à ceux qui se mêlent de travailler dans un sens ou dans un autre au bonheur de leur pays. Unis par des principes politiques communs, ces deux jeunes gens n'avaient du reste aucun rapport ni dans les goûts, ni dans le caractère.

Juan de Villa était un Castillan pur sang, grave, silencieux et indolent. Apprendre les nouvelles politiques à la *Puerta del Sol*, absorber deux ou trois tasses de chocolat, dormir la sieste et fumer quelques cigares au Prado, en admirant les grâces coquettes des beautés madrilègnes, constituait une somme de bien-être et de distraction suffisante pour remplir ses journées depuis le 1er janvier jusqu'au 31 décembre, sans qu'il ressentît jamais la plus légère attaque d'ennui. Les idées modernes avaient cependant trouvé moyen de s'infiltrer sous la monotonie habituelle de cette existence. Juan avait mordu au fruit défendu ; il ne disait plus « Dieu et mon roi ! » mais « mon pays et la liberté ! » et se jetait volontiers dans les insurrections bizarres dont l'Espagne possède la spécialité à peu près exclusive. De plus, il était riche, généreux, dévoué à ses amis ; il avait enfin assez de cœur pour qu'on ne songeât pas trop à s'inquiéter de son esprit. Nous ajouterons, pour nos lectrices, que Juan avait vingt-huit ans, de fort beaux yeux noirs et une tournure très-distinguée.

Don Manuel Belmar était un homme d'une tout autre trempe. Il était beau, non pas de cette beauté purement matérielle qui séduit les douairières et fait rêver les femmes de chambre, mais beau par la mobilité expressive de ses traits, l'énergie passionnée de son regard et la fierté audacieuse qui rayonnait sur son front vaste et brun. Il unissait l'imagination enthousiaste et la vivacité d'impression de l'Andaloux aux tendances méditatives et à l'insatiable ambition intellectuelle des races septentrionales. Depuis deux ou trois ans, il était compté parmi les écrivains politiques les plus distingués de Madrid. Fougueux dans ses opinions et fort intolérant pour ceux qui n'adoraient pas ses idoles, il avait de zélés admirateurs et des détracteurs opiniâtres. Son éducation, commencée par des prêtres fanatiques, s'était achevée à Paris, à une époque où les idées nouvelles faisaient explosion de toutes parts. C'est ce qui expliquait son caractère. A son excessif amour pour toutes les libertés, à son horreur pour toutes les entraves, pour tous les priviléges, on reconnaissait le nouveau converti et l'esclave qui vient de briser ses chaînes. Manuel, tel que nous le dépeignons, se fût trouvé en France d'une vingtaine d'années en retard sur ses contemporains. Nous sommes en fait de politique si désillusionnés sur les messies modernes et sur leurs nouveaux dogmes, si blasés par des changements à vue sans cesse répétés, en fait de religion si accoutumés à voir le siècle et l'église suivre paisiblement deux lignes diamétralement opposées, qu'aux yeux de notre sénile expérience les croyances ardentes et les haines juvéniles de nos voisins sont bien près de ressembler à un anachronisme ou à une naïveté ; mais Manuel était Espagnol, ce qui suffirait à l'excuser. Il avait d'ailleurs assez d'esprit pour se faire pardonner, même par un Français, de croire encore à quelque chose.

Les ombres ne manquaient pourtant pas au portrait que nous venons d'esquisser. Il y avait plus d'audace d'imagination que de force réelle dans ce que Manuel appelait l'indomptable énergie de son caractère, assez d'égoïsme dans le peu de compte qu'il tenait des obstacles que pouvait lui opposer la volonté d'autrui, un mélange très-notable de puérile vanité dans les hautes aspirations de son orgueil, enfin, un germe d'ambition personnelle en bonne voie de développement, sous la générosité de ses doctrines et le noble désintéressement de ses paroles. Manuel, il est vrai, n'avait pas assez vécu pour que les côtés faibles de sa nature eussent pu encore se produire au grand jour, et il aurait repoussé de très-bonne foi, comme des accusations mensongères, ce que nous donnons ici pour des vérités constatées.

Les deux proscrits étaient venus en Bretagne sans trop savoir pourquoi. Ils s'arrêtèrent à B... parce que la situation très-pittoresque de cette petite ville leur plut, et y

restèrent, l'un parce que la pêche lui parut un divertisse-
ment fort agréable, l'autre parce qu'il devint amoureux de
mademoiselle de Montbrun.

Nous n'entreprendrons pas de décider lequel des deux
fut le plus sage ou le plus heureux dans son inclination. Ce
serait recommencer une fois de plus l'éternelle et inutile
querelle entre les caractères calmes et les caractères passionnés, entre la végétation et la vie. Le fait est que Juan
et Manuel jouissaient depuis deux mois de presque toute
la somme de félicité qu'ils étaient capables de connaître,
bien que leurs deux existences différassent profondément.
Juan passait toutes ses journées en mer, très-joyeux quand
le vent était bon et que les poissons daignaient mordre à
sa ligne, prenant philosophiquement son parti quand un
grain le mouillait jusqu'aux os, ou que les habitants de
l'Océan se montraient d'une défiance obstinée à l'endroit
de l'hameçon. De retour à B..., il dévorait le produit de sa
pêche avec cet appétit féroce que les marins et les chas-
seurs connaissent seuls, et ne manquait pas de trouver à
ses saumons et à ses rougets une saveur toute particulière.
Puis il fumait deux ou trois cigares et s'endormait avec la
tranquillité d'une bonne conscience et l'espoir d'une brise
favorable pour le lendemain.

Le temps que Juan consacrait à ces divertissements aqua-

tiques, Manuel le passait en grande partie au château de
Cernan, où George Servet l'avait présenté dès les premiers
jours de son arrivée en Bretagne. Il n'avait pas tardé à
gagner les bonnes grâces du vieil abbé qui remplissait les
fonctions d'aumônier chez la baronne. Sous prétexte d'en-
tomologie et de botanique, il était admis dans la bibliothèque, où se trouvait presque toujours mademoiselle de
Montbrun, et s'associait aux longues promenades, moitié
charitables, moitié scientifiques, que le savant ecclésiastique et son élève faisaient dans les environs du château.
N'osant pas retourner deux fois dans la même journée chez
madame de Cernan, et préférant, bien entendu, les conversations intimes du matin aux visites officielles du soir, il
employait le reste de ses heures en courses solitaires qui
se prolongeaient parfois bien avant dans la nuit, ou en
causeries avec maître Servet, qui avait à ses yeux le charme
immense d'être l'homme d'affaires et le conseiller intime
de la tante de mademoiselle de Montbrun.

En apparence, la vie de Manuel était aussi monotone,
aussi paisible que celle de Juan, en réalité c'était une perpétuelle alternative de joie folle et de désespoir, un orage
sans fin. Il y avait certains jours où, quand il traversait à
cheval les bois de sapins, les landes et les étroits sentiers
qui séparaient le château de la petite ville, il se fût aisé-

ment persuadé que les arbres n'étendaient leurs rameaux au-dessus de sa, tête que pour l'abriter, que les oiseaux chantaient pour saluer son passage, que les genêts en fleurs répandaient pour lui seul leurs suaves parfums. Ces jours-là, la Bretagne lui semblait un coin privilégié de la création, un véritable paradis terrestre. Ses côtes granitiques éternellement battues par la mer, ses collines revêtues de bruyères roses, ses plaines de blé auxquelles le vent communique les ondulations de la vague, sa ceinture de roches grises que d'innombrables goëlands couronnent d'une frange vivante, ses landes sans bornes où l'œil se perd comme la pensée dans la contemplation de l'infini, composaient, selon lui, le spectacle le plus grandiose, le plus émouvant, le plus profondément poétique qu'il eût jamais admiré. Maître Servet pouvait aussi ces jours-là, sans crainte d'être interrompu, dresser le bilan de toutes les fortunes du département, remonter jusqu'aux racines les plus problématiques des arbres généalogiques de tous les hobereaux de la province et faire l'historique de tous les procès fameux plaidés depuis trente ans dans le ressort. Il n'est pas bien prouvé que Manuel l'écoutât toujours, mais il est certain qu'il l'écoutait souvent sans ennui; car rien de ce qui se passait dans le pays habité par Marthe ne pouvait lui sembler tout à fait dénué d'intérêt. Pourquoi donc tout cela? Marthe l'avait regardé d'une certaine manière, lui avait fait une réponse insignifiante avec une certaine intonation, avait pris en l'écoutant une certaine pose ; en un mot, il se croyait aimé.

Le lendemain de ces jours heureux, il partait pour le château le cœur gonflé de joie, convaincu que le premier regard de Marthe allait confirmer ses espérances, fixer à jamais sa destinée ; mais soit fatalité, soit dessein préconçu, les choses prenaient toujours alors une tournure inusitée. Tantôt il trouvait Marthe écoutant avec une si imperturbable attention les doctes dissertations de l'abbé, qu'il était absolument impossible d'obtenir d'elle une phrase ou un regard ; tantôt elle se montrait d'une gaieté folle, d'une insouciance d'enfant, le plaisantait, taquinait l'abbé, et leur faisait faire des courses immenses à travers champs, à la recherche de quelque introuvable fleurette. Tant qu'il était près d'elle, il ne savait trop lui-même s'il était plus furieux que charmé ; mais, une fois seul, le mécontentement et la colère dominaient tous les autres sentiments. Il accusait Marthe de manquer de cœur, de se jouer de lui, et se jurait à lui-même de ne pas la revoir sans lui parler de son amour en termes si clairs qu'elle ne pourrait plus se croire le droit d'oublier le lendemain ce qu'elle avait fait ou dit la veille. Il allait quelquefois jusqu'à décider qu'il ne reviendrait plus au château. Cette seconde résolution, si toutefois c'en était une, ne résistait jamais au premier rayon du soleil. Quant à la première, il parvenait à l'entretenir dans toute sa force jusqu'à la porte de la bibliothèque ; mais si Marthe l'accueillait avec un affectueux sourire, si elle rapprochait sa chaise de la sienne avec un chaste abandon, si elle se penchait pour lire dans le même livre que lui avec une intimité fraternelle, il se sentait heureux, si heureux qu'il oubliait tout, et restait devant son bonheur comme l'enfant qui retient son souffle devant la bulle de savon qu'il craint de voir s'évanouir dans l'air.

Tant qu'il voyait Marthe, Manuel n'était donc pas tout à fait à plaindre ; mais il avait à subir de plus rudes épreuves. Il arrivait parfois, — et cela précisément alors qu'il se croyait le plus près d'atteindre à la félicité, — que Marthe passait un jour, deux jours, trois jours même sans paraître dans la bibliothèque. Ces jours-là, Manuel était à peine de retour à B..., qu'il reprenait au galop la route de Cernan. Il errait pendant toute la soirée dans les environs du château, et, la nuit venue, gagnait le coin d'un champ, d'où l'on apercevait les fenêtres de la chambre de Marthe.

Arrêtons-nous ici ; nous craindrions que ces continuelles hésitations et ces embuscades dans les chemins creux ne donnassent une très-fausse idée du caractère de Manuel.

2

C'était un garçon d'imagination, partant un peu romanesque, mais nullement timide, beaucoup plus passionné que
sentimental, comme tous les méridionaux. Il s'étonnait lui-
même de tout ce qu'il sentait et faisait depuis deux mois,
car si quelques succès de salon obtenus d'après des règles
stratégiques savamment appliquées ne l'avaient pas rendu
fat, ils lui avaient du moins inspiré une idée exagérée de
sa force contre les entraînements du cœur. Enfin il aimait,
il aimait pour la première fois, et l'amour fait et fera toujours faire bien des niaiseries et bien des extravagances
aux hommes de tous les caractères et de tous les pays.

Nous avons laissé Manuel au coin d'un champ. Il y passait souvent de longues heures, attendant que l'appartement
de Marthe s'éclairât. Dans cette fiévreuse attente, sa tête
s'exaltait jusqu'à la folie; il se livrait à des suppositions
aussi ridicules qu'absurdes, et formait mille projets absolument inexécutables. L'ombre de Marthe, plutôt supposée
qu'aperçue derrière les rideaux, suffisait pour changer sa
disposition d'esprit. Nous n'entreprendrons pas d'expliquer comment un fait aussi simple et aussi prévu que la
présence de mademoiselle de Montbrun dans sa chambre
pouvait avoir tant d'importance aux yeux de Manuel :
certes il ne se l'expliquait pas à lui-même; mais dès qu'il
l'avait entrevue, il découvrait mille causes fort naturelles

à ce qui lui avait semblé jusque-là phénoménal, inouï, et
retournait à B... presque joyeux.

Son espionnage nocturne n'avait malheureusement pas
toujours un résultat aussi satisfaisant: Parfois les mains
soigneuses d'une femme de chambre fermaient si hermé-
tiquement les persiennes et les volets, que le plus mince
filet de lumière ne trouvait pas moyen d'arriver jusqu'à lui.
Il regagnait alors dans un état de fureur sans nom l'appartement qu'il partageait avec Juan, et, s'irritant de voir
ce dernier dormir d'un profond sommeil tandis qu'il était
torturé par l'insomnie, il l'éveillait impitoyablement pour
lui faire subir le supplice prolongé d'une très-maussade
conversation. Après la soirée que nous venons de raconter,
le repos du pauvre Juan aurait donc couru des dangers
sérieux, si Manuel, recherchant l'espace et la fraîcheur
comme tous les êtres brûlés par la fièvre, n'avait pas quitté
sa chambre quelques minutes après y être entré pour descendre dans le jardin.

C'était une de ces nuits d'été où la nature, transfigurée
par le clair de lune, présente des aspects tellement magiques, qu'on trouverait tout naturel de voir des sylphes
se promener sur la pointe des herbes et danser de folles
rondes sur les pétales des marguerites. Pas une feuille ne
tremblait, tant l'air était calme. Deux rossignols cachés

dans les jasmins se livraient une de ces luttes acharnées qu'on a vu plus d'une fois se terminer par la mort du vainqueur, et le bruit lointain d'une chute d'eau formait une basse continue à leurs cadences sans fin : mais ce n'était ni pour le clair de lune, ni pour le rossignol, ni pour la cascade, que Manuel avait quitté sa chambre; aussi n'y faisait-il aucune attention. Il marchait à grands pas entre deux plates-bandes d'œillets, repassant dans sa mémoire tous les crimes commis par Marthe depuis le jour où il l'avait vue pour la première fois, et faisant des frais extraordinaires d'imagination pour découvrir des abîmes de machiavélisme et de perversité dans la conduite qu'elle avait tenue pendant la dernière soirée. Il lui écrivait en pensée des billets d'un laconisme terrifiant, dont les moindres paroles, profondément méditées, devaient écraser et confondre la coupable.

Après deux heures de cet exercice, il remonta dans sa chambre un peu soulagé par ces débauches de vengeance mentale, et écrivit tout simplement la lettre suivante :

« Marthe, je vous aime, vous le savez depuis longtemps. Je vous aime, et pourtant je ne sais que penser de vous. Vous étiez à mes yeux, non pas une créature plus belle et plus parfaite que toutes les autres, mais une révélation de

Dieu, et je me demande aujourd'hui si vous n'êtes pas la plus vulgaire des femmes.

» Pardonnez-moi de vous parler ainsi, pardonnez-moi, j'ai trop souffert ce soir, j'ai trop souffert depuis deux mois que je vous aime. Depuis deux mois!... ne vous ai-je pas aimée toujours? N'est-ce pas vous qui avez enchanté mes premiers rêves? N'est-ce pas vous qui m'avez rendu dur et cruel envers les femmes que j'ai essayé d'aimer? J'étais avide d'amour, j'en rencontrais à peine le fantôme, et je brisais mes idoles. J'avais fini par croire que j'épuisais mes forces à la poursuite d'une chimère. Je m'en prenais à Dieu, je l'accusais de m'avoir fait entrevoir un type irréalisable ici-bas.

» Enfin je vous ai connue, et j'ai cru le bonheur possible sur la terre. Me serais-je encore trompé? Oh! je le sens, je ne pourrais supporter une déception. Sachez-le bien, si je perdais ma foi en vous, tout serait fini pour moi.

» Mais pourquoi vous parler ainsi? Peut-être suis-je seul coupable, peut-être me jugez-vous indigne de votre amour. Pourtant, j'en suis certain, si vous m'aviez aimé, j'aurais été bon, j'aurais été grand. Si par vanité, pour m'élever au-dessus de la foule, pour des applaudissements qu'au fond je méprisais, j'ai su m'imposer de rudes labeurs, que ne ferais-je pas si j'avais l'espoir de vous

2*

entendre dire un jour : « Je suis heureuse, je suis fière de
vous ! »

» Que vous importe? Cependant dois-je vous le dire?
Oui, je veux tout vous dire aujourd'hui. Hier, quand votre
regard s'est arrêté sur le mien, j'ai osé croire un instant
que vous m'aimiez. Ne vous irritez pas, l'illusion a été
courte, et vous avez pris soin d'en effacer jusqu'à la moindre trace. Je le sais, Marthe, une femme ne parle pas à
l'homme qu'elle aime avec ces yeux souriants et cette in-
flexion de voix moqueuse.

» Mais où donc espérez-vous trouver le bonheur, si vous
dédaignez l'amour? Croyez-vous que l'étude et la contemplation de la nature puissent satisfaire tous les besoins du
cœur de l'homme? N'auriez-vous pas encore compris que
les livres mentent, que la nature est muette, que ce n'est
qu'à travers l'amour, à travers l'amour seul, que nous pou-
vons entrevoir Dieu?... Peut-être savez-vous cela aussi
bien que moi, peut-être un autre.... Oh! je vous en prie,
dites-moi la vérité. Je sais que certaines femmes brisent un
cœur sans scrupule et croiraient commettre un crime si
elles manquaient à la plus niaise des prescriptions du
monde; mais vous, si grande en tout, vous ne pouvez pas
agir comme ces tristes esclaves des convenances. Dites-moi
la vérité, je vous la demande à genoux! »

III

Qu'on ne s'étonne pas si Manuel, sceptique comme nous avons laissé entrevoir qu'il l'était, parlait de Dieu à tout propos dans sa lettre : c'est une des plus inévitables conséquences de l'amour. Nous connaissons une femme qui arrêtait ses adorateurs au milieu de leurs plus brûlantes tirades et leur disait en riant : « Non, vous ne m'aimez pas, car vous ne m'avez jamais parlé de Dieu ! » — Cette femme-là, qu'elle en eût conscience ou non, avait parfaitement raison. Toute émotion qui remue l'homme jusqu'au fond des entrailles excite en lui la soif de l'absolu. Le sentiment borné, purement individuel, qui n'aboutit qu'à fondre deux âmes dans la volupté, n'est pas de l'amour. Pour que le cœur de l'homme soit comblé, il lui faut quelque chose de plus que ce que la terre seule peut donner. Tous le sentent instinctivement, et voilà pourquoi croyants et incrédules, quand ils sont profondément ébranlés, ont sans cesse sur les lèvres et sous la plume le nom dans lequel se personnifie l'infini, quelle que soit du reste la définition dogmatique ou philosophique qu'ils se donnent à eux-mêmes du mot Dieu.

Après avoir cacheté son épître avec les soins minutieux (nous dirions puérils, si rien de ce qu'inspire un grand sentiment pouvait l'être) que tout homme se souviendra d'avoir pris pour la première lettre d'amour écrite à la première femme sérieusement aimée, Manuel se demanda comment il la ferait parvenir à Marthe.

Quelques minutes à peine après s'être posé cette question, il montait à cheval, et au bout d'une heure il s'arrêtait devant une chaumière isolée sur une vaste grève. Quoiqu'il ne fût que cinq heures du matin, une femme était assise sur le seuil de cette pauvre demeure et raccommodait des filets, tandis que deux enfants à demi nus et beaux malgré leur aspect un peu sauvage, se roulaient dans le sable à ses pieds. Manuel fut reçu comme une vieille connaissance par la mère et par les enfants.

« Comment va le père Joseph, Catherine? dit-il.

—Assez bien, mon bon monsieur, si ce n'est que depuis sa dernière attaque il n'entend guère plus qu'il ne voit. »

Le père Joseph sembla vouloir prouver qu'il n'était pas aussi sourd qu'on le disait, car une voix cria de l'intérieur de la cabane :

« Avec qui causez-vous si matin, Catherine?

— Avec l'ami de monsieur l'abbé et de mademoiselle Marthe, répondit la paysanne.

— Que Dieu leur rende tout le bien qu'ils nous ont fait !»
dit le vieillard.

Joseph était un vieux marin pour lequel la terre n'avait
été dès son enfance qu'un accessoire très-insignifiant de
l'Océan. Quand la vieillesse vint l'obliger à quitter son na-
vire, il se rappela qu'une femme qu'il avait trouvé le temps
d'épouser entre deux campagnes lui avait laissé une fille,
et s'établit dans la cabane qu'elle habitait avec son mari,
intrépide pêcheur dont le bateau était la seule fortune. La
pauvre famille vécut pendant deux ou trois ans sans trop
de misère, et le père Joseph commençait à trouver assez
doux de dormir dans un lit, quand une nuit de tempête
engloutit le pêcheur et sa chaloupe.

A son retour en Bretagne, le printemps suivant, Marthe
trouva Catherine pâle et décharnée; ses enfants se mou-
raient de faim et de maladie, et le vieillard grelottait sous
des haillons dans une chaumière en ruines. Elle usa de son
influence sur sa tante en faveur de ces malheureux. Madame de Cernan fit au père Joseph une pension viagère, et
la jeune femme eut un nouveau bateau avec lequel elle put
gagner son pain et celui de ses enfants en transportant de
la terre ferme aux îles voisines les habitants de la côte et
les étrangers.

Dans les classes cultivées de la société, les dettes de

cœur s'acquittent généralement en phrases sonores ; ces pauvres gens ne savaient pas en faire, mais leur dévouement pour Marthe était sans bornes, absolu. Si elle avait ordonné à Catherine de se jeter dans un gouffre comme Curtius, ou d'étendre sa main sur des charbons ardents comme Mucius Scœvola, Catherine n'aurait cru faire que son devoir en lui obéissant. Manuel le savait ; aussi n'hésita-t-il pas à confier son message à cette bonne paysanne.

Catherine n'avait aucune idée de nos préjugés arbitraires, qui font aux jeunes filles bien élevées un crime presque irrémissible de la réception de toute lettre non écrite par un parent au troisième degré au plus. Elle avait souvent vu Manuel causer avec Marthe, et ne songea nullement à s'étonner qu'il lui écrivît, puisqu'il savait écrire. L'expresse recommandation de ne remettre la lettre à mademoiselle de Montbrun qu'en l'absence de tout témoin n'éveilla même pas l'ombre d'un scrupule dans sa conscience villageoise.

Manuel distribua quelques petites pièces de monnaie aux enfants de Catherine, et la quitta après lui avoir plusieurs fois recommandé de lui apporter avec toute la célérité possible la réponse qu'il espérait.

N'avez-vous pas éprouvé quelquefois l'envie de briser la boîte aux lettres pour en retirer la missive que vous trouviez d'une éloquence sublime tant qu'elle touchait le bout de vos doigts, et qui vous semblait subitement vulgaire ou ridicule, dès qu'en disparaissant dans l'étroite ouverture, elle était devenue la propriété de l'administration des postes? Manuel ressentit quelque chose d'analogue quand il eut fait une demi-lieue sur la route de B...; mais ce qui ne fut d'abord qu'une velléité prit des proportions démesurées à l'heure où il supposa que sa lettre pouvait être entre les mains de mademoiselle de Montbrun. En conséquence, il reprit au galop le chemin de la chaumière de Catherine, espérant arriver à temps pour empêcher sa lettre de tomber sous les yeux de Marthe, mais n'espérant peut-être pas moins qu'elle y aurait déjà répondu, sans s'inquiéter de mettre d'accord ces deux idées contradictoires.

Il trouva la paysanne, ses deux enfants et son vieux père assis en dehors de la cabane autour d'un énorme bassin de cuivre. Tous les quatre plongeaient successivement une grossière cuiller de bois dans une pâte noirâtre, mélange peu appétissant de blé noir et de millet cuits dans l'eau. Cette scène domestique, éclairée par les rayons dorés d'un beau soleil couchant et encadrée par la mer, ne manquait pas d'une certaine poésie rustique et patriarcale; elle n'inspira pourtant à Manuel qu'une violente indignation.

« Quelle brute est-ce donc que cette femme pour se repaître ainsi tranquillement quand elle a dans sa poche ma

lettre ou celle de Marthe ? » se dit-il en descendant de cheval. Et s'approchant de Catherine, il l'interrogea brusquement. Sa réponse lui prouva que l'appétit de cette pauvre
femme était moins coupable qu'il ne l'avait supposé d'a-
bord. Elle lui raconta, avec la prolixité habituelle aux
gens du peuple, son entrevue avec mademoiselle de Montbrun. Ce n'était que vers quatre heures du soir qu'elle
avait pu la rencontrer seule dans la grande allée de châ-
taigniers. Elle lui avait remis le message dont elle était
chargée, en lui disant que c'était de la part de monsieur
Belmar. Mademoiselle de Montbrun avait mis la lettre
dans sa poche sans répondre un seul mot, puis elle était
rentrée dans le jardin en la congédiant.

Manuel se fit répéter cinq ou six fois ces détails, et partit
convaincu qu'il aurait une lettre de Marthe le lendemain. Le
lendemain à midi, il n'avait rien reçu, et il se rendit chez Catherine, espérant y apprendre quelque chose. La paysanne
était en mer avec ses deux enfants. Manuel revint le soir,
il revint le lendemain matin, puis le soir encore. Catherine
n'avait pas entendu parler de Marthe, et, ne comprenant
rien à l'agitation de Manuel et à ses questions incohé-
rentes, elle commençait à le regarder avec de grands yeux
étonnés qui disaient assez clairement : « Est-ce que ce
pauvre monsieur devient fou ? »

Nos orages de tête et de cœur seront toujours des folies
pour les êtres simples qui vivent dans une continuelle
communication avec la nature. On croit rendre raison de
ce phénomène moral en disant que les sentiments et les
idées ne peuvent guère se développer chez des créatures
condamnées à épuiser leurs forces dans des travaux matériels pour gagner leur vie de chaque jour, ou bien encore
en admettant que nos passions excessives sont un produit
maladif de notre éducation, que les sciences, les arts, les
lettres dépravent l'homme, comme l'a dit un philosophe
célèbre. La preuve que cette explication est insuffisante,
c'est que les ouvriers des villes, placés dans les mêmes
conditions de travail et d'ignorance que les campagnards,
sont bien loin de la résignation et de la quiétude de ces
derniers. Il faut donc chercher une autre cause à la placi-
dité d'âme des paysans. Dans les autres classes de la société, les hommes luttent contre des hommes, et le succès
dépend d'une supériorité de volonté, de talent ou de savoir faire. La partie pouvant toujours se gagner, l'homme
s'enfièvre et s'acharne au combat; mais que faire contre la
gelée qui dessèche en une nuit les fleurs roses du pom-
mier? contre la grêle qui hache les épis presque mûrs?
contre la rivière qui déborde et ravage le potager? contre
le vent qui brise et couche à terre le brin de trèfle et les

3

grands arbres? Écrasé par l'inexorable puissance de la
nature, l'homme des champs perd jusqu'à la notion de la
résistance. Devant le fléau qui ruine ses espérances, il ne
peut que croiser les bras et courber la tête. Inévitablement
il devient fataliste en tout ce qui concerne ses intérêts, et
porte dans les autres actes de sa vie ses habitudes de soumission à la destinée?

Manuel paya cher, au mois de juillet 1840, l'honneur
d'être un représentant distingué des classes civilisées de la
société. Pendant quatre fois vingt-quatre heures, il vécut
dans un inexprimable état d'angoisse et de fureur. Dans la
nuit du quatrième au cinquième jour, il écrivit à Marthe
une seconde lettre mille fois plus passionnée que la première; à cinq heures du matin, il était devant la chaumière
de Catherine. Il causait depuis quelques instants avec la
paysanne, quand il distingua dans le lointain une forme
blanche et légère qui s'avançait rapidement sur le sable
dans la direction de la cabane. Quelques secondes après, il
reconnut mademoiselle de Montbrun. Elle arriva près d'eux
pâle, émue, tremblante.

« Viens vite, Catherine; venez vite, monsieur; votre
ami se meurt.

— Quel ami? dit Manuel.

— George, George, » répéta-t-elle.

Puis, sans se reposer, sans répondre à aucune question, elle reprit précipitamment le chemin du château.

Elle ne s'arrêta que dans un petit bois de hêtres où Manuel aperçut George gisant évanoui à quelques pas des murs du jardin; sa tête avait porté contre une grosse pierre, et le sang ruisselait avec abondance de sa blessure. Le chapeau de Manuel servit à puiser de l'eau dans une fontaine voisine, Marthe lava la plaie et la banda avec son mouchoir. George entr'ouvrit un instant les yeux, puis les referma aussitôt sans prononcer une seule parole.

« Je vais aller chercher du secours, dit Manuel, que l'étonnement avait rendu muet jusque-là, et qui venait de reconnaître que George avait une jambe cassée.

— Non, dit Marthe, d'un ton absolu, il faut auparavant le transporter au fond du ravin, près du rocher qu'on nomme le *Saut du Cerf*. Aidé de Catherine, cela vous sera facile. Catherine, continua-t-elle, jette de la terre et des feuilles sur ces traces de sang. »

Catherine obéit; puis elle unit ses forces à celles de Manuel, et en prenant des précautions infinies pour éviter à George des secousses douloureuses, ils descendirent, chargés de leur fardeau, une pente rapide qui conduisait à l'endroit indiqué par Marthe.

« Maintenant, monsieur, dit mademoiselle de Montbrun,

dès que George fut déposé à terre, je vous confie monsieur
Servet. Dites à son père et à tout le monde qu'en s'efforçant d'atteindre des plantes pariétaires que l'abbé désirait
pour son herbier, son pied a glissé sur la mousse humide
du rocher, et qu'il a roulé jusqu'au fond du ravin. Cet accident n'est pas sans exemple dans le pays. Ayez soin de
répéter cette fable devant lui, dès qu'il aura repris connaissance. Tu entends, Catherine. »

Aussitôt elle disparut derrière les massifs de houx qui
bordaient le sentier et laissa Manuel stupéfait.

Des bûcherons travaillaient dans le voisinage, la paysanne les appela. Ils firent un brancard avec quelques
branches d'arbres et portèrent George dans la chaumière
de Catherine. On l'étendit sur un lit, et un paysan à qui
Manuel prêta son cheval fut chargé d'aller à la ville et
d'en ramener en toute hâte un médecin.

Manuel s'assit près de George. De poignantes réflexions
commencèrent à se faire jour au milieu de l'horrible confusion qui régnait dans son esprit. Il croyait faire un mauvais rêve et luttait de toutes ses forces contre les convictions
que lui apportait l'examen attentif de la réalité. Il imaginait des circonstances impossibles, des complications d'é-
vénements inouïs pour s'expliquer, sans accuser Marthe,
les faits dont il venait d'être témoin ; mais cet échafaudage

de justifications élevé à grand'peine s'écroulait en un instant. Comment douter de l'amour de Marthe pour George? Mais pourquoi donc alors avait-elle reçu sa lettre? Ce qui le confondait plus que tout le reste, c'était l'inaltérable présence d'esprit de Marthe, ce mensonge si lestement inventé, ces adroites précautions pour détourner tout soupçon. Comment une jeune fille avait-elle pu déployer tant de sang-froid, d'habileté, d'audace dans un semblable moment? Pendant les trois heures qu'il passa seul près du blessé, Manuel versa plusieurs fois des larmes de désespoir. Sa tête se perdait, et il serrait convulsivement son front entre ses mains. L'entrée du médecin et de monsieur Servet dans la chaumière vint enfin l'obliger à contenir cette agitation délirante.

Après avoir examiné attentivement la jambe de George, le médecin déclara qu'il ne voyait là qu'une fracture simple très-facile à réduire. Quant à la blessure au front, ce n'était qu'une écorchure sans importance. Pendant qu'il posait un premier appareil, Manuel raconta à monsieur Servet l'accident arrivé à son fils conformément aux instructions de Marthe, et cette explication sembla parfaitement plausible à l'avocat. On coucha George sur les coussins de la voiture qui avait amené son père et le médecin, et tous trois reprirent la route de B...

Manuel, resté seul avec la paysanne, lui demanda la lettre qu'il lui avait remise le matin; puis, déchirant une page de son portefeuille, il écrivit rapidement au crayon les mots suivants :

« Depuis quatre jours vous avez reçu ma lettre, mademoiselle; vous l'avez lue sans doute: comment n'avez-vous pas trouvé le courage de m'avouer que vous aimiez George? En perdant tout espoir de bonheur en ce monde, j'aurais pu du moins conserver des illusions que vous venez d'anéantir à jamais. A qui pourrai-je croire désormais, puisqu'il faut douter de vous? »

Il remit ce billet à Catherine en lui ordonnant de le porter immédiatement à mademoiselle de Montbrun, et passa le reste de la journée à errer dans la campagne.

Les réverbères projetaient déjà leurs modestes lueurs sur les pavés déserts quand il rentra dans B... Il ne trouva pas Juan dans sa chambre et en fut contrarié. Il éprouvait ce besoin de se replonger dans le courant des vulgarités de la vie qui est assez ordinaire après les grands désastres, quand la douleur est mélangée d'irritation. Agir comme tout le monde, c'est une protestation contre la souffrance qui nous a été infligée. Cette disposition d'esprit conduisit Manuel

dans l'un des deux cafés que la petite ville se glorifiait de
posséder. Dès qu'il se montra sur la porte du café de Paris,
la dame du comptoir fit un geste aux nombreux adorateurs
qui l'entouraient pour leur imposer silence. Des regards
significatifs s'échangèrent entre les habitués attablés devant leurs dominos, et des phrases commencées à voix
haute s'achevèrent sur un ton infiniment plus discret.

La vérité est que le cordon bleu d'un château voisin,
allant chercher ses provisions à la ville, avait aperçu, sous
les murs du parc de Cernan, George étendu par terre et
baigné dans son sang, et près de lui mademoiselle de
Montbrun. Elle n'avait pas jugé nécessaire de quitter le bât
rustique sur lequel elle se prélassait entre deux paniers
pour porter secours au blessé ; mais elle avait mis un loua-
ble empressement à raconter ce qu'elle venait de voir à la
première domestique qu'elle avait rencontrée, et celle-ci
s'était hâtée de redire à ses maîtres la tragique histoire.
Au bout d'un quart d'heure, le récit de la cuisinière avait
fait le tour du marché ; au bout d'une heure, le tour de la
ville. Après avoir subi un nombre illimité de variantes et
s'être embelli en route des commentaires les plus drama-
tiques, il avait reçu enfin une forme définitive et consacrée
par l'opinion. On ne s'arrêta pas à des invraisemblances
de détail, et il fut admis que Manuel, dont les visites jour-

nalières à Cernan préoccupaient beaucoup la petite ville,
ayant surpris son rival au moment où il enjambait le mur
du château, l'avait frappé de plusieurs coups de poignard.
A part le vulgaire plaisir du scandale, les membres de la
belle société de B... trouvaient une jouissance toute particulière à s'entretenir d'une anecdote qui perdait de réputation l'objet de leurs jalousies ou de leurs rancunes. Aussi
l'explication parfaitement innocente que donna la mère du
malade aux innombrables curieux qui vinrent s'informer
de l'état de George, ne rencontra-t-elle que des incrédules.
Les affirmations mêmes du médecin persuadèrent à bien
peu de gens qu'un tibia rompu et une égratignure au front
ne sont pas des coups de poignard. Dans les groupes de
fumeurs, comme dans les conciliabules de coquettes émé-
rites, on s'en tint à la première version.

Manuel s'aperçut bientôt de l'attention dont il était l'objet, et quoiqu'il n'en démêlât pas clairement le motif, la
sourde colère qui grondait en lui augmenta sensiblement.
Il s'assit devant une tasse de café, et parut absorbé dans la
lecture d'un journal. Quelques jeunes officiers, placés près
de lui, se bornèrent pendant quelques instants à des chu-
chotements moqueurs et à des rires contenus; mais l'un
d'entre eux, dont la taille était plus prodigieusement étran-
glée dans son corset et la moustache plus crânement re-

troussée que celle de ses camarades, reprit bientôt la suite
des plaisanteries auxquelles il se livrait avant l'arrivée de
Manuel, sans baisser le moins du monde le diapason ordinaire de sa voix. Manuel comprit alors à peu près de quoi
il s'agissait et se contint à grand'peine. Une phrase dans
laquelle le bel esprit du régiment, donnant carrière à sa
fertile imagination, comparait mademoiselle de Montbrun,
qu'il lui plaisait de faire apparaître à sa fenêtre pendant la
lutte des deux rivaux, à Hélène contemplant du haut des
remparts de Troie le combat singulier de Pâris et de Mé-
nélas, vint enfin le mettre hors de lui.

« Et de quel droit, monsieur, s'écria-t-il, parlez-vous
ainsi d'une femme que vous ne connaissez probablement
pas?

— Je pourrais vous demander, monsieur, de quel droit
vous prenez sa défense? répondit l'officier en se redres-
sant fièrement.

— Du droit qu'a tout homme bien élevé de donner une
leçon à un insolent, répliqua Manuel exaspéré. »

L'insulte était flagrante, les cartes des deux adversaires
furent échangées, et la rencontre fixée au lendemain matin.

Le jour de l'accident de George, les hôtes et les habitants de Cernan étaient partis, dès huit heures du matin,
pour aller visiter un vieux parent de la baronne qui habi-

3*

tait dans les environs, et n'étaient rentrés au château qu'à
une heure très-avancée de la soirée. Catherine ne put donc
remettre à Marthe le billet de Manuel que le lendemain. Dès
que mademoiselle de Montbrun y eut jeté les yeux, son visage
pâlit, et des larmes roulèrent lentement sur ses joues. Elle
les essuya aussitôt et écrivit quelques mots. « Va sans retard
à la ville, dit-elle à la paysanne, et remets toi-même ce billet
à monsieur Belmar. A quelque heure que tu reviennes,
monte dans ma chambre et fais-moi prévenir par Jenny.
Emprunte un cheval au fermier pour aller plus vite. »

Quand Catherine arriva devant la maison habitée par
Manuel, toutes les commères du quartier étaient réunies
devant la porte et se livraient à de bruyantes exclamations.
Obéissant ponctuellement aux recommandations de Marthe,
la paysanne demanda à l'épicière retirée, propriétaire de
la maison, qui jouait le rôle principal dans cet attroupe-
ment féminin, si monsieur Belmar était chez lui.

« S'il est chez lui ! Et où voulez-vous qu'il soit, le pauvre
monsieur ? Croyez-vous qu'on se promène avec un coup
d'épée dans la poitrine ? Jésus, mon Dieu ! comment ne
meurent-elles pas de honte sous leurs dentelles, ces grandes
dames qui s'amusent à faire égorger les gens pour leurs
beaux yeux ?

— Et comment ce malheur est-il arrivé ? dit la paysanne.

— Comment? Demandez-le à cette belle demoiselle que vous promenez quelquefois dans votre bateau. Une jolie histoire! continua l'épicière en commentant à sa façon les événements. Elle avait trois amoureux, monsieur George, un officier et notre pauvre *monsieur*, et leur faisait croire à tous les trois qu'elle les aimait; mais un beau jour ils en sont venus à s'expliquer, et l'officier a dit aux deux autres qu'ils mentaient, que la demoiselle n'était amoureuse que de lui. Les deux autres ont voulu se battre tout de suite, et l'officier, dont c'est le métier de tuer les gens, a blessé monsieur George et mis notre pauvre *monsieur* à toute extrémité.

— S'il n'est pas mort, on peut le voir? Je suis chargée d'une commission pour lui, dit Catherine.

— Montez si cela vous plaît; mais que voulez-vous qu'il fasse de votre commission dans l'état où il est? dit l'épicière. Vous feriez aussi bien de la reporter à la personne qui vous l'a donnée. »

Sans tenir compte de ce conseil, Catherine s'élança sur l'escalier qui conduisait à la chambre de Manuel, et fut bientôt devant la porte. Juan vint lui ouvrir.

« J'ai une lettre à remettre à monsieur Belmar, dit la paysanne.

— Une lettre de qui?

— De mademoiselle de Montbrun. »

Juan n'était pas très au courant des circonstances qui avaient amené le duel de Manuel, mais il en savait assez pour être convaincu que les coquetteries de Marthe étaient la seule cause d'un événement qui allait peut-être lui enlever un ami qu'il chérissait tendrement. Il nourrissait donc contre elle un profond ressentiment.

« Reportez son billet à mademoiselle de Montbrun, dit-il avec amertume, et dites-lui que monsieur Belmar sera probablement mort demain. »

Vers trois heures de l'après-midi, Marthe était au piano, et jouait un morceau à quatre mains avec la fille de la marquise, quand sa femme de chambre vint lui dire quelques mots à l'oreille. Un tremblement involontaire agita ses mains; mais elle n'en arriva pas moins assez heureusement jusqu'à l'accord final. Elle quitta alors le salon et monta précipitamment dans sa chambre.

L'air consterné de la paysanne la frappa tout d'abord. « Qu'as-tu donc? que s'est-il passé? » lui dit-elle.—Catherine lui remit son billet et lui raconta ce qu'elle venait d'apprendre. Les alternatives de pâleur et de rougeur éclatante par lesquelles passa le visage de Marthe trahirent seules ses angoisses pendant ce récit.

« Attends-moi ce soir à dix heures et demie, dit-elle à

la paysanne aussitôt que celle-ci eut cessé de parler; nous irons ensemble à la ville. »

Catherine la regarda avec stupéfaction; mais l'idée de faire la moindre objection à une volonté exprimée par mademoiselle de Montbrun ne pouvait pas naître dans son esprit.

« Faudra-t-il préparer mon bateau? dit-elle.

— Non, le vent peut être mauvais, tu ne pourrais pas ramer seule, et personne ne doit savoir que je suis allée à B...

— Je demanderai alors son cheval au fermier.

— Je te le défends; j'irai à pied.

— Mais il y a deux bonnes lieues d'ici à B.«.

— Qu'importe? Attends-moi et prépare ton costume du dimanche, j'en aurai besoin. »

Vers onze heures, Marthe était chez Catherine. La paysanne avait soigneusement fermé la porte qui séparait la première pièce de la chaumière de celle où dormaient son vieux père et ses enfants. Son unique jupe de drap noir, son corset brodé sur toutes les coutures et sa grande coiffe des dimanches étaient étalés sur son lit. Marthe laissa tomber le manteau qui l'enveloppait et revêtit ces habits grossiers; mais quand elle se regarda dans la petite glace entourée de bois rouge dont la cheminée de Catherine était ornée, elle éprouva un moment de découragement. Au lieu de dissimuler sa beauté, le léger échafaudage de mousseline blanche dont se compose la coiffure des femmes du Finistère ne faisait que mieux ressortir la rare pureté de ses traits et la fraîcheur délicate de son teint.

« Je ne puis me montrer ainsi, murmura-t-elle. Catherine, ajouta-t-elle après un moment de réflexion, ta mère était du Morbihan; tu dois avoir conservé les grands capuchons qu'elle portait habituellement. »

Catherine tira d'un vieux bahut un capuchon d'étamine brune.

« Voilà ce qu'il me faut, dit Marthe. » Et ôtant la coiffe brodée, elle jeta la lourde étoffe sur sa magnifique chevelure et l'abaissa sur ses yeux. « Maintenant, partons, » dit-elle.

Il était une heure quand les deux voyageuses entrèrent dans B... Marthe songea alors qu'il faudrait nécessairement expliquer cette visite nocturne à la personne qui les introduirait près de Manuel; mais le souvenir des bavardages que lui avait rapportés Catherine vint lui offrir un moyen facile de sortir d'embarras.

« Catherine, dit-elle, tu diras à la femme qui nous ouvrira la porte que tu as été envoyée par monsieur l'abbé pour demander si sa présence près de monsieur Belmar ne pourrait pas être utile, et tu me feras passer pour une de tes cousines que tu as amenée avec toi pour ne pas courir seule les champs la nuit.

Juan veillait près de son ami quand Catherine frappa à la porte du malade. Il vint ouvrir au bout de quelques instants et fronça le sourcil en reconnaissant la paysanne. Marthe s'avança alors et rejeta brusquement en arrière le capuchon qui voilait ses traits; Juan s'inclina respectueusement devant ce visage pâle et triste.

« Monsieur Belmar pourra-t-il me reconnaître et m'entendre? dit-elle d'une voix tremblante en fermant la porte qui séparait la chambre du palier sur lequel était restée Catherine.

— Je l'espère, répondit don Juan. Et il la conduisit près du lit du blessé.

— Manuel, dit Marthe, Manuel, m'entendez-vous? »

Manuel ouvrit languissamment les yeux, puis les referma aussitôt, comme ébloui par une apparition inattendue.

— C'est un rêve, murmura-t-il. Marthe ! non, c'est impossible.

— Oui, c'est bien moi, dit Marthe, c'est moi. Je suis venue pour vous dire que je n'ai jamais aimé George, que je n'ai jamais aimé personne, ajouta-t-elle plus bas. »

Manuel saisit sa main et y appuya ardemment ses lèvres.

« Oh ! maintenant je puis mourir, je mourrai heureux, dit-il d'une voix étouffée, et, épuisé par la souffrance et par une émotion au-dessus de ses forces, il retomba à demi évanoui sur son lit. »

Marthe retira doucement sa main, qu'il tenait encore dans la sienne.

« Non, vous ne mourrez pas, dit-elle. Pensez à moi et guérissez-vous. »

Puis, abaissant son capuchon, elle sortit de l'appartement.

« Ah ! Juan, quel bonheur ! Elle m'aime ! » dit Manuel avec une sorte de délire dès qu'il fut revenu à lui.

Rien n'était plus vrai : Marthe aimait Manuel.

IV

Quelques détails sur la vie et sur le caractère de mademoiselle de Montbrun sont ici nécessaires.

Sa première enfance s'était écoulée dans un somptueux hôtel où de nombreux domestiques prévenaient tous ses caprices ; mais sa mère, qu'elle adorait, était toujours pâle et triste, et ne posait jamais ses lèvres sur le front de sa fille sans le mouiller de ses larmes. Plus tard, madame de

Montbrun avait quitté Paris, n'emmenant avec elle que Marthe et une vieille femme de chambre, pour aller habiter au fond de la Touraine une humble maisonnette cachée dans les bois. Pendant le cours de quatre années, nul visiteur ne vint troubler la solitude des trois recluses, si ce n'est une cousine de madame de Montbrun, mariée à l'unique notaire d'une petite ville des environs, qui, dans la belle saison, apparaissait souvent chez sa parente, suivie de six filles d'une remarquable laideur. Sans comprendre la cause d'un aussi complet changement d'existence, Marthe en jouit avec délices. Le grand air, la liberté, les soins de la campagne fortifièrent sa santé et lui causèrent mille ravissements, jusque-là inconnus. La bienfaisante influence de cette paisible existence et de cette familiarité avec la nature semblait s'étendre jusque sur madame de Montbrun. De légères couleurs commençaient à animer ses joues, jadis si blêmes ; elle redevenait jeune et active pour partager les occupations champêtres de sa fille, et presque gaie pour sourire à ses jeux ; mais ce bonheur ne devait pas durer.

Un jour que Marthe s'était laissé entraîner par un papillon assez loin de la maison maternelle, une chaise de poste passa près de la prairie dans laquelle elle pourchassait de buisson en buisson l'insaisissable lépidoptère. Le

postillon s'arrêta devant elle et lui demanda quelle direction il devait suivre pour arriver à l'habitation de madame
de Montbrun. Marthe se rapprocha du bord de la route
pour lui répondre. Dès qu'elle eut prononcé quelques mots,
la personne qui se trouvait dans la voiture mit la tête à la
portière, et la jeune fille reconnut son père, qu'elle n'avait
pas vu depuis son départ de Paris. Bien que le sentiment
qu'elle avait de tout temps éprouvé pour monsieur de Montbrun tînt plus de la crainte que de l'affection, son premier
mouvement fut de s'avancer vers lui pour se jeter dans ses
bras ; mais un regard froidement scrutateur la cloua à sa
place. Le postillon, suffisamment renseigné, fouetta ses
chevaux, et Marthe, toujours immobile, regarda la chaise
de poste s'éloigner avec un vague pressentiment de malheur.

A son retour au logis, elle trouva la vieille servante bouleversée. Comme cette excellente créature ne brillait pas par
la discrétion, elle confia à Marthe les bizarres commentaires que son imagination lui suggérait sur la visite de
monsieur le comte, et finit par lui avouer qu'ayant écouté
un instant à la porte de l'appartement dans lequel monsieur de Montbrun s'était renfermé avec sa femme, elle
avait entendu cette dernière s'écrier : « Vous voulez donc
ma mort, je n'y survivrai jamais ! »

Quand madame de Montbrun parut dans la chambre de

sa fille, elle la trouva baignée de pleurs. Trop émue elle-
même pour songer à s'informer de la cause de son chagrin,
elle la prit sur ses genoux, et, après l'avoir serrée longtemps contre son cœur, elle lui annonça entre deux baisers
que son père devait l'emmener le soir même à Paris pour
la présenter à une de ses tantes qui désirait vivement la
connaître. L'existence de Marthe s'était tellement identifiée
avec celle de sa mère, que l'idée qu'elle pouvait en être sé-
parée un seul jour ne s'était jamais présentée à son esprit.
Elle crut d'abord que madame de Montbrun l'accompagne-
rait, et accueillit ce projet de voyage avec une joie enfantine ; mais quand sa mère lui eut expliqué qu'elle devait
partir seule, un profond désespoir s'empara d'elle. Elle se
suspendit au cou de la comtesse, la couvrit de baisers et
la supplia de la garder près d'elle. Par un effort sublime,
madame de Montbrun parvint à dominer sa propre douleur pour calmer celle de sa fille. Elle l'assura que leur
séparation serait de courte durée, l'entretint longuement
des joies du retour, et réussit si bien à endormir les inquiétudes de cette âme naïve, que Marthe monta sans trop
pleurer dans la chaise de poste qui avait amené le comte.
Le lendemain vers dix heures du soir, monsieur de Montbrun entrait avec sa fille dans le salon de sa sœur, madame
la baronne de Cernan.

Madame de Cernan était une ex-beauté, qui avait eu sur beaucoup de ses rivales le rare avantage d'être incontestablement jolie. La nature l'avait du reste aussi bien douée que possible pour le rôle de femme à la mode ; pas l'ombre d'esprit, de cœur, ou d'imagination ; à part une très-positive vanité, tout était négatif chez elle. Aussi fit-elle son métier en conscience. Pendant plus de vingt ans, il n'y eut pour elle que deux choses sérieuses dans la vie, les compliments et les chiffons ; on l'admira, et elle fut heureuse. L'heure fatale de la retraite sonnna pourtant enfin ; mais le baron de Cernan ayant eu l'aimable attention de mourir précisément le jour où la comtesse fut forcée de s'avouer que ses dents jaunissaient, que son corset devenait trop étroit pour sa taille épaissie, et que les fils argentés envahissaient sans pitié l'ébène de ses bandeaux, cette coïncidence adoucit singulièrement les angoisses de ce moment suprême. Madame de Cernan eut ainsi un excellent motif pour quitter sans humiliation un monde qui la quittait, et s'enterra dans une de ses terres sous le spécieux prétexte d'y pleurer son mari, après avoir annoncé bien haut l'intention de n'en sortir jamais. Cependant, comme rien n'est moins divertissant qu'un éternel tête-à-tête avec l'ombre d'un époux qu'on n'a jamais aimé de son vivant, l'ennui vint bientôt renverser cette héroïque résolution. Au bout de

dix-huit mois, madame de Cernan était de retour à Paris,
ne sachant trop à quel saint se vouer pour tuer le temps.
Elle n'aimait bien entendu ni les arts, ni l'étude ; restaient
donc les *kings-charles*, le jeu et la dévotion. Elle en essaya. Le jeu la fatigua sans l'amuser, la profession de dame
de charité la charma encore moins ; elle fut plus heureuse
du côté des quadrupèdes, et s'engoua fort d'une gracieuse
petite levrette ; mais cette distraction intime laissa encore
bien du vide dans l'existence de madame de Cernan. Ne
pouvant supporter la solitude, elle finit par retourner dans
le monde. Ce qu'elle y souffrit ne peut pas se décrire. Une
actrice longtemps adorée du public et forcée tout à coup de
rentrer dans l'humble troupeau des figurantes pourrait
seule s'en former une juste idée. Un soir qu'elle était assise
à l'extrémité d'une bruyante salle de bal, plus mécontente
encore que de coutume d'elle-même et des autres, l'isolement
et la tristesse développèrent chez elle des facultés d'observation qui ne s'étaient pas révélées jusque-là. Elle remarqua que plusieurs de ses amies, mères de fraîches jeunes
filles de dix-sept à dix-huit ans, étaient aussi fêtées, aussi
entourées, aussi gaies, que dans leurs plus beaux jours.
Ce fut pour elle un trait de lumière. L'idée qu'il pouvait y
avoir autre chose que de l'assujettissement et de l'ennui
dans la maternité surgit pour la première fois dans son

esprit, et dès le lendemain elle écrivait à son frère, le comte
de Montbrun, avec lequel elle n'avait depuis longtemps que
d'assez froides relations, pour lui témoigner son désir de
connaître sa fille, lui laissant entrevoir qu'elle pourrait bien
se charger de son éducation et en faire son héritière, si la
jeune Marthe lui plaisait.

Le comte s'était mis par de folles prodigalités dans une
situation pécuniaire telle, que rien ne lui paraissait plus incertain et plus sombre que l'avenir de sa fille, quand par
hasard il y pensait. Il accueillit donc avec empressement les
ouvertures de sa sœur, et n'hésita pas à user de l'autorité
que la loi lui conférait pour enlever Marthe à madame de
Montbrun.

Le premier regard jeté par la baronne sur sa nièce décida
de la destinée de la jeune fille. Marthe était aussi belle qu'on
peut l'être à douze ans. Tranquille sur ce point, madame de
Cernan déclara immédiatement à son frère que Marthe serait traitée par elle comme si elle était sa propre fille.

L'enfant était très-occupée à nouer des relations intimes
avec la levrette pendant que se tranchait cette question si
grave pour elle. Elle n'entendit rien, et s'endormit paisiblement une heure après, en rêvant au bonheur de revoir
bientôt sa mère. Il se passa huit jours avant que son père,
tourmenté par elle, lui apprît la vérité. Son désespoir fut

horrible, et aurait pu nuire sérieusement à sa santé, si une
lettre de madame de Montbrun, la lettre la plus héroïque
qu'une femme ait jamais écrite, ne fût venue lui faire un
devoir de la résignation, et la bercer d'espérances que la
pauvre mère était bien loin de concevoir.

Du reste, la baronne fit bien les choses. Marthe fut installée dans un délicieux appartement, on lui donna les
meilleurs professeurs de Paris, ses robes et ses chapeaux
vinrent de chez les meilleures faiseuses; mademoiselle
Rosalie, première femme de chambre de la baronne, fut
chargée de la partie morale de son éducation et du soin de
sa garde-robe, et madame de Cernan ne manquait guère
d'emmener sa nièce avec elle toutes les fois qu'elle sortait
à pied ou en voiture, car Marthe pouvait à la rigueur
passer pour sa fille, ce qui au premier coup d'œil rajeu-
nissait la baronne de quinze ou vingt ans.

Si on avait dit à madame de Cernan que sa nièce n'é-
tait pas heureuse, elle eût haussé les épaules. Marthe
mourait pourtant d'ennui et de tristesse au milieu de ce
bien-être et de ce luxe. Elle n'avait pas tardé à reconnaître
que sa tante l'aimait au fond un peu moins que son chien.
Quant à mademoiselle Rosalie, c'était une vieille fille aca-
riâtre, qui, comme toutes ses pareilles, avait les enfants en
horreur. Très-contrariée de la présence de Marthe chez la

baronne, elle abusait singulièrement du pouvoir qu'on lui avait confié. L'idéal de la perfection consistait pour elle à se tenir droite, à ne pas faire de bruit et à ne jamais tacher ses robes. Pour une jeune fille habituée aux caresses d'une mère adorée et à l'entière liberté de la campagne, cette existence fut un enfer. Marthe était naturellement gaie, expansive, confiante ; elle devint rêveuse et sauvage. Les premières inquiétudes de l'adolescence ne firent qu'augmenter cette disposition. Elle passait souvent des journées entières cachée au fond du jardin de l'hôtel, absorbée dans des pensées de révolte et combinant des projets de fuite. Dans l'amertume de ses rêveries, elle accusait souvent jusqu'à sa mère elle-même, car la mort de monsieur de Montbrun avait laissé la comtesse parfaitement libre de disposer de sa fille, et Marthe ne pouvait comprendre pourquoi, malgré ses supplications réitérées, elle ne la rappelait pas en Touraine.

Cette irritation sourde altérait sa santé et menaçait de fausser à jamais les belles qualités de son esprit et de son cœur. Heureusement pour elle, l'introduction d'un aumônier dans la maison de madame de Cernan vint modifier son existence à l'époque où elle atteignait sa quinzième année.

Voici ce qui avait motivé cette innovation domestique.

Dans le bourg le plus voisin du château habité l'été par la baronne, il n'y avait que deux prêtres, le curé et son vicaire. On n'y disait par conséquent que deux messes chaque dimanche, la messe basse à six heures du matin, et la grand'messe à dix heures, laquelle grand'messe était inévitablement accompagnée d'un sermon breton et suivie des vêpres. La baronne, revenue depuis quelques années aux pratiques du catholicisme, désirait cependant monter au ciel par la route la plus douce. Il lui déplaisait fort d'être obligée de se lever à quatre heures du matin, ou condamnée à passer trois heures au milieu des très-sales laboureurs de la Bretagne, pour obéir aux prescriptions de l'église. Elle eut donc l'idée de faire restaurer une petite chapelle située à un quart de lieue du château et de prendre un aumônier. L'autorisation nécessaire lui fut aisément accordée par l'évêque du Finistère, qui lui désigna un vieux prêtre, rendu impropre aux rudes fonctions de curé de village par la faiblesse de sa santé. Il se trouva que cet ecclésiastique était à la fois un saint et un savant. La baronne ne s'en aperçut guère; mais comme son aumônier lui parut gai, spirituel et de première force au boston et au piquet, elle se félicita de son acquisition. Quant à Marthe, elle ne tarda pas à se sentir attirée vers lui par une irrésistible sympathie. Une affinité secrète ne pouvait man-

4

quer d'exister entre un vieillard dont l'âme avait conservé, grâce à l'austère pureté de ses mœurs, toute l'activité et toute la fraîcheur de la j.. .nesse, et une jeune fille en proie à l'agitation sans but et à la mysticité vague qui précèdent le développement des passions chez les organisations d'élite.

Au milieu des raffinements égoïstes de la baronne et des absurdes tracasseries de mademoiselle Rosalie, Marthe étouffait. Son cœur se consumait lui-même faute d'aliment; son intelligence manquait d'air. Les conversations de l'abbé l'initièrent à une existence supérieure à laquelle elle aspirait sans s'en douter. Dans la bouche de ses professeurs, la science n'était qu'une lettre morte, qu'une stérile nomenclature qui ne s'adressait qu'à sa mémoire. Dans celle du bon prêtre, ce fut une parole de vie. Les gens vulgaires parmi lesquels il avait vécu jusque-là étaient incapables de le comprendre; ce fut donc un bonheur pour lui que de rencontrer une élève telle que Marthe. Il trouva un extrême plaisir à éclairer son âme avide de lumière, à ouvrir des horizons nouveaux à son esprit, et entreprit de lui enseigner à peu près tout ce qu'il savait lui-même. Les premiers enivrements de la vie intellectuelle firent bientôt oublier à la jeune fille ses rébellions et ses ennuis. Elle cessa de se trouver malheureuse chez sa tante, et atteignit paisiblement sa dix-septième année, époque fixée pour sa présentation dans le monde.

La baronne avait depuis longtemps annoncé qu'elle donnerait un grand bal à cette occasion. C'était pour elle un événement de la plus haute importance. Elle connaissait l'influence d'une première impression et rêvait pour sa nièce un éblouissant triomphe. Aussi prodigua-t-elle des soins minutieux aux préparatifs de sa toilette. Elle médita profondément sur les différentes formes du corsage, fit torturer par sa femme de chambre la magnifique chevelure de Marthe pour décider quel système de coiffure il conviendrait d'adopter, et lui essaya une douzaine de guirlandes. Elle se trouvait là dans son élément et s'y plongeait avec délices.

Ces préoccupations étaient cependant superflues. La jeunesse avait réalisé les promesses de l'enfance ; Marthe était devenue une ravissante jeune fille, plus ravissante même qu'on ne l'est ordinairement à dix-sept ans, car le développement moral et intellectuel qu'elle devait à l'abbé ajoutait chez elle à la perfection de la forme le rayonnement de la pensée, qui est à la beauté physique ce qu'est le soleil dans un paysage.

Le jour solennel arrivé, Marthe entra toute parée vers huit heures du soir dans la chambre où sa tante achevait sa toilette.

— Vous êtes délicieuse ainsi, lui dit la baronne, en l'embrassant sur le front après l'avoir examinée avec une sérieuse attention.

Marthe s'assit près de la cheminée, tandis que madame de Cernan mettait ses bagues et ses bracelets, en jetant de temps en temps un coup d'œil de satisfaction sur sa nièce. Elle se parait en imagination de la fraîche beauté de Marthe, et savourait d'avance les flatteries et les hommages, dont la mère adoptive d'une aussi charmante créature ne pouvait manquer d'être entourée.

A ce moment, un domestique remit à madame de Cernan une lettre sur laquelle on lisait en gros caractères *très-pressée*, preuve touchante de la naïveté de certains provinciaux, qui s'imaginent sans doute que l'administration des postes fera chauffer un convoi spécial, ou ordonnera une distribution supplémentaire pour accélérer l'envoi de leur missive. La baronne brisa le cachet et lut ces quelques mots :

« Madame la baronne,

» Votre belle-sœur, la comtesse de Montbrun, est dans un état désespéré. Le médecin m'a prévenue ce matin qu'elle n'avait peut-être pas vingt-quatre heures à vivre.

Ma cousine connaît sa situation et désire vivement embrasser sa fille avant de mourir. Je vous supplie donc,
madame, de faire partir Marthe immédiatement après la
réception de cette lettre; les minutes sont comptées.

» J'ai l'honneur, etc.

» LOUISE SAUVAL. »

Rien ne pouvait plus contrarier la baronne qu'une semblable nouvelle. Comme tous les gens dont l'existence est
complétement vide de sentiments, elle attachait une importance immense à ses distractions et à ses plaisirs. Elle
jeta la lettre sur sa toilette, bien décidée à n'en parler à
Marthe que le lendemain.

Marthe n'avait fait aucune attention à cet incident. Une
altercation entre la baronne et sa camériste à propos de la
pose d'un nœud de ruban l'arracha enfin à son repos. Elle
s'approcha de la toilette pour donner son avis, et ses yeux
s'arrêtèrent par hasard sur l'enveloppe de la lettre, tombée
au milieu d'un amas de chiffons. Elle reconnut immédiatement le timbre de L... et l'écriture de sa cousine.

« Une lettre de madame Sauval, et vous ne m'en avez
rien dit! Ma mère est malade! s'écria-t-elle avec une horrible angoisse en regardant la baronne.

—Indisposée, répondit madame de Cernan en rougis-

4*

sant de contrariété, ne te tourmente pas. Nous causerons
de tout cela demain matin. »

Mais Marthe, sans attendre l'autorisation de sa tante,
avait saisi la lettre et la lisait en fondant en larmes.

« Adieu, ma tante ; je pars, s'écria-t-elle en s'élançant
vers la porte.

— Mais où vas-tu ? tu es folle ! dit la baronne en l'arrêtant. Nous verrons plus tard ; il faut attendre.

— Attendre que ma mère soit morte ! dit Marthe d'une
voix brisée. Je veux partir tout de suite, poursuivit-elle
en jetant les roses blanches de sa coiffure sur le tapis. »

La baronne vit qu'il n'y avait rien à faire et sonna mademoiselle Rosalie.

La soubrette émérite arriva bientôt dans une parure
ébouriffante. Quand madame de Cernan lui ordonna de
faire la malle de mademoiselle de Montbrun, et de se rendre immédiatement avec elle à la gare du chemin de fer
d'Orléans, mademoiselle Rosalie pâlit de fureur.

— Mais madame n'y pense pas, s'écria-t-elle avec l'inso-
lence dont toutes les femmes de chambre finissent par
contracter l'habitude près des maîtresses nulles et oisives,
qui pour se distraire causent toujours plus ou moins avec
elles. Me faire partir à une pareille heure, quand toute
la maison est bouleversée !

— Faites ce que je vous ai dit, répondit la baronne d'un ton qui n'admettait pas de réplique.

Forcée d'obéir, mademoiselle Rosalie s'en vengea en distribuant d'énormes coups de poing aux vêtements qu'elle entassait dans la malle, et en se répandant en invectives sur la dureté et l'ingratitude des maîtres, sans aucun égard pour la douleur de Marthe, qui pleurait silencieusement en changeant son costume de bal pour une robe de voyage.

V

On venait d'administrer les derniers sacrements à madame de Montbrun quand Marthe arriva près d'elle. Les cierges brûlaient encore, et madame Sauval, entourée de ses six filles, priait agenouillée auprès du lit.

La comtesse fit un faible geste de la main. Les personnes qui l'entouraient comprirent qu'elle voulait être seule avec sa fille et se retirèrent dans une pièce voisine. L'agonisante prit la main de Marthe, et, lui indiquant des yeux une petite clé posée près d'une cassette en laque, elle murmura d'une voix éteinte: « Prends-la, c'est pour toi seule.» Elle fit ensuite des efforts pour parler; mais ses forces la

trahirent, et bientôt un cri déchirant de Marthe annonça
que tout était fini.

Le lendemain, après l'enterrement de sa mère, Marthe
ouvrit la cassette; elle y trouva un manuscrit assez considérable, et lut ce qui suit :

« Ma bien-aimée Marthe, j'ai peut-être tort d'ébranler ta
jeune imagination par le récit de mon existence; mais je
sais que les personnes au milieu desquelles tu vis ne te
parleront jamais de ta mère, ou t'en parleront pour la calomnier, et je ne puis me résigner à quitter un monde au
milieu duquel j'ai vécu si isolée, sans laisser même un souvenir dans le cœur de ma fille. D'ailleurs tu seras bientôt
une femme, bientôt tu seras exposée à souffrir comme j'ai
souffert, et mon expérience pourra te servir. Écoute donc
mon histoire.

» En 1819, j'avais ton âge et j'étais la plus heureuse
jeune fille de l'univers. J'habitais Florence; mon père,
dont je ne t'ai jamais parlé, car tu étais trop enfant pour
me comprendre, et j'évitais pour moi-même de remuer les
souvenirs de mes jeunes années, mon père était un musicien passionné pour son art. Dans sa jeunesse il avait eu
de grands succès au théâtre de la Scala; mais sa voix s'était
fatiguée vite, et il s'était adonné tout entier à la composi-

tion. On applaudissait ses œuvres sur toutes les scènes de
l'Italie. Doué au suprême degré des qualités du cœur et de
la faculté d'enthousiasme qui font les grands artistes, il
avait pour les détails de la vie ordinaire une inaptitude et
une antipathie dont ma mère profitait pour le gouverner
despotiquement. C'était une femme d'un esprit net, d'un
caractère ferme et persévérant, d'une habileté sans égale,
dans les choses pratiques. On aurait pu vanter la finesse
et la rectitude de son jugement, si elle ne s'était pas laissé
égarer par une passion pour les distinctions sociales et les
titres nobiliaires, qui touchait presque à la démence. Cette
passion devait sembler inexplicable chez la femme d'un
artiste à ceux qui ne connaissaient pas son origine. Ma
mère était Française; ses parents, porteurs d'un grand nom
et possesseurs d'une immense fortune, auraient certainement été les premières victimes de la révolution, s'ils n'a-
vaient pas prévenu leur destinée en émigrant; mais comme
ils n'avaient ni force d'âme, ni industrie, ils moururent
dans la misère au bout de quelques années, laissant leur
fille dans un horrible abandon. Ce fut à cette époque que
mon père la rencontra, et que, touché de ses malheurs, il
en fit sa femme. Pendant la fin de la période révolution-
naire et les bouleversements de l'empire, ma mère se préoc-
cupa assez peu de la France. En 1814 seulement, quand

elle lut dans les journaux le nom d'un frère, qu'elle avait
complétement perdu de vue, parmi ceux des gentilshommes
qui accompagnaient le roi Louis XVIII, quand elle apprit
plus tard que ce même frère avait reçu des indemnités
considérables et se trouvait à la tête d'une magnifique fortune, son ambition, longtemps contenue par les circonstances, s'éveilla tout à coup. Elle tenta de nouer des relations avec son frère; mais ce frère était trop absorbé par
la politique et les plaisirs pour se souvenir beaucoup d'une
sœur qu'il n'avait jamais connue, et après une réponse
aussi laconique que polie, la correspondance en resta là.

» Mes parents avaient eu plusieurs enfants; j'étais le
seul qu'ils eussent conservé, et ils faisaient de moi leur
idole. De mon côté je les aimais tendrement, mais j'aimais
plus encore peut-être un de mes cousins nommé Luigi.
Luigi était fils d'une sœur de mon père, qui était morte en
le mettant au monde. Depuis son enfance, il faisait partie
de notre famille. Les joies, les peines, les jeux et les études, tout était commun entre nous. Mon cousin et moi,
nous nous aimâmes longtemps comme des frères; mais les
années transformèrent la paisible affection que me portait Luigi en une passion ardente et profonde que je ne
tardai pas à partager. Mon père connaissait notre amour
et s'en réjouissait; ma mère elle-même l'approuvait, car,

bien que cette union fût loin de satisfaire son orgueil, elle avait trop de bon sens pour ne pas comprendre que la fille d'un artiste pauvre ne pouvait pas avoir de grandes prétentions, et que Luigi, destiné, de l'avis des connaisseurs, à une grande célébrité musicale, était, après tout, un fort bon parti pour moi.

» On n'attendait que ses débuts pour fixer le jour de notre mariage : la volonté de mon père les retarda. Il désirait ne rien négliger pour assurer un brillant succès à son élève : il exigea donc que Luigi allât à Venise pour prendre des leçons d'un professeur qui jouissait à cette époque d'une renommée européenne. Luigi résista longtemps; il était plus amoureux qu'ambitieux, et la pensée de me quitter lui brisait le cœur. La veille de son départ, nous étions tous les deux dans le cabinet de mon père, occupés à trier dans un amas prodigieux de cahiers de musique ceux que Luigi devait emporter. Dans ce travail, nos mains se rencontrèrent, et nous fondîmes en larmes. Au bruit de nos sanglots, mon père se retourna.

» Que diable, Luigi! s'écria-t-il, on est un homme et on a du courage. Comment veux-tu que nous consolions cette petite quand tu seras parti, si tu lui donnes toi-même l'exemple de la faiblesse? Pourquoi vous désespérer? Quoi qu'il arrive, je vous promets que dans huit mois vous se-

rez mariés; mais qu'on ne pleure plus, ajouta-t-il en faisant
un visible effort sur lui-même pour retrouver sa sérénité.»

» Six jours après, nous recevions de Venise une lettre de
Luigi dans laquelle il nous donnait les plus minutieux
détails sur son installation et sa présentation à l'illustre
professeur. Il nous mettait au courant de ses moindres démarches; on sentait qu'il aurait voulu nous envoyer son
âme. Toutes les lettres qui suivirent ressemblaient à celle-
là. Il nous avait quittés depuis deux mois, quand ma
mère apprit qu'elle venait d'hériter de deux millions. Son
frère avait été frappé d'une apoplexie foudroyante; on
n'avait pas trouvé de testament, et sa succession revenait
de droit à sa famille. Ma mère faillit devenir folle de joie;
mon père ne pensa certes pas cinq minutes à ce changement de fortune. Quant à moi, j'étais si ignorante des
choses de la vie, que je ne compris dans tout cela que le
bonheur d'acheter une collection très-rare des œuvres des
vieux maîtres que Luigi désirait depuis longtemps.

» Nous étions riches depuis un mois à peine, quand ma
mère reçut la visite d'un Français qui se disait ami intime
du frère qu'elle venait de perdre : c'était le comte de Montbrun. Le comte avait trente-cinq ans, des traits d'une élégance tout aristocratique, et beaucoup de distinction dans
les manières. Il vint d'abord rarement chez nous, puis plus

souvent, puis tous les jours. Il parlait sans cesse de la cour de Louis XVIII, du grand rôle qu'y jouaient des familles alliées à celle de ma mère, et affectait de vénérer en elle la descendante d'une race illustre. Rien ne pouvait lui plaire davantage ; aussi raffola-t-elle bientôt du comte. Pour moi, je ne pouvais nier qu'il ne fût, sous bien des rapports, supérieur à la plupart des hommes que j'avais connus jusque-là ; mais j'avais remarqué que, depuis son entrée dans la maison, on y parlait beaucoup moins de Luigi : je lui en voulais intérieurement, et je ne répondais aux attentions dont il m'accablait que par une excessive froideur. Ma mère m'en fit un jour des reproches. — Le comte me déplaît, lui répondis-je ; d'ailleurs, puisque je dois être bientôt la femme de Luigi, il me semble qu'il serait mal, surtout en son absence, d'être aimable avec un autre.

» — Votre antipathie pour le comte n'est qu'un enfantillage, répliqua sévèrement ma mère ; il est impossible que vous méconnaissiez longtemps ses hautes qualités. Quant à Luigi, vous feriez beaucoup mieux de n'y plus penser. Qui sait s'il songe à vous? Ses lettres deviennent bien rares. Quand vous aurez épousé le comte de Montbrun, vous remercierez le ciel d'avoir échappé aux souffrances que l'inconstance des artistes cause à leurs femmes.

» Les paroles de ma mère furent pour moi un coup de

5

foudre. Le désespoir de l'abandon et les tortures de la jalousie me mordirent au cœur à la fois. J'entendis, sans le comprendre, ce qu'elle disait du comte. Il n'y avait pas place pour deux idées dans ma pauvre tête. Sans répondre un seul mot, je me précipitai dans le cabinet de mon père en sanglotant.

» — Ma mère dit que Luigi ne m'aime plus, m'écriai-je, en me jetant dans ses bras.

» — Quelle folie me contes-tu là? Luigi t'adore, répondit mon père en me regardant avec stupéfaction.

» Il y avait tant de conviction dans son accent, que je me sentis un peu rassurée. J'avais tant besoin de croire.

» — Ma mère dit aussi, ajoutai-je en pleurant, que je dois épouser monsieur de Montbrun.

» — Je la reconnais bien là! s'écria mon père avec colère, en assénant sur sa table de travail un coup de poing si formidable, que les feuilles de musique qui la couvraient voltigèrent dans toute la chambre. Toujours les mêmes billevesées! Cette femme-là anéantirait tout Pergolèse et tout Palestrina pour posséder un parchemin rongé des vers; mais, par Dieu! je suis ton père, moi, et n'en déplaise à son comte, tu n'épouseras que Luigi.

» Ma mère entra en ce moment dans l'appartement. Elle avait tout entendu.

» — Vous êtes parfaitement libre de refuser votre consentement au mariage que je projetais pour votre fille, dit-elle avec le plus grand calme; mais moi, je ne consentirai jamais à ce qu'elle devienne la femme de votre neveu.

» La présence et les paroles de ma mère firent tomber subitement la fureur de mon père.

» — Et pourquoi ne voulez-vous plus qu'elle épouse Luigi? dit-il d'une voix haute, mais dont l'intonation était presque soumise.

» — Parce que j'ai la certitude qu'il la rendrait malheureuse. Ne déplorez-vous pas chaque jour les fatales tendances auxquelles cèdent aujourd'hui tous les jeunes artistes? Croyez-vous que Luigi soit une exception? Vous vous tromperiez étrangement.

» — Qu'en savez-vous? dit mon père tout interdit.

» — J'en ai des preuves, dit ma mère avec une réserve mystérieuse qui lui était familière et qui imposait beaucoup à mon père. D'ailleurs une discussion était pour lui un supplice qu'il n'avait jamais le courage d'accepter.

» — Chère petite, me dit-il en m'embrassant, tu as entendu ce que vient de dire ta mère. Nous éclaircirons cela. Je suis convaincu qu'elle se trompe et que Luigi est digne de toi. Ne te chagrine donc pas; tu le sais, nous ne voulons que ton bonheur.

» Entre l'inflexibilité de ma mère et la faiblesse de mon père, je compris qu'il n'y avait rien à faire, et je résolus de demander conseil à une jeune fille de mes amies, nommée la Rosina.

» La Rosina était la meilleure élève de mon père. Elle avait à peine deux années de plus que moi, mais c'était une fille du peuple. La nécessité de se diriger elle-même avait développé son caractère. Sa franchise, sa fermeté, son inflexible droiture, m'inspiraient une admiration mêlée de respect. Quand j'entrai dans sa chambre, elle chantait en repassant la robe blanche qu'elle devait mettre le lendemain, jour de la Fête-Dieu. En apercevant mon visage bouleversé, elle interrompit ses roulades et jeta son fer pour courir vers moi.

» — Qu'as-tu donc, chère Stella? dit-elle.

» — Croirais-tu que ma mère ne veut plus que j'épouse Luigi? lui répondis-je en pleurant.

» — J'ai eu la certitude que cela arriverait dès le jour où vous êtes devenus riches.

» — Jamais cette idée ne me serait venue; mais ce n'est pas tout, elle veut me marier au comte de Montbrun.

» — Comment ne l'as-tu pas soupçonné depuis longtemps? Avec le caractère de ta mère, cela ne pouvait pas être autrement. Eh bien! que vas-tu faire?

» — Je ne sais ; conseille-moi. J'ai parlé à mon père, mais...

» — Tu sais, comme moi, qu'il faut compter ton père pour rien dans cette affaire, dit la Rosina en m'interrompant. Il voudra tout ce que ta mère voudra, et elle ne cédera jamais. Je ne vois qu'un parti à prendre ; mais dis-moi, aimes-tu sérieusement Luigi ?

» — De toute mon âme. .

» — Alors écoute-moi. Je ne suis qu'une pauvre fille, je ne connais rien du monde ; seulement j'ai, sans trop savoir pourquoi, la conviction que les gentilshommes, comme ils s'appellent, doivent avoir une générosité et une délicatesse de sentiments qu'on ne trouve pas toujours chez les gens de notre espèce. Dis franchement au comte que tu aimes Luigi, et sois sûre qu'il ne songera plus à t'épouser.

» — Dire cela au comte ? Je n'oserai jamais.

» — Tu prétends aimer, et tu n'as pas de courage ! dit la Rosina avec dédain.

» Piquée par ces paroles, je résolus de déclarer au comte mon amour pour Luigi la première fois que nous serions seuls ensemble. L'occasion ne se fit pas attendre. Depuis la scène qui avait eu lieu dans le cabinet de mon père, ma mère traitait ouvertement monsieur de Montbrun comme son gendre futur. C'était sa manière habituelle d'agir. Elle

annonçait brusquement ses intentions, et n'avait jamais
l'air d'admettre qu'elles puissent rencontrer d'obstacles.

» Un soir que dans le salon il n'y avait que ma mère, le
comte et moi, ma mère sortit, sous prétexte de donner un
ordre. Dès que nous fûmes seuls, le comte se mit à m'entretenir des charmes de la vie parisienne. Il me parla des
bals, des théâtres, de la société française, du bonheur qu'il
trouverait à m'initier à une existence si nouvelle pour moi.
J'étais trop préoccupée pour l'écouter longtemps.

» — Monsieur le comte, dis-je en l'interrompant tout à
coup, j'ai à vous parler sérieusement.

» Le comte me regarda de l'air le plus gracieux du monde.
Je sentis tout mon sang me sauter au visage.

» — Monsieur le comte, vous devez savoir que mon mariage avec mon cousin est arrangé depuis longtemps? dis-
je avec effort.

» — Je crois avoir entendu parler de cela chez des amis
de votre famille, dit monsieur de Montbrun, avec une ur-
banité parfaite.

» J'eus des éblouissements et des bourdonnements dans
les oreilles; cependant je trouvai la force d'articuler le mot
terrible : Monsieur le comte, j'aime Luigi!

» Il me sembla que la terre allait s'abîmer sous mes
pieds. Le comte s'inclina légèrement pour caresser un

petit épagneul qui jouait près de nous, et me répliqua avec le plus grand sang-froid : — Mais c'est très naturel, cela. Vous avez été élevés ensemble, et votre cousin est, m'a-t-on dit, un charmant jeune homme.

» J'étais stupide d'étonnement. Ma mère rentra en ce moment, et je m'enfuis dans ma chambre où je m'enfermai pour pleurer. Je ne sais ce qui se passa entre elle et monsieur de Montbrun ; mais, à ma grande surprise, elle ne me gronda pas le lendemain.

» Dès que cela me fut possible, je me rendis chez la Rosina, et je lui racontai tout.

» — Tu n'as pas dit cela comme il le fallait, et il t'a traitée comme une enfant, me répondit-elle.

» — Mais que faire ?

» — Je n'en sais trop rien.

» — Que ferais-tu à ma place ?

» — Oh ! moi, c'est différent, dit la Rosina avec une naïve fierté, moi j'ai du courage, et j'épouserais Luigi. Quant à toi, tu as au fond le même caractère que ton père : tu épouseras le comte et tu seras bien malheureuse.

» La Rosina n'avait que trop raison. Deux mois après cette conversation, j'étais la femme de monsieur de Montbrun. Cela n'arriva pas sans lutte, sans pleurs, sans désespoir. Pendant six semaines, notre maison fut un enfer.

Des scènes continuelles succédèrent à la parfaite entente
qui régnait auparavant entre nous. Mon père, placé entre
sa tendresse pour moi et ses habitudes de soumission conjugale, perdait tout à fait la tête ; mais le premier besoin de
son organisation, c'était le calme, le repos à tout prix. Lui
aussi m'engagea bientôt à épouser le comte. Ce dernier
l'avait séduit en parlant de l'art et des artistes avec le tact
exquis et le goût éclairé de l'homme du monde. Accoutumé à voir ses travaux dédaignés et ses inclinations frois-
sées par ma mère, il prit pour une vive sympathie ce qui
n'était de la part de monsieur de Montbrun qu'une preuve
de bonne éducation, et lui en sut un gré infini.

» Quant à Luigi, je n'en entendais plus parler. Après un
silence de trois semaines, je me décidai à lui écrire une
longue lettre dans laquelle je versais toute ma douleur et
l'engageais à revenir en toute hâte à Florence, s'il m'aimait encore. Je lui recommandais de m'adresser sa réponse
chez la Rosina. Pas un mot n'arriva. Un matin, pendant
le déjeuner, ma mère dit, du ton dont elle aurait rapporté
le plus insignifiant bavardage de la ville : — J'ai appris
hier que Luigi a quitté Venise pour suivre à Rome une
danseuse française. — Je fus prise d'une suffocation, et je
restai au lit pendant plusieurs jours. Dès que je me trouvai
en convalescence, ma mère fit apporter ma robe de noces.

Je l'essayai sans résistance, tout m'était indifférent puisque Luigi ne m'aimait plus.

» Un mois après j'étais à Paris. Ma mère, transportant en moi les sentiments de vanité et d'orgueil qu'elle ne pouvait pas satisfaire directement, m'avait donné en dot plus de la moitié de l'héritage de son frère, soixante mille francs de rente. C'était toute notre fortune, car j'appris bientôt que les biens personnels de monsieur de Montbrun étaient hypothéqués pour le double de leur valeur, et que les revenus suffisaient à peine à payer les intérêts des sommes que le comte avait empruntées et dissipées depuis longtemps.

» Ne t'étonne pas si j'entre dans de semblables détails; ils ont malheureusement dans la vie mille fois plus d'importance que tu ne l'imagines sans doute, et que je ne l'imaginais moi-même avant d'avoir quitté ma famille.

» Je compris bientôt que si on ne m'avait pas donné un million de dot, ou si ses terres n'avaient pas été hypothéquées, jamais le comte de Montbrun n'aurait songé à m'épouser. Surtout, ma chère enfant, ne crois pas que ce que je viens de te dire te donne le droit d'accuser ton père. En agissant ainsi, il ne faisait que suivre les traditions et les usages du monde où il vivait. Dans la classe aristocratique à laquelle il appartenait, peut-être même dans toutes les

5*

classes de la société, le mariage n'est guère qu'un échange des biens extérieurs que le hasard nous donne. Si j'étais riche, ton père était patricien. En faisant une comtesse de la fille d'un humble musicien, il compensait, et au delà, aux yeux de bien des gens, les avantages qu'il pouvait trouver dans notre union.

» Pour moi, j'étais insensible à ces satisfactions de vanité; et, te l'avouerai-je? malgré la joie que me causa ta naissance, je sentais un vide horrible dans ma vie; je me trouvais profondément malheureuse. Bien des jeunes femmes m'enviaient pourtant, car la plupart des maris, tout en menant la vie la plus dissipée, font peser sur leurs femmes une lourde tyrannie. Ils leur imposent dans leur intérieur un rôle qui n'est guère supérieur à celui d'une gouvernante ou d'une bonne d'enfant, et leur interdisent sévèrement de chercher des distractions ou des amitiés au dehors. Monsieur de Montbrun au contraire me laissait une indépendance égale à celle qu'il prenait lui-même. Il m'engageait souvent, dans les premiers temps de notre mariage, à me faire des amis, à recevoir, à aller dans le monde. Je lui savais gré de cette manière d'agir, mais j'usais fort peu de ma liberté. Avant mon mariage, il n'y avait eu que deux choses dans ma vie, les douces affections de la famille, et de sérieuses études musicales, qui, dirigées par mon père et faites en commun avec Luigi, avaient pour moi un charme extrême. L'agitation sans but des salons, des plaisirs où l'amour-propre seul est en jeu, ne me causait que de l'ennui. J'essayai de me lier avec quelques jeunes femmes dont les goûts simples et modestes me parurent avoir quelque analogie avec les miens; mais pas une seule d'entre elles n'avait la moindre idée du monde de sentiments et de poésie que j'avais un instant entrevu et que je regrettais sans cesse. Leur imagination était si froide, leur esprit si borné, que je me lassai bientôt de les voir. J'excitai, du reste, moi-même peu de sympathies. Les femmes, absorbées par les soins de la maternité et les détails de la vie matérielle, me trouvèrent romanesque et sans énergie : elles m'accusaient enfin de ne pas posséder leurs vertus. Les femmes du monde me pardonnaient encore bien moins de ne pas partager leurs faiblesses. Je me trouvai ainsi dans un complet isolement.

» D'autres chagrins vinrent m'assaillir. Mon père et ma mère moururent à quelques mois de distance. Je les pleurai amèrement. En les perdant, je crus perdre une seconde fois mon bonheur et mes illusions de jeune fille. Tout lien était brisé entre moi et l'Italie, cette patrie de mon cœur, vers laquelle je tournais involontairement mes regards dans mes heures de tristesse. Mes parents morts, je me

sentis murée à jamais dans ma morne et froide existence.
Je connus aussi à cette époque les préoccupations d'argent
auxquelles j'étais restée étrangère jusque-là. Monsieur de
Montbrun m'avait souvent présenté des papiers à signer,
en me disant qu'il était indispensable de vendre telle partie
de nos terres, ou quelqu'une des maisons que nous possédions à Paris. J'avais longtemps apposé ma signature au
bas de ces actes sans me préoccuper du contenu. Peu à
peu cependant une vague inquiétude s'éleva à ce sujet
dans mon esprit. Le comte était joueur et joueur malheureux. Je savais de plus qu'il était lié avec des hommes
beaucoup plus riches que lui, uniquement occupés de chevaux, de paris et d'autres fantaisies ruineuses. Je frémis en
entrevoyant que ton avenir pouvait se trouver compromis.
Mon amour pour toi m'inspira une prévoyance et un courage que je n'aurais jamais eus pour moi seule. Je me rendis chez notre notaire, et je lui demandai des conseils. Il
ne me dissimula pas que notre fortune était dans un déplorable état par suite des dépenses inconsidérées de monsieur de Montbrun, et m'engagea à me refuser absolument
à la vente de nos propriétés. Je mis bientôt cet avis en
pratique. Il en résulta une discussion violente, la première
qui se fût élevée entre le comte et moi. Monsieur de Montbrun ne parvint pas à me faire fléchir, et à partir de ce

moment une irritation sourde, une aigreur mal dissimulée remplacèrent les égards qu'il me témoignait auparavant. Sans toi, je serais, je crois, morte de chagrin. La musique, que j'aimais toujours avec passion, était encore pour moi une consolation. Le soir, après t'avoir endormie, je passais de longues heures à chanter les partitions que j'avais étudiées dans mon enfance, et la seule distraction que je prisse était d'aller de temps en temps au Théâtre-Italien.

» Au commencement de l'hiver de 1827, une sérieuse indisposition me priva de ce plaisir pendant plusieurs mois. Je le regrettai d'autant plus que le premier artiste de la troupe attirait cette année-là tout Paris. Le merveilleux talent du ténor Tebaldi n'était pas la cause unique de l'intérêt qu'il excitait. D'étranges et romanesques histoires couraient sur son compte : elles contribuaient puissamment aux succès de Tebaldi près des femmes, et toutes celles que je voyais ne m'entretenaient que de lui. Bien que son talent seul m'intéressât, je me rendis aux Italiens avec madame de Cernan dès qu'il me fut possible de quitter ma chambre. Nous étions placées dans une loge d'avant-scène d'où nous pouvions voir de très-près les acteurs. Aussitôt que Tebaldi entra en scène, je poussai un cri et je tombai sans connaissance. Un regard m'avait suffi pour reconnaître Luigi. Quand mes yeux se rouvrirent au bout

de quelques instants, il me sembla qu'une confusion inexplicable régnait dans la salle; mais j'étais trop troublée
pour me rendre compte de ce qui se passait autour de moi.
On me porta jusqu'à ma voiture, et je n'appris que le lendemain les suites de mon évanouissement. Luigi, dont
l'attention avait été appelée sur notre loge par mon cri,
éprouva un tel saisissement en m'apercevant demi-morte
à quelques pas de lui, qu'il ne put achever la phrase qu'il
avait commencée. Il chancela, fut obligé de s'asseoir, et la
représentation demeura suspendue pendant plusieurs minutes, au grand scandale de l'auditoire.

» Ces détails me furent donnés par le comte de Montbrun
lui-même au milieu d'une scène si triste, que je voudrais
pouvoir te la taire absolument. Cette scène serait encore
une énigme pour moi, si je ne savais à quel excès d'injustice et de dureté certaines situations pécuniaires peuvent
pousser les hommes. Sans s'en douter peut-être, le comte
profita de cette occasion pour se venger de mon opposition
à ses volontés. Abusant de la confidence que je lui avais
faite dans ma naïveté de jeune fille, il m'accabla d'outrages,
m'accusa de déshonorer son nom, quoique les circonstances qui avaient donné lieu à sa colère fussent la preuve
la plus évidente de mon innocence; il me menaça d'une
séparation judiciaire, qui devait, disait-il, t'éloigner de

moi. Je n'avais aucune connaissance des lois; la pensée
que tu pouvais m'être arrachée me fit perdre tout à fait la
tête. Je me jetai aux pieds du comte, et, devinant instinctivement le meilleur moyen de l'apaiser, je le suppliai d'accepter l'abandon absolu de ma fortune et de me permettre
de me retirer avec toi dans une petite propriété que nous
possédions en Touraine. Le comte se calma subitement.
Dans la disposition d'esprit où je me trouvais, je lui fus très-
reconnaissante de ce prompt acquiescement à mes désirs.

» Deux jours plus tard, j'étais installée dans la maisonnette où je t'écris aujourd'hui.

» Dans les premiers moments, je me félicitai de ma résolution; mais j'ai compris depuis que cette fois, comme
toujours, la faiblesse de mon caractère m'avait fait prendre
le plus fatal de tous les partis. Le monde, si indulgent
pour les coupables heureux qui savent le braver en face,
est toujours impitoyable pour les êtres souffrants et timides qui semblent proclamer leur défaite en abandonnant
le champ de bataille. Il les condamne alors sur les plus
légères apparences. Je n'échappai pas à la loi générale. On
inventa tout un drame sur mes relations supposées avec
Luigi, et j'appris bientôt que j'étais si complétement perdue de réputation, qu'aucune voix n'osait s'élever pour me
défendre.

» J'étais encore dans la première amertume de ma douleur, quand un matin la porte de ma chambre s'ouvrit, et
je vis entrer Luigi. Comment avait-il découvert ma retraite? Comment savait-il ce qui s'était passé entre moi et
monsieur de Montbrun? Aujourd'hui même je l'ignore, car
je ne songeai pas plus à le lui demander que lui à me l'apprendre dans notre courte et orageuse entrevue. Tout ce
que je compris alors, c'est qu'il m'aimait plus que jamais,
et n'avait pas cessé un seul instant de m'aimer. Les artifices employés par ma mère pour nous séparer me furent
dévoilés par lui. Il s'efforça de me persuader qu'une union
conclue dans de telles circonstances ne pouvait pas engager
ma vie entière, que les procédés de monsieur de Montbrun
envers moi suffisaient d'ailleurs pour me rendre ma liberté.
Il me supplia à genoux de le suivre. Dois-je te l'avouer?
je me laissai un instant ébranler par les sophismes que
inspirait la passion. Cependant je sentais au fond du cœur
que nos devoirs sont indépendants de toute question de
bonheur et de malheur, et que les fautes des autres ne
peuvent jamais servir de justification aux nôtres. Dieu
me donna la force de résister aux larmes de Luigi. Il me
quitta désespéré, et m'écrivit plusieurs lettres auxquelles
je ne voulus pas répondre, dans la crainte d'entretenir en
moi un sentiment qui me semblait coupable.

» Il me fallut longtemps pour me remettre de ces émotions violentes. Mes souffrances commençaient à peine à s'assoupir quand tu me fus enlevée. Après t'avoir perdue, je crus un instant que mon malheur ne pouvait plus augmenter. Cette triste conviction était encore une illusion. Le comte de Montbrun mourut, laissant des dettes énormes. Ses créanciers dédaignèrent de faire vendre la petite propriété que j'habitais, et dont le revenu, s'élevant à peine à douze cents francs par an, était la seule ressource qui me restât.

» Dans une telle situation, convaincue en outre que j'avais peu d'années à vivre, pouvais-je t'aliéner ta tante en te rappelant près de moi? Mais tu étais une enfant, tu ne pouvais comprendre de pareils calculs, et quand mon cœur se brisait dans la lutte que je me livrais à moi-même pour dominer le côté égoïste de l'amour maternel, il me fallait subir tes reproches, et me laisser accuser par toi de ne pas t'aimer !

» J'eus encore d'autres combats à soutenir. Je t'en ai déjà trop dit pour te rien dissimuler. Après la mort du comte, je sentis se réveiller avec plus de force des sentiments que rien n'avait pu éteindre, et je songeai à faire savoir à Luigi que j'étais libre. De pénibles réflexions m'arrêtèrent. Plusieurs années s'étaient écoulées depuis

ma dernière entrevue avec Luigi. Ma beauté s'était flétrie
dans la souffrance et dans les larmes. Lui écrire, n'était-ce
pas réclamer un amour devenu peut-être impossible? Non,
je ne regretterai jamais d'avoir cédé aux scrupules généreux qui me retinrent alors, quelles qu'en aient pu être
les conséquences. Tu sauras tout, ma chère enfant.

» Il y a quinze jours, j'ai reçu une lettre de Luigi, une
lettre écrite à son lit de mort, dans laquelle il me répétait
mille fois que j'avais les derniers battements de son cœur,
comme j'en avais eu les premiers, une lettre où le vide de
la gloire et le dégoût d'une existence sans affection se li-
saient si bien à toutes les pages, que je sentis que c'était
moi qui l'avais tué. Si j'avais eu le courage de lui offrir mon
amour, il vivrait encore!

» Je l'ai tué, m s j'irai bientôt le rejoindre. Sa lettre est
sur mon cœur, et elle le brûle... »

Les phrases suivantes étaient absolument illisibles, et le
manuscrit s'arrêtait là...

VI

Certes il en coûte de blâmer le cri suprême d'une femme
dont la vie n'a été qu'un perpétuel sacrifice au devoir et
qu'une perpétuelle souffrance. On ne comprend que trop
ce besoin de ne pas mourir tout entière par lequel fut ins-
pirée la confession qu'on vient de lire. Il est dur de quitter
ce monde sans laisser dans un autre cœur une empreinte
du sien, ou en n'y laissant qu'une empreinte effacée et ter-
nie. Les âmes héroïques seules trouvent la force d'emporter
dans la tombe le secret de leur vie, car cette force suppose
une foi sans bornes, ou ce complet mépris de l'humanité,
auquel le vulgaire ne saurait atteindre. Cependant, si madame de Montbrun fut excusable comme femme, comme
mère elle fut bien coupable en laissant pour testament une
pareille histoire à sa fille. Il faut avoir beaucoup vécu
pour savoir que les œuvres es romanciers ne sont qu'un
très-pâle reflet de leurs impressions. Les drames de la vie
réelle sont mille fois plus saisissants, plus hideux ou plus
sublimes que ceux qui remplissent leurs livres. Dans la
première jeunesse, on croit aisément que les situations
terribles, les péripéties inattendues dont vivent les romans,
ne sont que des fictions poétiques, et c'est ce qui diminue

le danger de ces lectures, car, dès que l'homme est convaincu de la possibilité d'une émotion, il est bien rare
qu'il ne la recherche pas avec fureur. Ceci explique comment, quoi qu'en ait dit Rousseau lui-même, le moindre
billet écrit par un amant authentiquement vivant et montré
par une jeune fille à son amie produit plus de ravage dans
une tête ardente que n'en pourraient produire toutes les
épîtres de la *Nouvelle Héloïse*, fussent-elles aussi passionnées qu'elles sont froides et emphatiques.

Marthe n'échappa point à la règle commune. En arri-
vant en Touraine, ce n'était encore qu'une jeune fille in-
souciante : elle en repartit femme, analysant la société,
agitée et rêveuse. Grâce à l'imprudence de sa mère, elle
réfléchit donc avant de vivre, et rêva l'amour longtemps
avant de le ressentir. Ce fut un grand malheur pour elle.
Il est bon, sinon au point de vue moral, du moins au point
de vue social, qu'une jeune fille soit jetée dans le mariage
avec le double bandeau de l'ignorance et de l'innocence sur
les yeux. S'il en résulte quelques éclatants scandales, il est
cependant vrai que, la maternité aidant, la plupart des
femmes a rrivent, après quelques luttes secrètes, à un état
de douce résignation et de bonheur négatif qui est peut-
être ce qu'elles ont de mieux à attendre ici-bas ; mais toute
jeune fille qui aborde la vie le cœur gonflé de désirs et la

tête remplie de rêves est sur la route des abîmes. Ou le
mariage sera pour elle une déception amère, bientôt suivie
de révoltes désespérées, ou elle fera quelque choix tout à
fait en contradiction avec les convenances de position et
de famille, qui ne pourra la conduire qu'au malheur. La
puissance qui l'entraînera tient aux plus intimes, aux plus
tristes mystères de notre nature : c'est l'irrésistible attraction de l'obstacle pour les organisations orageuses. Rien
n'est au fond plus logique, puisque l'obstacle est l'élément
le plus indispensable de la passion. Une conséquence tout
aussi logique de cette dernière vérité, c'est l'amour *cons-
cient,* si l'on peut s'exprimer ainsi, que les âmes raffinées
et corrompues finissent par concevoir pour l'obstacle, dont
les âmes ardentes et simples subissent l'influence sans la
désirer et sans la comprendre. Demandez à toute femme
qui a été dépravée par la science des livres et de la vie
avant que son cœur parlât, si le jour où, se sentant envahie
par l'amour et ayant la certitude d'être aimée, elle a entrevu qu'elle allait enfin connaître les angoisses mortelles,
les frémissements, les folles joies et les enfantillages divins
de la passion ; si ce jour-là elle aurait désiré qu'un notaire
vînt lui présenter un contrat de mariage à signer. Si cette
femme est franche, elle répondra : non ! Demandez à
l'homme blasé et en même temps avide d'émotions, ce qui

ne s'exclut pas, quelle supériorité possède à ses yeux la courtisane insolente ou la grande dame dédaigneuse, pour qui il prodigue inutilement sa vie et sa fortune, sur la noble et pure jeune fille qu'il pourrait, s'il le voulait, conduire le lendemain à l'autel? Il ne l'ignore pas, la difficulté. Proposez au joueur de lui donner à six heures du soir, à la condition de ne pas toucher les cartes, une somme double de celle qu'il se désespérera à minuit d'avoir perdue; il refusera. Le cœur humain est ainsi fait, et les hommes s'étonnent d'être si rarement heureux!

Marthe subit toutes les fatales conséquences de sa précoce initiation aux passions et aux douleurs de la femme, et ne tarda pas à se trouver excessivement malheureuse. Le mal dont elle souffrait, et qu'elle nommait, après bien d'autres, dégoût de la vie, n'était en réalité qu'un immense besoin de vivre, mêlé d'un doute amer sur la possibilité du bonheur tel qu'elle le rêvait. Aucun de ceux qui admiraient dans le salon de madame de Cernan l'exquise délicatesse de ses traits, l'éclat vif et doux de son regard, la blancheur nacrée de son teint, la grâce parfaite d'une taille qui laissait deviner la force sous la souplesse, ne pouvait avoir le moindre soupçon des pensées qui s'agitaient dans la tête de cette jeune fille belle et charmante.

« Voilà donc l'existence à laquelle je suis condamnée!

se disait-elle en regardant les jeunes femmes auxquelles elle venait de serrer la main. Tandis que leurs maris sont au club ou à l'Opéra, elles dansent ce soir ici en toilette blanche, elles danseront demain à l'ambassade anglaise en toilette bleue, après-demain elles iront aux Italiens en toilette rose, et elles s'endormiront chaque jour en appréciant la quantité et la qualité des compliments que leur auront rapportés les différentes nuances de leur parure. Cela continuera ainsi jusqu'à la première ride, et elles seront ensuite oisives et ennuyées comme ma tante, ou médisantes et hargneuses comme madame de S... Plutôt que de mener une semblable vie, j'aimerais mille fois mieux pleurer nuit et jour près du berceau de mon enfant, comme l'a fait ma pauvre mère. Peut-être ai-je eu tort de refuser ce jeune comte breton, qui désirait tant m'épouser l'été dernier. J'aurais plus de chances de ne pas m'abaisser à mes propres yeux, et d'être utile aux autres en vivant à la campagne. »

Et au milieu d'un salon étincelant de bougies et de diamants, au bruit des polkas et des conversations frivoles, Marthe se composait à elle-même une idylle à laquelle rien ne manquait, ni les beaux enfants se roulant sur la pelouse, ni les bénédictions des pauvres accueillis comme des frères dans le vieux manoir, ni les cloches du village sonnant

la prière, ni les aboiements lointains des chiens de garde
apportés par le vent du soir; mais quand au printemps
suivant elle se retrouvait en Bretagne, et voyait de près ce
qu'elle avait réussi à poétiser de loin, ses illusions s'envo-
laient à tire d'aile. Le châtelain bas-breton est d'ordinaire
illettré, grossier dans ses paroles, assez rustre dans ses
manières. Accoutumé à vivre au milieu de ses domestiques
et de ses fermiers, lesquels persistent bénévolement à se
croire ses vassaux, et qu'il traite en conséquence, il con-
tracte des habitudes d'absolutisme dont on ne s'aperçoit que
trop dans son intérieur. Il touche au paysan par deux
points, l'amour de la terre et le mépris de la femme. Dans
certaines paroisses de la Bretagne les femmes servent encore à table leurs maris et leurs fils en bas-âge, sans avoir
le droit de s'asseoir près d'eux; partout dans les églises
elles s'agenouillent humblement au bas de la nef, tandis
que les hommes entourent l'autel. Les femmes des seigneurs,
c'est-à-dire des deux ou trois grands propriétaires de la
commune, ont bien, il est vrai, leur banc à l'église tout
près de la balustrade du chœur; mais dans leur ménage
elles sont généralement traitées en Bretonnes. Si leur mari
est riche, il se croira très-généreux en leur octroyant trois
ou quatre cents francs par an pour leur toilette; s'il est
pauvre, elles deviendront ses premières servantes, et le ho-

bereau laissera très-bien sa femme et ses filles manger de la bouillie de blé noir et du laitage, tandis que lui et l'héritier présomptif de son nom seront attablés devant quelque succulente pièce de viande. Sans doute il aime sa femme, mais un peu comme il aime ses bœufs et ses chevaux, pour les services qu'elle lui rend. La plus appréciée des épouses est celle qui sait réaliser les plus belles économies sur les gages et sur la nourriture de ses domestiques, faire tisser au meilleur marché possible les plus solides pièces de toile, ou confectionner avec le plus de talent les lourdes pâtisseries et les ratafias qui surchargent une table bretonne dans les grands jours. Ces grands jours reviennent assez souvent, car le Breton est hospitalier et associe volontiers ses amis aux interminables repas qui sont son unique distraction et sa plus vive jouissance. Nous devons ajouter qu'un vrai gentilhomme bas-breton compte pour rien le reste du monde, que l'univers finit pour lui à la limite de son domaine, et qu'on perdrait son temps, si on s'engageait dans quelque discussion ayant pour but de lui démontrer la grandeur et l'utilité de certaines idées nouvelles, car il est d'avance parfaitement décidé à les considérer comme non avenues.

Tous les hommes du monde et tous les gentilshommes campagnards qui aspirèrent à la main de Marthe furent

6

donc également éconduits par elle, et cependant, quand
elle chantait, elle s'arrêtait souvent suffoquée par les larmes. Si elle lisait une histoire d'amour, le cœur lui battait
si fort, qu'elle jetait le livre loin d'elle, sans pouvoir achever la page commencée, et parfois, en ôtant le soir devant
sa glace les fleurs ou les rubans de sa coiffure, elle se disait avec tristesse : « Je n'aimerai donc pas ; je ne serai
donc jamais aimée ! »

Ce n'est pas qu'elle fût arrivée jusqu'à sa vingtième
année sans avoir entendu quelques déclarations passionnées ; mais ceux qui les lui avaient adressées n'étaient
inspirés près d'elle que par ce judicieux calcul : le cœur est
la route la plus directe pour arriver à la dot d'une jeune
fille. Or, quoi qu'on en dise, rien ne se joue aussi mal que
l'amour, et Marthe n'avait fait que rire de leurs phrases et
de leurs soupirs. Cependant, comme toutes les femmes
belles et distinguées, elle avait été aimée aussi avec enthousiasme, avec idolâtrie par des hommes auxquels elle aurait
peut-être donné sa vie, s'ils avaient eu le courage de lui
dire un mot, ou de chercher son regard ; mais ceux-là
étaient pauvres et fiers : l'idée qu'on pourrait les accuser de
vouloir capter une héritière faisait mourir les paroles sur
leurs lèvres. Ils restaient assis dans quelque coin du salon,
s'enivrant de sa beauté, buvant avec amour l'air qu'elle

respirait, heureux quand les plis de sa robe les effleuraient par hasard. Ceux-là ne prenaient pas devant elle des poses à la Manfred, et ne lui récitaient pas des élégies à la Werther; mais, en rentrant chez eux, ils versaient leurs adorations et leurs souffrances dans des pages, souvent sublimes, qu'ils osaient à peine relire le lendemain matin. Combien d'œuvres que nous admirons ont été inspirées par des femmes qui n'en auraient pas reconnu l'auteur, si elles l'avaient rencontré dans la rue.

Ils eussent été bien étonnés, ces timides amoureux, s'ils avaient pu lire dans le cœur de leur divinité, de cette femme qu'ils croyaient si heureuse (on croit toujours heureuse la personne qui peut nous donner un immense bonheur!), s'ils avaient pu la voir, pendant les tièdes nuits de juin, penchée à son balcon, pâle et les yeux humides, se demandant pourquoi, quand les étoiles gravitaient amoureusement l'une vers l'autre, quand les oiseaux se répondaient du chèvre-feuille à l'églantier, quand les insectes s'appelaient sous l'herbe, quand les fleurs s'envoyaient leur âme dans un parfum, elle seule était isolée, elle seule souffrait dans la nature.

Marthe souffrait beaucoup en effet, et personne autour d'elle ne soupçonnait ses souffrances. A qui en eût-elle parlé? L'abbé, qui seul lui était sympathique, n'était pas

un de ces prêtres qu'une longue pratique de leur ministère
a initiés à toutes les maladies du cœur humain, à tous les
mystères de la vie sociale. Son existence n'avait été qu'une
continuelle aspiration vers Dieu, qu'une continuelle étude
de ses œuvres. Il était doux comme l'Évangile et calme
comme la science; mais il ne connaissait guère ni l'homme,
ni la société. D'ailleurs, quand Marthe eût eu près d'elle
une âme pouvant comprendre la sienne, lui aurait-elle
confié ce qu'elle éprouvait? Non. L'âme a sa pudeur, et
cette pudeur se développe toujours en raison de nos agitations et de nos désirs. Si vous entendez une femme exalter
sa sensibilité et faire parade de la profondeur et de la violence de ses impressions, soyez convaincu que cette femme-
là n'a ni cœur ni passions.

Marthe, du reste, ne s'abandonnait pas sans lutte aux
vagues inquiétudes qui la dévoraient. L'hiver elle cherchait un refuge dans l'étude et dans les arts, l'été elle demandait l'oubli d'elle-même et la fatigue physique à de
longues courses à cheval; mais, nous l'avons dit, la musique, les livres, tout lui parlait d'amour. Quand elle avait
parcouru au galop les landes immenses brûlées par le soleil, respiré à pleins poumons les brises fortifiantes de la
mer, au lieu de calme elle ressentait une sorte d'enivre-
ment, et au retour de ces promenades, ne sachant où ré-

pandre la vie qui l'inondait, il lui arrivait souvent de descendre de cheval pour embrasser les enfants du village qu'elle rencontrait sur son chemin.

Expliquerons-nous pourquoi et comment elle aima Manuel ? Qui n'a pas essayé de s'expliquer pourquoi et comment il a aimé, et qui n'a pas échoué dans cette entreprise ? Nous essaierons aussi, mais nous savons d'avance que le résumé le plus exact de tout ce que nous pourrons dire serait encore cette énorme naïveté : elle l'aima parce qu'elle l'aima.

Avant tout cependant, Manuel possédait les deux plus grandes séductions qui soient au monde, celle de l'inconnu et celle de l'impossible, ou à peu près, car l'impossibilité absolue empêche le désir de naître. L'amour d'un étranger, n'est-ce pas, à tous les points de vue, l'inconnu ? La femme ne sait rien du passé de celui qu'elle aime, rien de ces prosaïques détails de la vie de chaque jour qui nuisent infailliblement au prestige du plus charmant des hommes. Elle peut créer à son gré l'auréole de son dieu, et l'imagination d'une femme est toujours en ce cas bien poétique et bien féconde! Elle-même se sent entraînée vers des régions inexplorées jusque-là, plus que toute autre elle peut se faire la douce illusion de croire que sa vie n'a commencé qu'avec le réveil de son cœur, et c'est avec délices qu'elle

6*

oublie tout ce qu'elle a connu auparavant pour contempler, à travers son amour, de nouveaux cieux et une terre nouvelle.

Quant à l'impossible, il n'était que trop évident pour Marthe que la baronne ne consentirait jamais à son union avec un proscrit, un plébéien, un homme sans fortune et sans position assurée. Manuel avait en outre une certaine grandeur dans l'imagination, et comme il prenait de la meilleure foi du monde son imagination pour son caractère, il était impossible de ne pas partager une illusion dont il était la première dupe. On admirait donc en lui la plus généreuse et la plus énergique de toutes les natures, tant que la nécessité de traduire sa parole en actes n'était pas venue révéler sa faiblesse réelle. Dans la conversation, il savait faire vibrer toutes les nobles cordes de l'âme, et, sous l'influence de l'amour, il en tirait des sons magiques. L'incertitude de son avenir, l'immense disproportion qui existait entre ses désirs et sa situation actuelle, le servirent aussi beaucoup près de Marthe. Une gloire définie, classée, numérotée pour ainsi dire, une position déterminée, inamovible, ne peuvent, si grandes et belles soient-elles, exciter beaucoup d'enthousiasme : où la borne apparaît, le dégoût commence ; mais quand on prend la mesure de sa statue sur celle de ses aspirations, quand on bâtit sa demeure dans les domaines illimités du rêve, rien n'empêche de s'élever jusqu'à des hauteurs inaccessibles, de remplir l'infini de sa personnalité, et comme une femme croit tout possible à l'homme qu'elle aime, elle s'envole pleine de confiance sur les ailes de l'amour pour prendre avec lui possession de l'univers. La nécessité d'abandonner tout, lieux, choses, personnes, l'ignorance complète de ce qui l'attendait ailleurs, ce fut encore un charme pour Marthe; sa pensée ne pouvant se prendre à rien de ce qui n'était pas l'amour, elle ne vit devant elle que l'identification absolue de deux existences, les voyages à deux, le travail à deux, le bonheur à deux, et surtout la souffrance à deux, la plus puissante de toutes les attractions pour le cœur d'une femme.

Dès les premières visites de Manuel au château, Marthe se sentit transformée. Quand il la quittait le soir, elle passait de longues heures accoudée à sa fenêtre; mais l'hymne de bonheur que la terre chante à Dieu pendant les belles nuits n'éveillait plus en elle ni colère, ni souffrance. Elle aurait voulu que les mondes marchassent plus rapidement l'un vers l'autre dans l'espace, que les oiseaux chantassent plus fort, que le cri des insectes fût plus aigu, le parfum des fleurs plus pénétrant, car elle aussi vivait, elle aussi vibrait de tout son être, elle aussi se baignait avec transport dans les effluves de vie qui sortaient de tous les pores de la création : elle n'était plus seule.

Elle s'oubliait jusqu'au matin dans les muets entretiens qui suivent les entrevues des amants, entretiens souvent plus délicieux dans leur vague infini que ceux qui les ont précédés, et dans lesquels on écoute et on répond, on s'irrite et on s'apaise, on attire et on repousse, car il y a bien deux vies dans un cœur qui aime, et celle qui semble sa vie propre n'est pas celle qu'il sent le plus fortement.

Cette ivresse avait pourtant son réveil. Marthe se reprochait alors son amour comme une faute et comme une folie. Quoiqu'elle eût pénétré depuis longtemps tous les replis de l'égoïsme mesquin de la baronne, elle ne pouvait oublier ce qu'elle lui devait. D'ailleurs un lien mille fois plus fort pour les âmes élevées que celui de la reconnaissance l'attachait à elle : elle sentait qu'elle lui était indispensable. Marthe était la joie, le charme, l'âme enfin de la maison de madame de Cernan. Pouvait-elle abandonner sa tante au moment où la vieillesse allait l'atteindre, où elle aurait plus que jamais besoin de soins, de distraction, de tendresse ? Cette pensée l'épouvantait comme celle d'un crime. Elle se jurait à elle-même de vaincre son cœur, de ne plus revoir Manuel, et réussissait parfois à se tenir parole pendant trois interminables jours. Qu'on ne s'y trompe pas :

c'était héroïque, et l'homme le plus fort, aimant comme elle aimait, eût été probablement incapable d'en faire autant. Les femmes puisent dans leurs instincts de résignation et dans la pureté immaculée de leur âme des forces que les hommes ne connaissent pas.

Sans l'accident de George et le duel de Manuel, le combat que Marthe se livrait à elle-même eût sans doute duré longtemps encore ; mais après l'aveu de son amour, car elle ne s'abusa pas un instant sur les conséquences de la démarche que lui avait conseillée le désespoir, elle retrouva un peu de calme. Les compositions de conscience, les réticences hypocrites, n'étaient pas faites pour une âme comme la sienne. Elle eut bientôt à le prouver.

VII

La joie et la confiance inspirées à Manuel par la visite de Marthe n'avaient pas été de longue durée. Elle avait à peine quitté sa chambre depuis quelques instants, que le doute le torturait de nouveau. L'excitation cérébrale qui en résulta vint compliquer très-gravement son état. Une fièvre ardente se déclara. Les événements des jours précédents, transfigurés par le délire, se combinaient de mille façons dans sa tête malade. Quelquefois il causait avec Marthe comme si elle eût été présente; d'autres fois il se dressait sur son lit, et fixant sur Juan un œil hagard, il lui disait d'une voix creuse et terrible : — Sais-tu qu'elle est allée voir George? — Ou bien il saisissait sa main et lui répétait plusieurs fois de suite avec l'accent de la dé- mence; —Crois-tu qu'elle m'aime? crois-tu qu'elle m'aime? — Ce à quoi le pauvre Juan ne savait que répondre.

Le médecin, qui, le premier jour, avait exagéré le dan- ger de la blessure de Manuel pour se procurer la gloire d'une cure merveilleuse, mais qui savait très-bien au fond qu'elle n'avait aucune gravité, ne comprenait rien à ce qu'éprouvait son patient, et après lui avoir vainement ad- ministré toutes les potions calmantes et toutes les pilules soporifiques en usage à B..., il finit par avouer franche- ment son embarras. Juan, désolé, ne vit plus qu'une chance de sauver son ami, et cinq jours après la visite de Marthe il partit un soir pour Cernan, bien décidé à avoir avec ma- demoiselle de Montbrun une explication catégorique.

La détermination de Juan était moins étrange de la part d'un Espagnol qu'elle ne l'eût été de la part d'un Français. Les affaires de cœur se traitent en Espagne, quand il s'agit d'une jeune fille, avec une franchise dont nous n'avons pas l'idée. La plupart des jeunes Espagnoles ont un adorateur en titre qu'elles décorent, souvent assez gratuitement, du titre de *novio*, fiancé. Leur amour n'est un secret pour personne; elles en entretiennent sans cesse leurs amies, l'affichent publiquement, et écrivent même à leurs amants sans trop s'en cacher. Comme c'est l'usage en France d'attendre qu'une femme soit mariée pour lui faire la cour, bien des gens trouveront cela très-immoral; nous nous permettrons cependant d'avancer qu'il y aurait d'assez bonnes raisons à donner en faveur du système de nos voisins.

Juan n'avait aucune des qualités du diplomate. Il aurait donc très-probablement échoué dans la mission qu'il s'était confiée à lui-même, s'il n'avait pas eu le cœur de Marthe pour complice. Elle eut l'adresse de se ménager un tête-à-tête avec lui, au milieu d'un salon où plus de douze personnes se trouvaient réunies : ce fut elle aussi qui lui adressa la première question sur Manuel. Juan ne s'en aperçut pas et se crut très-habile, ce qui l'enhardit. Il rencontra des mots éloquents pour peindre les angoisses de son ami. Marthe se troubla. Avec l'audace qu'ont parfois les gens timides, quand une grande émotion les fait sortir de leur caractère, il osa enfin lui dire : — Puis-je affirmer à Manuel que vous l'aimez? — Elle répondit très-distinctement : Oui. Il fut ensuite convenu entre eux que Juan

viendrait de temps en temps au château pour donner à
Marthe des nouvelles de Manuel. Le bon *hidalgo* repartit
quelques instants après cette conversation, enchanté de
lui-même et encore plus de Marthe, à laquelle il trouvait
une âme vraiment espagnole, ce qui était pour lui l'idéal
de la perfection.

Comme Juan l'avait admirablement pressenti, le traite-
ment moral auquel il soumit Manuel, dès qu'il eut la certitude de l'amour de Marthe, fut mille fois plus efficace que
les recettes pharmaceutiques du docteur. Au bout de quelques jours le malade était tout à fait hors de danger. Bientôt il put écrire à mademoiselle de Montbrun : Juan fut
chargé de faire parvenir les lettres au château et d'en rap-
porter les réponses de Marthe, car Marthe n'hésita pas à
répondre. Les visites de Juan à Cernan devinrent presque
journalières. Il n'y alla d'abord que par dévouement à son
ami; mais un motif tout personnel, dont nous parlerons
en temps et lieu, se mêla bientôt à ce premier sentiment.

Manuel, entré en pleine convalescence et sûr d'être aimé,
jouit de ce bonheur à peu près complet auquel l'homme
n'atteint que dans les rares instants où une impossibilité
absolue d'avancer dans la vie s'associe à un état moral heureux ; dès qu'on marche, on se blesse inévitablement aux
pierres dont la route est semée. Il ne pouvait voir Marthe,

mais il savait qu'il la verrait bientôt et qu'elle attendait ce moment avec impatience. C'était assez pour vivre au ciel. Une lettre d'elle vint le consterner. Par une fatalité inconcevable, l'abbé, qui depuis cinq années ne s'était pas absenté un seul jour, projetait, lui écrivait-elle, de partir très-prochainement pour Paris, où son ami intime, zélé missionnaire que les Japonais avaient cruellement maltraité, venait se faire soigner. Manuel crut tout perdu. Plus de ces longues séances dans la bibliothèque, pendant lesquelles il s'était vu si souvent par la pensée assis près de Marthe, tous deux lisant dans le même livre, et par une communication mystérieuse s'arrêtant à la même phrase, se cherchant des yeux au même mot. Plus de ces promenades où le bras de Marthe devait s'appuyer sur le sien, leurs pieds fouler la même touffe d'herbe, leurs regards se fixer sur le même nuage, sur la même fleur. Il avait senti et aperçu tout cela en imagination ; fallait-il renoncer à la réalité? Serait-il condamné à ne plus la voir que dans un salon comme tout le monde, à lui adresser de banales paroles, aujourd'hui qu'il pouvait lui dire qu'il l'aimait? Combien il regrettait les heures qu'il avait perdues autrefois près d'elle! Les plus ravissantes heures de la vie, celles où l'on s'aime sans se le dire, dans son aveugle douleur, il les appelait des heures perdues!...

7

Il se passe quelquefois en nous un phénomène analogue à celui que tout le monde a mille fois observé dans le ciel. Un nuage dont les contours semblaient précis, arrêtés, présente au bout de quelques minutes un aspect absolument différent, sans que nos yeux attachés sur lui aient pu rien saisir des phases diverses de cette transformation. Manuel croyait encore pleurer la ruine de ses projets et de ses rêves, quand déjà de nouveaux projets et de nouveaux rêves les avaient remplacés dans son esprit. Au lieu de se voir près de Marthe dans la bibliothèque, et de parcourir avec elle la fraîche vallée dont la flore était le sujet habituel des études de l'abbé, il voyait mademoiselle de Montbrun entrer dans la chaumière de Catherine, et s'asseyait avec elle sur quelque rocher battu par la mer. Il ne doutait pas qu'il n'eût le pouvoir de déterminer Marthe à ces entrevues; mais il y pressentait néanmoins de grands obstacles, quand il analysait les habitudes du château de Cernan avec la minutieuse prévoyance qu'on apporte, en certains cas, dans les plus petites choses. Les plus petites choses! Le moindre détail concernant Marthe pouvait-il être une petite chose pour Manuel? N'est-il pas constant qu'il n'y a pour nous dans les choses que ce que nous savons y mettre de nos sentiments et de nos idées?

La distance qui séparait le château de la petite ville

effrayait par-dessus tout Manuel ; moins d'un quart d'heure après la réception de la lettre fatale, il était irrévocablement arrêté dans sa tête que, dès qu'il pourrait quitter sa chambre, il s'établirait dans les environs de Cernan. Où irait-il ? — Il n'en savait rien ; mais dût-il habiter le tronc creux d'un vieil arbre, la fente d'un rocher, il était résolu à se rapprocher de Marthe.

Le hasard semble mettre quelquefois une invraisemblable bonne volonté à arranger nos affaires. Au moment où Manuel se torturait l'imagination pour découvrir la probabilité d'un abri dans les environs de Cernan, un vieux pêcheur, compagnon habituel de Juan dans ses expéditions nautiques, entra dans l'appartement où se trouvaient les deux amis. Il venait annoncer à Juan qu'il partait le lendemain pour Concarneau. C'est un usage traditionnel parmi les pêcheurs du Finistère de se louer, hommes et bateaux, à quelque propriétaire de *presse* (on nomme ainsi les établissements dans lesquels on prépare les sardines) pendant tout le temps que le petit poisson qu'on pourrait appeler justement la manne de la Bretagne, séjourne sur les côtes de cette province. Concarneau est renommé pour ses *presses.*

Dès la première phrase du pêcheur, Manuel releva vivement la tête. Cet homme habitait seul une chaumière bâtie

à deux cents pas de celle de Catherine. Jamais la colon-
nade du Louvre ne se promena dans les rêves d'un prétendant au trône de France, dorée de reflets aussi fantastiques
que ceux dont la misérable cahute du marin s'illumina en
cet instant pour Manuel. A peine osa-t-il espérer qu'il consentirait à la lui louer, et ce fut en tremblant qu'il hasarda
cette proposition. Le bonhomme crut tirer très-habilement
parti des circonstances en demandant trois francs par mois
de son immeuble. Manuel lui donna immédiatement une
pièce de vingt francs que le pêcheur fut tenté de croire
fausse, tant cette générosité lui sembla exorbitante. Le
lendemain, Manuel se faisait dire le matin par son médecin que les bains de mer lui seraient très-salutaires dans
une quinzaine de jours, et le soir il donnait des ordres à
Catherine pour son installation future.

Si le goût de la paysanne avait seul présidé à la décora-
tion de la chaumière, il est plus que probable que Manuel
en aurait trouvé l'aspect peu séduisant; mais, dès que
Marthe eut connaissance de ce projet, elle prit la direction
de tous les changements à opérer pour faire d'une chaumière bretonne un lieu habitable : entreprise difficile, dans
laquelle elle réussit complétement.

Elle commença par faire reléguer au grenier le mobilier
du pêcheur; puis on couvrit les murs, jadis blanchis à la

chaux, d'un badigeon gris perle, dont les tons doux se mariaient parfaitement avec les stores de perse rose qu'on suspendit aux fenêtres, heureusement plus grandes que ces ouvertures ne le sont d'ordinaire en Bretagne. Une natte fut posée sur la terre battue qui tenait auparavant lieu de parquet. La chaumière se divisait en deux pièces. Dans la première, destinée à servir de salon, Marthe fit remplir d'arbustes en fleurs une cheminée beaucoup plus vaste que la plupart des chambres à coucher parisiennes, qui se trouva ainsi transformée en serre. Un divan et quelques fauteuils, recouverts aussi en perse rose, complétèrent l'ameublement. Marthe glissa dans les tiroirs d'une table à écrire le porte-plume et les crayons dont elle se servait habituellement, et fit accrocher aux murs quelques remarquables études faites par elle d'après nature. Avec quel plaisir elle rangea sur de rustiques étagères les livres qu'elle aimait elle-même et ceux que Manuel aimait! Quelle coquetterie elle mit à grouper ses fleurs, de manière à en faire ressortir toutes les nuances, la veille du jour où il vint prendre possession de son nouveau domicile!

Marthe avait recommandé un silence absolu à Juan et à Catherine. Tous deux lui avaient scrupuleusement obéi. Rien ne trahissant au dehors le luxe de la chaumière, Manuel, au moment d'y entrer, croyait retrouver le gîte

obscur qu'il avait entrevu autrefois. Au premier coup d'œil
qu'il y jeta, il se retourna vers Juan et vers la paysanne
qui l'accompagnaient avec un visage si stupéfait, que Juan,
qui ne riait pas souvent, en vrai Castillan qu'il était, laissa
échapper un franc éclat de rire.

« Qui donc a installé cela? dit Manuel en hésitant un
peu, car il avait très-bien compris que ce ne pouvait être
que Marthe.

— Ah ! vous savez bien qui, dit la paysanne d'un air
fin; est-ce qu'une autre aurait eu la patience d'arranger
toutes ces niaiseries-là? »

Resté seul, Manuel fut plusieurs fois tenté d'embrasser
tous les objets contenus dans la chambre, et les murs eux-
mêmes, tant ce qui l'entourait lui semblait imprégné de
Marthe !

VIII

Ce fut un beau jour pour Marthe et pour Manuel que
celui où ils se revirent pour la première fois devant la
chaumière de Catherine. On croit peut-être qu'en s'abordant ils se parlèrent de leur amour : non, ils s'entretinrent
de la beauté du temps, du bleu foncé du ciel, du calme

parfait de la mer qui s'étendait à l'infini devant eux ; mais c'était d'une voix tremblante qu'ils s'adressaient les phrases banales que répètent chaque matin les habitués des bains de mer. En les prononçant, Manuel était d'une pâleur effrayante ; Marthe était rouge et avait les yeux pleins de larmes. Ils s'assirent sur un banc de bois et jouèrent avec les enfants de Catherine. Marthe les garda bien plus longtemps près d'elle qu'elle ne l'eût fait en toute autre circonstance. Ils s'étaient pourtant mille fois écrit qu'ils s'aimaient, ils se l'étaient écrit dans les termes les plus passionnés ; mais l'homme est ainsi : toute situation nouvelle l'étonne, et le moindre changement dans la forme semble pour lui emporter le fond ; d'où l'incommensurable puissance des usages établis et des symboles, quels qu'ils soient.

Peu à peu cependant leur conversation devint plus intime ; Manuel remercia Marthe des soins qu'elle avait pris pour embellir sa demeure, et lui dit avec effusion le bonheur qu'il éprouvait à lire des pages déjà lues par elle, à écrire avec la plume dont il l'avait vue se servir tant de fois. Une larme qui brillait depuis longtemps entre les cils de Marthe roula sur sa joue ; Manuel prit sa main et la serra. A partir de ce moment, toute contrainte cessa entre eux. La fleur qui s'entr'ouvre est trahie par son parfum ; les pleurs trahissent chez l'homme l'ouverture du cœur.

De quoi parlèrent-ils ? de quoi ne parlèrent-ils pas ! Ils se racontèrent longuement les ennuis de leur existence passée; ils étaient si malheureux alors, ils ne s'aimaient pas. Ils revinrent sur les circonstances de leurs premières entrevues. Une interminable discussion s'engagea entre eux pour savoir lequel des deux avait aimé le premier. Manuel avait déjà tranché la question en écrivant à Marthe qu'il l'avait aimée toujours. Il prétendit ensuite se rappeler, à une épingle près, la toilette que Marthe portait la première fois qu'il l'avait aperçue. Il fit assez heureusement la description de la robe et de la coiffure, mais il se trompa sur la nuance d'un ruban. Il fut ainsi prouvé qu'il ne savait pas distinguer le bleu du lilas, et Marthe lui donna immédiatement une leçon sur les couleurs à l'aide d'un de ces charmants petits œillets, si parfumés, qui poussent dans le sable, et d'une fleur de bourrache cueillie dans le jardinet de Catherine. Des couleurs ils passèrent à la botanique, de la botanique à Dieu, qu'on peut oublier dans une chambre, mais qui parle si haut par les voix multiples de la nature, que l'homme, vibrant au souffle de la vie commune, sent involontairement le grand nom monter de sa poitrine gonflée à ses lèvres, dès qu'il se trouve en face d'elle. Puis Manuel confia à Marthe ses vastes projets pour la régénération de la société espagnole, projets dont les conséquences devaient s'étendre à l'Europe entière. Elle écoutait tout et croyait tout. Elle interrompit cependant Manuel pour lui raconter que sa tante lui avait dit le matin même, qu'elle désirait vivement la voir épouser le fils de son amie, le marquis de Rosbac. Elle l'avait oublié jusque-là. Elle en parla en riant; elle pensait que cette fois, comme tant d'autres, sa tante la laisserait parfaitement libre. D'ailleurs, quand Manuel se sentait une force à bouleverser le monde, quand elle voyait déjà la grandeur et la gloire de celui qu'elle aimait éclipser toutes les autres gloires et toutes les autres grandeurs, quelle importance pouvait-elle attacher à la volonté de deux vieilles femmes et à l'élégant danseur qu'on appelait le marquis de Rosbac? Que pouvait être en ce moment pour elle la société avec ses calculs et ses entraves? Elle était seule avec Manuel, assise près de lui, pouvant mettre pour la première fois toute son âme dans un mot, toute sa vie dans un regard, heureuse de lui parler, heureuse de l'entendre, heureuse de le voir, et plus heureuse encore dans les instants où, les paupières baissées et les lèvres muettes, elle oubliait l'univers et l'oubliait lui-même, pour contempler l'infini dans son cœur. L'infini ne semblait-il pas encore se laisser entrevoir partout autour d'elle? Aussi loin que l'œil pouvait s'étendre, rien

7*

qu'une plage blanche et sans limite; au-dessus de sa tête,
un ciel d'un azur uniforme, et devant elle la mer immense,
dont les vagues, arrondissant mollement leur cime, venaient mourir à ses pieds en murmurant, comme pour lui
dire : « Si on vous persécute ici, si cette terre vous est impitoyable, confiez-vous à nous ! Nous nous jouons des lois
et des barrières des hommes, et nous vous porterons vers
des régions où l'on peut aimer. »

Il fallut enfin se séparer. Manuel voulut accompagner
Marthe aussi loin que cela se pouvait sans trop d'imprudence. Le mois de juillet finissait et il était deux heures du
soir. Pour trouver un peu d'ombre, ils entrèrent dans une
prairie entourée d'arbres comme toutes les prairies bretonnes, où erraient un grand nombre de vaches et quelques taureaux; l'un d'entre eux leur barrant le passage,
Marthe, au lieu de faire un circuit, l'écarta doucement avec
son ombrelle. — Je ne vous permettrai pas de faire cela
en Espagne, dit Manuel; chez nous, ces animaux sont
terribles.

Cette simple phrase, la dernière que Manuel prononça
avant de la quitter, résonna délicieusement aux oreilles de
Marthe. Il lui sembla que Manuel venait de prendre possession de sa vie. Elle n'aurait plus désormais ni le droit
de se diriger elle-même, ni la préoccupation de se défendre

du danger ; c'était lui qui lui donnerait des ordres, lui qui la protégerait, en France, en Espagne, partout.

Des entrevues semblables à celles que nous venons de raconter se renouvelèrent presque chaque jour. Tous les matins, Catherine allait à Cernan pour apprendre de Marthe à quelle heure elle pourrait se rendre dans sa chaumière, et Manuel en était immédiatement informé. C'était d'ordinaire vers le milieu de la journée que mademoiselle de Montbrun trouvait moyen de quitter le château, De tout temps elle s'était réservé quelques heures pour l'étude, et on s'inquiétait peu de savoir si elle les passait dans sa chambre, dans la bibliothèque, ou dans un pavillon rustique dont elle s'était attribué la jouissance exclusive.

La chaumière de Catherine était sombre, et, il faut l'avouer, assez sale. Le sable de la grève, chauffé depuis le matin par le soleil, brûlait les pieds et aveuglait par ses blanches réverbérations. Marthe et Manuel furent forcés de demander un abri aux rochers du rivage. Après bien des recherches, ils découvrirent une sorte d'enfoncement qui leur parut former un charmant salon naturel. Des plantes saxifrages, entremêlées de bruyères rouges, en tapissaient les parois. Au fond, un bloc de granit brisé pouvait servir de banc, et les pieds s'enfonçaient dans un sable

d'une extrême finesse, semé de coquillages et de paillettes
de mica qui brillaient comme des diamants. De bizarres
entassements de roches grises dérobaient aux regards ce
gracieux repli du rivage, que quelque mouette fatiguée
d'un long voyage ou quelque goëlan curieux visitait seul
de temps en temps.

Ce fut là que Marthe prit ses premières leçons d'espagnol
dans les œuvres de Zorilla et d'Espronceda. Ces poëtes
parlent magnifiquement de l'amour. Elle les lut avec enthousiasme. Jamais aucun poëte français n'avait produit
sur elle une telle impression. Des mots nouveaux à notre
oreille, vierges de toutes les acceptions banales ou ridicules
du langage vulgaire, prêtent toujours un charme immense
aux idées et aux sentiments, quels qu'ils soient; mais
quand le sentiment exprimé est pour nous aussi nouveau
que les mots qui l'expriment, et que ce sentiment est l'a-
mour, alors plus que jamais la poésie nous apparaît comme
une révélation d'un monde supérieur, comme une note
de la grande harmonie, comme un accord de l'hosanna
éternel que les archanges chantent devant le trône de
Dieu.

Après l'étude venaient des rêves sans fin d'avenir et d'a-
mour; des rêves, pas de projets, leur position ne leur permettait pas d'en faire. Il était cependant arrivé à Marthe

ce qui nous arrive à tous, quand nous sommes sous l'empire d'une préoccupation unique. Depuis qu'elle avait décidé dans son cœur que sa vie était indissolublement liée à celle de Manuel, elle avait oublié les obstacles qui lui semblaient auparavant invincibles. Quand, comment obtiendrait-elle de sa tante la permission de l'épouser? Elle n'en savait rien, mais elle ne doutait pas de la possibilité de l'obtenir. Pour parler de Manuel à la baronne, elle attendait le départ de la marquise de Rosbac, le rappel de Manuel en Espagne, ou toute autre circonstance favorable. Que lui importait d'attendre? Sa vie actuelle était si heureuse, que peut-être, au fond de l'âme, craignait-elle plus qu'elle ne le désirait tout ce qui devait y apporter un changement quelconque.

Les entrevues du bord de la mer ne furent pas longtemps les seules. Manuel, ne pouvant se résigner à passer toutes ses soirées à la fois si près et si loin de Marthe, se décida à reparaître dans le salon de la baronne. Ce ne fut pas sans de longues hésitations et sans une secrète inquiétude qu'il accomplit cette résolution; mais, chose étrange, il fut reçu à Cernan comme s'il y était allé la veille. On lui demanda vaguement de ses nouvelles; personne ne parut avoir connaissance de son duel ni de sa blessure. Il remarqua aussi avec étonnement qu'on ne prononçait jamais devant lui le

nom de George. Ces visites au château étaient délicieuses
pour Manuel; sûr d'être aimé, il éprouvait un singulier
plaisir à voir Marthe entourée d'hommages. Il est si enivrant pour l'amour-propre de se dire que la femme que
tous encensent comme une divinité, qui reste fière et dédaigneuse pour tous, était quelques instants auparavant
tendre, craintive et prosternée devant vous. Il y a de telles
jouissances pour le cœur dans un mot d'amour murmuré
bien bas entre deux phrases officielles, dans un regard si
rapide que nul ne peut le surprendre, et qui contient pour
vous le plus éloquent des poëmes! La réserve et la froideur
apparentes qu'impose le monde ont de plus un incalcu-
lable avantage, c'est qu'en retrouvant le lendemain la femme
qu'on aime si différente de ce qu'elle a été forcément la
veille, on croit faire chaque jour une conquête nouvelle et
apprendre pour la première fois qu'on est aimé.

Pendant quelques semaines, Manuel, comme Marthe,
vécut donc d'une existence qui tenait plus du rêve que de
la réalité; mais la réalité ne se laisse pas longtemps oublier. Elle apparut un matin à Manuel sous la forme de
son ancienne propriétaire, l'épicière qui lui avait voué un
très-vif attachement, et venait juger par elle-même de l'effet des bains de mer sur sa santé. Ses souffrances, surtout
son bonheur, avaient fait complétement oublier à Manuel

les bavardages de la petite ville; à peine se rappelait-il la cause de son duel. Tout cela était si loin de lui! L'épicière vint cruellement en aide à sa mémoire. Elle crut lui être très-agréable en lui parlant de Marthe avec indignation, et lui apprit une foule de commentaires qu'il ignorait sur son duel et sur l'accident de George. — Après tout, ajouta-t-elle en finissant, comme le disait très bien-madame la *mairesse* à mademoiselle Lormeau, qui me l'a raconté, toutes ces femmes qui montent à cheval comme des officiers de housards, qui passent leur vie le nez fourré dans les livres, sont des *pas grand'chose*, et il faudrait qu'un homme eût perdu la tête pour songer à les épouser.

Si Manuel croyait dédaigner quelque chose au monde, c'était certainement l'opinion de madame la *mairesse* et celle de mademoiselle Lormeau; il affichait même une souveraine indifférence pour l'opinion d'autrui en général, ce qui ne l'empêcha pas de se sentir très-blessé par les propos que lui rapportait l'épicière, et d'éprouver une sorte d'irritation contre Marthe, bien qu'il approuvât fort pour son compte ses goûts et ses occupations. C'est le fait de tous ceux dont l'amour est surtout dans la tête, d'avoir sans cesse besoin que l'admiration des autres vienne confirmer leur propre admiration.

Marthe avait fait prévenir Manuel par Catherine qu'elle

ne pourrait pas le voir ce jour-là. Il passa donc une très-triste journée, tantôt essayant de lire sans qu'aucun livre pût fixer son attention, tantôt se promenant à grands pas sur ce rivage, dont toute la poésie s'était évanouie pour lui. Le soir venu, il se dirigea vers le château. Les habitants de Cernan y arrivèrent en même temps que lui, les deux douairières en calèche découverte, le marquis, sa sœur, Marthe et Julia à cheval. Pendant le dîner, auquel Manuel assista, la conversation fut très-animée, et roula principalement sur la hardiesse avec laquelle mademoiselle de Montbrun avait fait franchir à son cheval une haie qui barrait la route, tandis que la vicomtesse rebroussait chemin en poussant des cris de terreur. Le marquis de Rosbac ne tarissait pas en phrases élogieuses, et Marthe, qui n'attachait qu'une médiocre importance à son exploit, mais que le grand air et l'exercice avaient excitée, riait et causait avec une grande gaieté.

Dans toute autre circonstance, Manuel eût été ravi et fier du courage de Marthe, car il aimait avec passion ce qui avait une apparence de force et d'étrangeté; mais après la conversation du matin, surtout quand les louanges venaient du marquis et se rapportaient à des événements dans lesquels il n'était pour rien, il éprouva contre elle une sourde colère. Cette colère se traduisit bientôt en attaques acerbes contre

les femmes à prétentions viriles, et en un panégyrique
pompeux des créatures faibles, ignorantes et timides, qui,
à l'entendre, avaient seules du charme, étaient seules sym-
pathiques à l'homme. En parlant ainsi, il semblait adresser
un compliment à Julia. La vicomtesse, éclipsée un moment
par Marthe, ressentit une vive joie en voyant rabaisser par
Manuel lui-même la supériorité d'une femme qu'elle détestait, et engagea avec lui une conversation dans laquelle
elle se montra pleine d'esprit et de séduction. Pendant plus
d'une heure, Manuel parut s'occuper uniquement de Julia,
quoiqu'il remarquât très-bien la profonde tristesse qui
avait remplacé l'animation de Marthe. Il avait souffert à
cause d'elle, et quelque innocente qu'elle fût, il s'en ven-
geait en la faisant souffrir à son tour, par une injustice du
cœur malheureusement trop commune.

Vers la fin de la soirée, elle trouva moyen de se rapprocher de lui.

« Qu'avez-vous donc ce soir ? dit-elle timidement.

— Vous savez que vos éternelles cavalcades me déplai-
sent, et vous n'en tenez aucun compte, répondit Manuel
d'un ton presque dur.

— Suis-je libre d'agir autrement ?

— Une femme fait toujours ce qu'elle veut ; mais comment se priver de l'admiration d'un marquis de Rosbac ?

— Oh! Manuel! » dit Marthe avec des larmes dans les yeux et dans la voix.

Manuel eut des remords en voyant pleurer Marthe.

« Oubliez ce que je viens de vous dire, reprit-il. J'ai été cruel ; mais vous ne pouvez pas deviner ce qu'il y a de susceptibilité dans le cœur d'un homme qui aime. »

Un sourire plein de reconnaissance brilla dans les yeux de Marthe. Jamais elle n'avait autant aimé Manuel qu'en ce moment. Ce qui fait le succès de certains hommes, c'est que les femmes, presque sans exception, voient des marques d'amour dans les preuves d'égoïsme. Peut-être aussi l'égoïsme en lui-même ne leur déplaît-il pas, peut-être trouvent-elles une secrète jouissance à se dire : « Cet homme est incapable de sacrifices, de ménagements, de pitié ; si je ne lui plaisais plus, il me briserait, il m'abandonnerait sans hésitation. S'il veut mon amour, c'est que je lui suis indispensable, c'est que moi seule peux lui donner du bonheur, c'est qu'il m'adore ! »

Marthe ne s'était jamais formulé à elle-même ce raisonnement fatal qui a perdu tant de femmes passionnées ; mais nous n'oserions pas affirmer que, sans s'en douter, elle n'en subit l'influence, quand le soir en question elle recueillit avec des tressaillements de joie inaccoutumés le dernier regard que Manuel lui lança en quittant le salon. Pour lui,

il partit d'assez mauvaise humeur, convaincu que Marthe
l'aimait, mais ne pouvant parvenir à oublier qu'il y avait
des gens pour qui elle n'était pas la première des femmes.
Du reste, ne s'apercevant pas lui-même qu'il y avait plus de
vanité que d'amour dans son mécontentement, il faisait
honneur à son cœur de ce qu'il éprouvait.

————

IX

Le besoin de mouvement physique qui accompagne
presque toujours l'agitation morale, poussa Manuel à errer
longtemps autour du château, au lieu de retourner directement à la chaumière. Il faisait un magnifique clair de
lune. En passant près d'une prairie basse, il aperçut un
cheval qui dévorait paisiblement les hautes herbes dans
lesquelles il nageait jusqu'au poitrail, et reconnut avec
étonnement le cheval de George. Une robe originale, partout d'une blancheur de neige à l'exception d'une large
tache noire sur le flanc gauche, le faisait aisément distinguer de tous les autres chevaux du pays.

Depuis son accident, George n'avait pas reparu au château, et Manuel avait appris le matin même, par l'épicière, qu'il ne sortait pas encore. Comment donc son cheval pouvait-il se trouver à une pareille heure près de Cernan ? Manuel se posa mille fois cette question sans y trouver aucune réponse satisfaisante. Il examina le cheval sous tous les aspects, comme si cette inspection avait pu lui révéler le mystère de sa présence dans la prairie, et ce ne fut qu'après une demi-heure de méditations et de recherches infructueuses qu'il se décida à quitter ce lieu.

Il s'enfonça dans un bois taillis, le cœur dévoré d'une jalousie qu'il ne savait trop sur quoi fonder. Quelques secondes après y être entré, il se dit qu'il avait eu tort de s'écarter de la prairie, que George viendrait inévitablement reprendre son cheval, et qu'il aurait ainsi quelque chance d'éclaircir cette histoire. En même temps il formait le projet d'escalader les murs du jardin, et de pénétrer, n'importe comment, dans l'appartement de Marthe. Au moment où ces idées se heurtaient dans sa tête, il crut entendre un bruissement de feuilles, et s'arrêta pour écouter. Il eut bientôt la certitude qu'il y avait quelqu'un près de lui. Ne doutant pas que ce ne fût George, il s'avança avec précaution dans la direction du bruit. Le feuillage était si épais dans cette partie du bois, qu'il marcha longtemps sans pouvoir reconnaître la personne qu'il poursuivait, quoiqu'il ne fût qu'à quelques pas d'elle. Enfin cette personne s'arrêta, et frotta contre un arbre une allumette chimique. Manuel vit alors qu'il ne s'était pas trompé, et que c'était bien George Servet. George avait tiré sa montre de sa poche ; il en regarda longtemps les aiguilles avec la plus grande attention, après quoi il se remit en marche. Manuel fut tenté de s'élancer vers et de lui donner un soufflet ; il se contint cependant et continua de le suivre. George avait pris une direction que Manuel connaissait parfaitement, la direction du pavillon de Marthe.

Ce pavillon, situé au milieu d'une sorte de rond-point, était tapissé de rosiers, de clématites et d'autres plantes grimpantes ; une allée sablée l'entourait. Manuel savait que Marthe en gardait toujours la clé. Il l'avait bien des fois suppliée de l'y recevoir ; mais soit crainte de quelque surprise, soit qu'un sentiment instinctif l'avertît que des entrevues dans le pavillon pourraient avoir plus de dangers que celles du rivage, elle n'y avait jamais consenti.

Arrivé sur la lisière du bois, Manuel s'arrêta derrière un massif de noisetiers, et vit George s'approcher du pavillon, casser une branche de roses blanches et la déposer sur la première marche de la porte. Il n'y avait pas à en douter, c'était un signal. Pourrons-nous expliquer ce qui se passa en cet instant dans l'âme de Manuel ? Ce qu'il éprouvait, c'était plus que de la colère, c'était de la démence; Marthe l'avait donc trompé, trompé de la manière la plus infâme! Cette femme aux sentiments si nobles, si purs, si élevés, cette femme, qui semblait ignorer jusqu'au nom de la dissimulation et de la perfidie, menait adroitement deux intrigues de front depuis près de trois mois : à Manuel le jour, à George la nuit !

— Honneur aux gens vulgaires ! se disait Manuel avec une rage froide. Tandis que nous autres, profonds penseurs, amoureux de l'idéal, nous nous laissons prendre à de grands mots et à d'habiles manéges, eux savent très-bien percer les voiles poétiques dont s'enveloppent les prétendues créatures d'élite qui cachent leurs vices sous la prétention de s'élever au-dessus de leur sexe. J'étais aux genoux de cette sublime jeune fille qui occupe si bien son temps sur la terre ; madame la *mairesse* et mademoiselle Lormeau la méprisaient : ce sont des femmes de bon sens.

Après avoir placé les roses au lieu convenu, George avait disparu dans la partie du bois qui faisait face à celle où Manuel était caché. Manuel ne songeait plus à le suivre. Pour rien au monde, il n'aurait voulu empêcher son rendez-vous avec Marthe ; il voulait la voir à ses pieds confondue, humiliée, l'accabler de son mépris, la tuer peut-être ! Pour cela, il fallait qu'il fût lui-même dans le pavillon.

La surprendre au moment où elle y entrerait, ce n'était pas assez; les femmes capables d'agir comme elle le faisait, ont toujours à leur disposition un arsenal complet de ruses et de mensonges auxquels les plus forts sont souvent pris.

En essayant d'entrer par la porte du pavillon, Manuel courait le risque d'être aperçu par George; mais une fenêtre s'ouvrait du côté opposé. Six pieds à peu près la séparaient du sol; il put donc aisément y atteindre en s'aidant des nombreux arbustes dont le pavillon était entouré. Les pieds appuyés sur un tronc de vigne sauvage, il souleva un store des Indes qui pendait extérieurement, bien décidé à briser un carreau s'il le fallait; mais il n'eut pas besoin de recourir à cette extrémité : aux premiers efforts qu'il fit, la fenêtre céda, et d'un bond il sauta dans le pavillon.

Mille fois ses regards avaient essayé d'y pénétrer, mille fois il y était entré en imagination. Arrivé à ce point d'indignation qui glace l'âme et donne à nos actions l'apparence du calme, il releva à demi le store, et, à la lueur indécise de la lune, il se mit à examiner attentivement tout ce qui l'environnait. Rien n'était plus chaste, plus sérieux même que l'intérieur de ce pavillon : tout y respirait l'amour de l'art, la passion du travail; mais les inclinations studieuses de celle qui l'habitait, ne se révélaient qu'à travers cette suave émanation de poésie qu'une femme jeune et belle

répand toujours autour d'elle. Au milieu d'un table couverte
de minéraux et de plantes desséchées se trouvait une corbeille en porcelaine de Saxe contenant un buisson de cactus
pourprés et de blancs azaléas ; une autre corbeille, suspendue au plafond et remplie d'héliotropes et de violettes,
versait des flots de parfums chaque fois que le vent la faisait osciller; des étagères couvertes de livres, un piano, un
chevalet garnissaient le pavillon.

Manuel vit un volume ouvert sur un divan et parvint à
en déchiffrer le titre : c'était une traduction du *Prométhée*
d'Eschyle.—« C'est bien cela, se dit-il : une femme ordinaire
lirait des poésies amoureuses ; mais les natures supérieures
adorent les contrastes, et rien ne doit être plus piquant que
d'approfondir les mythes antiques en attendant son amant. »

Des partitions étaient éparses sur le piano. Il y lut les
noms de Beethoven, de Mozart et d'Haydn. « Toujours le
même système, pensa-t-il; ces grands maîtres devaient
seuls avoir droit d'entrée dans ce sanctuaire. »

Une toile verte recouvrait le chevalet. Il la souleva et
reconnut son portrait. « J'ai sans doute remplacé George
ici, se dit-il. » Et d'un coup de poing il creva la toile.

Son plan était arrêté; il ne voulait se montrer à Marthe
que quand George serait près d'elle, quand il n'y aurait
plus aucune excuse possible. Il transporta une chaise basse

derrière le piano, et s'assura qu'il y serait parfaitement à l'abri des regards. Il baissa ensuite le store, pour que rien ne pût trahir sa présence. Il venait d'achever cette opération quand une clé grinça dans la serrure. Manuel eut à peine la force de se jeter derrière le piano. Il n'était pas encore assis, qu'une femme enveloppée dans une mante de soie noire entrait dans le pavillon. Quelques rayons de lune formant des bandes lumineuses devant les fenêtres, ne servaient qu'à rendre plus complète l'obscurité des parties reculées de l'appartement. Manuel put donc avancer un peu la tête en dehors du piano sans crainte d'être découvert. Il vit Marthe se jeter sur le divan et s'y installer comme une personne plus fatiguée qu'émue.

« Il est clair qu'elle a l'habitude de ces expéditions nocturnes, se dit Manuel ; moi qui lui étais si reconnaissant de sa visite à B... ! »

Ce qu'il fallut de force à Manuel pour rester immobile pendant les quelques secondes qui s'écoulèrent avant l'arrivée de George, il est impossible de le calculer.

George entra comme un fou dans le pavillon, et, sans en refermer la porte, il lança vers le divan une masse de lettres qui s'éparpillèrent sur le plancher.

« Tenez, les voilà toutes ! C'était bien tout ce que vous vouliez de moi, n'est-ce pas ? » cria-t-il avec l'accent de la colère.

8

Et il s'arrêta à quelques pas du divan, les bras croisés sur sa poitrine.

« George, calmez-vous, je vous en conjure, » dit une voix langoureuse, qui fit tressaillir Manuel d'étonnement. Cette voix n'était pas celle de Marthe, c'était celle de Julia.

Une joie si vive inonda le cœur de Manuel, qu'il ne comprit pas immédiatement combien sa position était ridicule et désagréable : il était évident que la scène à laquelle il assistait ne le regardait en rien. Il le sentit enfin, et cependant il resta, il resta par les motifs mêmes qui auraient dû le faire partir. Le rôle d'espion est si humiliant et si bas, qu'il aima mieux le jouer jusqu'au bout sans qu'on s'en doutât, que d'être obligé d'avouer qu'il l'avait joué involontairement pendant quelques instants. Bien des sottises et bien des fautes ont été inspirées par un raisonnement semblable à celui qui cloua Manuel derrière le piano. « Je n'ai plus rien à apprendre, se dit-il pour rassurer sa conscience, et une scène de rupture n'exige pas impérieusement le tête-à-tête. »

Ce combat intérieur, qui occupe près d'une demi-page dans notre récit, n'avait pas duré deux secondes. George était encore immobile devant le divan sur lequel la vicomtesse s'était couchée dans l'attitude d'une femme brisée par la souffrance.

« George, y pensez-vous? la porte est restée ouverte, » dit-elle enfin.

A cette observation prudente, mais faite avec une intonation désolée, George éclata.

« Et que m'importe, madame? Vous êtes bien timide aujourd'hui, vous l'étiez moins quand vous me tendiez la main pour m'aider à escalader le balcon de votre chambre; mais il y a un mois de cela, et vous l'avez sans doute oublié. »

Manuel vit la vicomtesse porter la main à son front avec un geste de désespoir.

« Dites-moi franchement que vous ne m'aimez plus, dites-moi que vous ne m'avez jamais aimé, continua George exaspéré. J'aime mieux savoir tout de suite la vérité. »

Un profond soupir fut la seule réponse de la vicomtesse.

« C'est donc vrai ! dit George, vous ne le niez pas. »

Sa colère se calma subitement. Il tomba sur une chaise et se mit à pleurer comme un enfant. La vicomtesse se leva pour aller vers lui, et dans le trajet du divan à la chaise de George, elle ferma la porte. Manuel ne distingua plus rien, mais il l'entendit dire d'une voix mourante :

« George, je vous en supplie, ne pleurez pas. Vous ne saurez jamais ce que je souffre moi-même. Si vous m'aimez, ayez du courage.

— Mais pourquoi cette lettre d'hier? dit Georges. Pourquoi ne plus nous voir?

— Puis-je vous recevoir comme autrefois après ce qui s'est passé, quand tous les yeux sont ouverts sur nous?

— Votre nom n'a jamais été prononcé dans cette affaire, on n'a parlé que de Marthe. Pauvre Marthe! si noble, si dévouée, savoir qu'on l'accuse et ne pouvoir la défendre! » dit George avec entraînement.

Julia ne répondit rien. L'éloge de Marthe ne pouvait pas lui être agréable; en outre George avait commis une maladresse que n'évitent pas toujours les amants les plus épris. Ce dont on accusait Marthe, Julia l'avait fait : elle vit presque une insulte dans ce qu'il venait de dire. Les femmes devraient cependant savoir que l'homme dont elles sont sincèrement aimées les place dans sa pensée si au-dessus de l'humanité, que les règles qui s'appliquent aux autres femmes ne les atteignent pas.

« Julia, vous ne m'aimez donc plus? reprit George, revenant à son unique préoccupation.

— Peut-être devrais-je vous le dire, répondit Julia d'une voix entrecoupée. Est-ce vous aimer que de vous exposer aux dangers que vous avez courus? Est-ce vous aimer que de vous laisser sacrifier votre avenir, de vous retenir en Bretagne quand vous devriez être à Paris, voyager? George, vous m'avez donné bien des remords! Que de fois j'ai formé le projet de ne plus vous revoir!

— Tu m'aimes donc encore, dit George avec exaltation. Que m'importe l'avenir, que m'importe tout ce qui n'est pas toi? Mais si tu m'aimes, pourquoi m'as-tu fait tant souffrir? pourquoi m'as-tu demandé tes lettres?

— Mon Dieu, je ne sais! j'étais si troublée, si inquiète; je craignais qu'on ne vînt à découvrir la vérité, je craignais que votre mère ne conçût quelque soupçon et n'eût l'idée de fouiller vos papiers. Vous ne savez pas ce qu'il y a d'horrible pour une femme à sentir la honte suspendue sur sa tête!

— Qui oserait te blâmer? Peut-il se trouver des âmes assez stupides pour ne pas comprendre ce qu'il y a de grand, de sublime en toi? Ainsi tu m'aimes, ainsi tu me recevras comme par le passé?

— George, vous m'aimez, et vous tenez aussi peu à ma réputation! dit Julia d'un ton de reproche.

— Tout est fini. Vous voulez rompre avec moi, cria George avec désespoir.

— George, vous êtes un enfant. Qui vous parle de rup-

8*

ture? Vous ne m'aimez donc pas assez pour avoir le courage de prendre pendant quelques semaines des précautions
indispensables! Jusqu'à l'instant où nous retournerons à
Paris, nous ne nous reverrons qu'en public : il le faut,
dans l'intérêt même de notre amour; mais à Paris une
femme dans ma position est complétement libre. Vous
apprendrez alors si je vous aime.

— Vous passerez encore six semaines au moins en Bretagne. Six semaines! y pensez-vous?

— Oui, j'y pense autant que vous, dit Julia; mais vous
êtes forcé de convenir que j'ai raison : je suis si surveillée
maintenant! Le marquis de Rosbac se doute, j'en suis
certaine, de quelque chose. George, il faut nous séparer.
Je tremble qu'on ne découvre que j'ai quitté le château
cette nuit !

— Nous quitter déjà, dit George, et pour six semaines!
Jurez-moi que vous m'aimez!

— Tu le sais aussi bien que moi, dit Julia. Si je
ne t'aimais pas, t'aurais-je tout sacrifié? M'exposerais-je
comme je le fais? Mais pars, je t'en prie. Je meurs de
frayeur !

— Adieu! adieu! dit George; je t'obéirai en tout. »

Manuel entendit le bruit d'un baiser, puis il vit George
ouvrir la porte et disparaître dans le bois.

Dès que Julia fut seule, elle souleva légèrement le store et se mit à ramasser les lettres dispersées sur le divan et sur le plancher. Quand elle les eut toutes rassemblées, elle les mit dans son mouchoir et le noua avec autant de calme et de sang-froid qu'un commis en nouveautés peut en mettre à ficeler un paquet quelconque. Elle s'enveloppa ensuite dans sa mante et sortit du pavillon, dont elle referma soigneusement la porte.

Manuel quitta immédiatement sa cachette et examina de nouveau le pavillon. Tout ce qui s'y trouvait renfermé avait changé pour lui de signification. Dans le moindre objet, il découvrait un motif d'aimer et d'admirer Marthe. Il n'y avait qu'elle qui pût avoir tant de goût, tant d'élégance et tant de simplicité à la fois. Pendant près d'une heure, il respira ses fleurs, ouvrit ses livres, admira ses statuettes, fit résonner les touches de son piano, s'enivra enfin de tout ce qui était resté d'elle dans les objets dont elle se servait habituellement. Il regarda plusieurs fois aussi avec tristesse la toile qu'il avait déchirée. Il ne comprenait plus comment il avait pu soupçonner Marthe. Elle lui apparaissait en cet instant si au-dessus de toute calomnie, de tout soupçon! Il lui vint une idée de jeune homme amoureux : il se dit qu'il serait délicieux de passer la nuit dans le pavillon de Marthe, de dormir sur son divan. En arrangeant les coussins, il fit tomber à terre un papier plié. Il ne douta pas que ce ne fût une des lettres de Julia, et, ne voulant pas que Marthe la trouvât le lendemain, il la mit dans sa poche. Quant au sommeil, il l'appela en vain; mais il arriva à cet état intermédiaire. dans lequel il semble que la volonté dirige le rêve, état délicieux quand la joie remplit notre âme.

X

Le lendemain de la scène du pavillon, aussitôt que la vicomtesse fut éveillée, elle se mit à compter les lettres que George lui avait rapportées la veille. Cet examen ne lui offrit pas de grandes difficultés, car en les écrivant elle avait pris soin de les numéroter. Celle que Manuel avait trouvée sur le divan manquait seule à la collection. Elle s'aperçut avec terreur de cette lacune. Cette lettre était peut-être la plus compromettante de toutes. Julia l'avait écrite quelques jours après s'être donnée à George, dans un moment où, par un phénomène assez ordinaire dans les correspondances d'amour, quelque inégale que soit l'affection des deux amants, elle se laissait souvent en-

traîner à lui répondre dans un style presque aussi brûlant
que le sien. Une violente inquiétude s'empara de la vicomtesse. Elle eut un instant la pensée que George l'avait
gardée comme un gage d'amour ou comme une arme
contre elle; mais la loyauté bien connue de George rendait la seconde de ces suppositions inadmissible. Quant à
la première, elle ne put s'y arrêter, car George lui avait
dit qu'il lui rendait toutes ses lettres, et Julia savait qu'il
ne mentait jamais. Elle arriva donc forcément à la conviction que son épître s'était égarée dans le pavillon. Rien
ne pouvait la contrarier davantage, on le comprendra
aisément quand on connaîtra le caractère et les desseins
de Julia.

Sa vie avait été jusque-là celle de bien des femmes de
cette époque. Fille d'un colonel de l'empire, élevée à Saint-
Denis, elle avait quitté cet établissement vers 1829, à l'âge
de seize ans. Son père était mort depuis plusieurs années,
laissant sa famille dans un état voisin de la misère. Julia
était une de ces femmes nées courtisanes, pour lesquelles
il n'y a que deux mobiles dans la vie, l'intérêt et le plaisir.
Ces femmes-là ne voient jamais entre le vice et la vertu
d'autre différence que celle des bénéfices qu'elles en peuvent
retirer, et le bonheur des circonstances les empêche seul
de rouler jusqu'au dernier degré de l'échelle sociale; mais

la sphère dans laquelle Julia vivait était si restreinte, que, malgré la détermination bien arrêtée de sortir à tout prix de la pauvreté, elle ne put pendant longtemps y réussir.

Elle avait dix-neuf ans, quand un vieux général, qui avait dû la vie au dévouement de son père, dans l'une des plus désastreuses journées de la désastreuse campagne de Russie, vint visiter la veuve de son sauveur. Le vicomte de Cernan avait à cette époque bien près de soixante ans. Au dire de ses camarades, il avait été le plus *bel homme* de son temps; mais l'âge, les blessures et les fatigues de la guerre ne lui avaient laissé aucune trace de son antique splendeur. C'était du reste un assez aimable vieillard, n'ayant d'autre travers que celui de rappeler un peu trop souvent dans la conversation ses hauts faits militaires et ses succès cosmopolites près du beau sexe. La nuit qui suivit cette visite, Julia ne dormit pas. A l'aide des notions sur l'homme et sur la vie qu'elle avait puisées dans les confidences de ses amies de pension et dans des romans dévorés en cachette, elle dressa contre le cœur sexagénaire du général un plan de campagne qui réussit sans trop de peine. Julia devint vicomtesse de Cernan.

Le général n'avait aucune fortune; mais grâce à son nom, à ses relations de famille, à sa position, Julia put jouer un certain rôle dans le monde et s'y lança avec ardeur.

Elle eut bientôt des amants, quoique les passions fussent chez elle aussi absentes que le cœur. Elle était vicieuse par la tête, par l'imagination. Les femmes de cette espèce sont les plus corrompues de toutes et les seules inexcusables, car celles qu'entraîne leur tempérament fougueux sont encore plus à plaindre qu'à mépriser ; elles arrivent rarément à la perversité ; dans leur avilissement, elles conservent souvent quelques vertus instinctives ; si elles succombent, c'est par faiblesse. Quant aux femmes glacées de sens et d'âme, elles ne subissent pas seulement l'attraction du vice, elles le recherchent, elles l'aiment, elles s'y complaisent. Ce qu'elles veulent de l'amour, ce sont des satisfactions de vanité, les émotions du mystère et de l'intrigue, le plaisir, beaucoup plus grand qu'on ne le croit pour certaines natures, de se jouer des lois du monde, de le tromper, de le braver impunément. Julia eut donc des amants qu'elle n'aima pas, et qui ne l'aimèrent pas davantage, ce qu'elle trouva très-mauvais. Elle eût désiré pouvoir se prendre au sérieux comme héroïne de roman ; une grande passion est un piédestal sur lequel ces sortes de femmes aiment à poser devant elles-mêmes et devant les autres. C'est ce qui fit le succès de George près d'elle. Il l'aima aveuglément avec toute l'ardeur, tout l'enthousiasme, toute la crédulité de la jeunesse ; Julia fut pour lui un ange, une sainte. Elle n'eut

garde de le détromper. Avec un amant dépravé, elle se serait peut-être fait gloire de sa dépravation ; avec ce candide
jeune homme, elle trouva charmant de jouer la comédie de
la vertu et s'admira dans son nouveau rôle. Quand elle fit la
connaissance de George, elle était veuve depuis six mois,
et venait achever son deuil chez sa belle-sœur, la baronne
de Cernan, à laquelle elle avait su plaire par de constantes
adulations. Où George vit une passion qui devait remplir
son existence entière, elle vit une distraction suffisante
pour supporter sans trop d'ennui quelques mois d'exil à la
campagne.

Julia craignait d'ailleurs plus que toute chose, d'être
traitée en parvenue dans la société aristocratique dont elle
faisait maintenant partie. Elle eût été désespérée que ses
amies soupçonnassent qu'elle avait pu aimer le fils d'un
avocat de petite ville, un simple étudiant, nommé monsieur
Servet. Le sort du pauvre George était donc irrévocablement fixé d'avance, mais la chute qu'il fit en quittant l'appartement de Julia vint hâter son malheur. La vicomtesse
ne tenait pas assez à lui pour s'exposer à un éclat qui pouvait ruiner sa réputation ; de plus, les fréquentes visites de
Juan de Villa au château avaient fait éclore dans sa tête
une nouvelle combinaison.

Le général n'ayant, nous l'avons dit, aucune fortune, sa

mort avait laissé Julia dans une situation assez précaire.
Sans argent, son titre de vicomtesse n'avait qu'une mince
valeur sociale, et elle ne se dissimulait pas que les
chances de refaire sa fortune par un mariage avantageux
n'étaient pas grandes pour elle à Paris. La légèreté, pour
parler plus vrai, le dérèglement de sa conduite, était un de
ces faits patents que nul n'articule à haute voix tant qu'une
maladresse n'oblige pas les femmes les plus compromises
d'une société à exécuter une complice sous peine de voir
mettre en doute leur propre vertu, mais que chacun se répète à l'oreille. Pas un homme de l'entourage de Julia ne
pouvait songer à l'épouser. Elle le savait; aussi jeta-t-elle
ses vues sur Juan dès qu'elle eut la certitude qu'il était
riche.

Une femme coquette devait être fatalement sympathique
à ce dernier. Si les luttes et les difficultés sont indispensables pour faire naître l'amour chez les hommes passionnés, les hommes indolents et timides ont au contraire besoin qu'on leur aplanisse le chemin. Une fois amoureux,
ils tombent plus complétement que les autres sous la domination des femmes, car l'habitude a une grande puissance sur les gens de ce caractère, et il leur est plus facile
de supporter indéfiniment un joug qui les blesse que de
trouver la force de le briser.

Julia avait donc parfaitement calculé en se disant qu'elle ferait aisément de l'ami de Manuel un adorateur dévoué et par suite un mari. Moins de quinze jours après, la conquête de Juan était un fait accompli. L'impossibilité où se trouvait George de venir au château avait laissé le champ libre à Julia; mais, une fois guéri, il pouvait devenir un embarras sérieux. Rompre brutalement avec lui, c'était impossible, puisqu'elle devait passer encore six semaines en Bretagne. Il fallait l'éloigner sans le désespérer, et surtout rentrer en possession d'une correspondance compromettante. Quelques lettres adroites et la scène jouée dans le pavillon avaient suffi à Julia pour obtenir ce qu'elle désirait. L'épître perdue pouvait rendre son succès inutile et ruiner à jamais son avenir. Elle n'avait pu se procurer la clé du pavillon de mademoiselle de Montbrun qu'en séduisant sa femme de chambre; si on découvrait la vérité, non-seulement elle verrait s'évanouir ses espérances de mariage, mais elle serait forcée de quitter ignominieusement le château, et perdrait pour toujours la protection si utile de la baronne de Cernan.

Pendant le déjeuner, elle observa attentivement la physionomie de Marthe, et lui adressa plusieurs questions insidieuses pour savoir si elle était sortie le matin. Bientôt certaine qu'elle quittait sa chambre et ne savait rien, Julia feignit d'avoir besoin d'une partition que Marthe lui avait empruntée quelques jours auparavant, et dès que le déjeuner fut terminé, toutes les deux prirent la route du pavillon.

Rien n'y trahissait ce qui s'y était passé la veille. Avant d'en sortir vers six heures du matin, Manuel avait pris soin de tout remettre en ordre. Julia, avec une gaieté et un enfantillage affectés, dérangea tous les objets, fureta dans tous les coins, changea dix fois de place les coussins du divan, sans rien apercevoir qui ressemblât à une lettre. Un peu tranquillisée par cette perquisition infructueuse, elle se dit que George avait peut-être laissé tomber la malencontreuse épître dans le bois, quitta Marthe, et passa la journée à explorer tous les sentiers et tous les buissons du voisinage.

Pendant qu'elle se livrait à ses recherches, Manuel se demandait ce qu'il ferait de sa lettre. Il aurait cru manquer à la délicatesse s'il en avait lu une seule ligne, mais il se disait qu'une femme aussi corrompue que Julia ne devait pas jouir en paix du succès de ses ruses et de ses lâchetés. Qu'elle se moquât de George, cela lui importait assez peu; mais qu'elle eût fait calomnier Marthe, qu'elle l'eût fait soupçonner par lui, c'étaient à ses yeux d'impardonnables crimes. S'il ne pouvait la démasquer, il voulait du moins

l'inquiéter, la troubler, lui faire savoir qu'une des personnes de sa société habituelle avait tenu sa lettre entre ses
mains. Rien n'était encore arrêté dans son esprit quand
arriva l'heure de la visite de Marthe. L'unique résolution
qu'il eût prise, c'était de ne rien dire à mademoiselle de
Montbrun des événements de la veille ; le souvenir seul de
ses soupçons lui faisait horreur; mais les circonstances en
décidèrent autrement. En abordant Marthe, il lut immédiatement sur son visage une profonde tristesse.

« Qu'avez-vous? lui dit-il, très-troublé lui-même. »

Marthe hésita longtemps à lui répondre. L'anxiété de
Manuel augmenta.

« Parlez, je vous en conjure, lui dit-il, votre silence me
tue.

— Si on savait tout, si nous ne pouvions plus nous revoir! dit Marthe.

— Pourquoi? comment? Expliquez-vous, s'écria Manuel.

— Puis-je expliquer ce que je ne comprends pas. J'avais
dans ma chambre la clé de mon pavillon, et on y est entré
cette nuit, et on a déchiré une toile qui se trouvait sur mon
chevalet.

— Mon portrait, dit Manuel; c'est moi qui ai fait cela.

— Vous! dit Marthe avec stupéfaction.

— Moi, dit Manuel, ne songeant plus à dissimuler. Pendant une demi-heure, je vous ai haïe, maudite.

— Me haïr, moi! Vous, Manuel! Pourquoi?

— Je vous en prie, ne m'obligez pas à vous le dire. Il y a des scélératesses que vous ne devez pas connaître; il y a des noms si infâmes, que je craindrais de souiller l'air que vous respirez en les prononçant devant vous.

— Julia! dit Marthe; vous pouvez parler, je sais tout.

— Tout, c'est impossible; vous ne vous seriez pas laissé calomnier.

— Je sais tout, dit Marthe; j'ai vu une nuit George sortir de sa chambre.

— Et vous avez gardé le silence?

— Je vous aimais déjà tant moi-même! Je croyais qu'elle aimait George; je la plaignais.

— Mais elle n'aime pas George; mais c'est une infâme créature, dit Manuel.

— Je l'ai appris depuis.

— Comment?

—La nuit où George s'est blessé, je ne dormais pas. J'ai entendu un cri dans la direction du pavillon, et j'ai quitté immédiatement ma chambre pour courir au secours, car je croyais avoir reconnu la voix de George. Il était cinq heures du matin. J'ai aperçu Julia derrière les rideaux de sa fenêtre. George s'était tué peut-être par amour pour elle, et elle le laissait mourir seul. J'ai bien senti qu'elle ne l'aimait pas, et depuis ce jour-là je la méprise.

— Et vous n'avez rien dit, quand d'un mot vous pouviez vous justifier et la perdre !

— Je me suis justifiée près de vous, dit Marthe. Quant aux autres, je n'y ai pas beaucoup pensé; mais, leur méchanceté m'eût-elle fait souffrir mille fois davantage, je n'aurais pas voulu acheter leur estime par une dénonciation.

— Et j'ai pu douter de vous ! s'écria Manuel en rapprochant Marthe de son cœur par un mouvement plein d'exaltation. Ah ! je ne me le pardonnerai de ma vie.

— Mais vous ne m'avez pas dit pourquoi vous m'avez haïe? reprit Marthe en se dégageant toute rouge de ses bras; vous ne m'avez pas dit pourquoi vous avez déchiré votre portrait? J'y avais tant travaillé! C'est bien mal à vous.

— Je vois bien que je puis tout vous dire, répondit Manuel. Vous êtes comme les anges, le mal est si loin de vous, que vous pouvez le contempler sans rien perdre de votre pureté. »

Et il lui raconta tout ce qu'il avait fait, vu et entendu la nuit précédente.

Vers neuf heures du soir, Manuel se rendit au château avec la lettre de Julia dans sa poche, sans trop savoir quel usage il en ferait. Dès son entrée dans le salon, il se mit à observer la vicomtesse avec une attention qu'il ne lui avait pas accordée jusque-là. Elle était assise près d'une table sur laquelle se trouvait une lampe allumée, et travaillait à un ouvrage de tapisserie.

La beauté de Julia était incontestable. Sa taille était élégante, son teint doux et fin à l'œil comme un pétale de camélia, ses traits délicats, ses yeux bleus, ses cheveux blonds. Elle tirait admirablement parti du contraste qui existait entre cet extérieur presque céleste et un esprit qui n'était rien moins qu'angélique. Sa coquetterie y gagnait des effets piquants, et les gens austères, mais peu perspicaces, qui ne voient qu'avec leurs yeux, la croyaient douce, bonne, affectueuse, parce que tout dans sa personne était suave et gracieux. Si elle avait eu des cheveux noirs, une démarche décidée, un son de voix tant soit peu viril, elle eût peut-être été perdue de réputation depuis longtemps. Les observateurs sagaces pouvaient cependant discerner aisément la nuance de son âme sous celle de son corps. Dans les moments où elle ne s'observait pas, ils saisissaient parfois dans ses yeux couleur de myosotis des regards froids et tranchants comme la lame d'un rasoir bien affilé ;

mais le soir dont nous parlons, la vicomtesse s'observait
si bien, que Manuel eut presque de la peine à se persuader
que cette femme à l'aspect calme et candide était celle du
pavillon.

« Je ne veux pas sortir d'ici sans avoir vu rougir ce
front de marbre, » se dit-il.

Cependant Julia se montra d'une vertu si obstinée, qu'il
crut un instant qu'il ne trouverait aucune occasion de lui
remettre sa lettre. Elle passa la soirée à apprendre un nouveau point de tapisserie à la fille de la marquise de Rosbac,
et à soutenir une conversation aussi édifiante que sopori-
fique avec un vieux curé des environs. A peine si elle
adressa quelques mots distraits au pauvre Juan. La visible
contrariété de ce dernier fit soupçonner pour la première
fois à Manuel que son ami pouvait être attiré au château
par un intérêt bien plus direct qu'il ne l'avait cru jusque-là.

La vicomtesse avait devant elle une corbeille remplie des
laines et des soies de toute couleur dont elle se servait pour
son travail. « Si elle daigne discontinuer ses homélies, je
glisserai ma lettre dans cette corbeille, » s'était dit Manuel.

Enfin la vicomtesse se leva pour aider Marthe à servir le
thé. Manuel s'assit à la place qu'elle venait de quitter, et
tout en adressant quelques compliments à la jeune pen-

sionnaire, qui baissait la tête sur sa tapisserie en rougis-
sant de plaisir, il prit la corbeille, joua avec tous les pelo-
tons qu'elle contenait, et finit par y déposer la fameuse
lettre sans que personne le remarquât.

Le thé pris, la vicomtesse revint à sa place. Manuel lui
adressa alors, sur son assiduité au travail, quelques plaisanteries qui avaient pour but de lui faire tirer son aiguille
avec plus d'ardeur que jamais ; puis il s'installa près de la
table et engagea, moitié avec Julia, moitié avec la pensionnaire, dont la naïveté l'amusait, une de ces conversations
de salon impossibles à résumer. Il attendait impatiemment
la découverte de l'épître. La recherche d'un peloton de soie
bouton d'or amena bientôt cet événement. Au moment où
Julia l'aperçut, elle répondait à un compliment de Juan.
Manuel avait mis la lettre sous une enveloppe à son adresse.
Sans interrompre sa phrase, elle brisa le cachet aussi négligemment que s'il se fût agi d'une note de couturière
oubliée là depuis le matin. Pas un des muscles de son visage ne frémit, pas une goutte de sang ne monta à ses
joues, pas un regard, pas un geste ne trahit ce qu'elle
éprouvait.

Elle replia lentement la lettre, la remit dans l'enveloppe
et la posa sur la table en évidence ; puis elle reprit la conversation sans empressement, sans cette vivacité jouée sous

laquelle on cherche souvent à dissimuler une préoccupation ou un embarras.

— Une femme de cette force est un monstre, se dit Manuel : si je supposais Juan capable d'en devenir sérieusement amoureux, je crois que je lui dirais tout ; mais il est trop paresseux pour prendre jamais cette peine-là.

Cependant en quittant le salon il dit à Juan : « *Cuidado, cuidado*, mon cher.

— Prendre garde à quoi? dit Juan aussi en espagnol.

— Mais aux beaux yeux de la vicomtesse.

— Et pourquoi? dit Juan avec plus de vivacité qu'il n'en montrait d'ordinaire.

— Parce que tu me parais les admirer un peu trop. Cette femme-là, vois-tu, c'est tout simplement ce que, par un raffinement de langage, on appelle en France une grande coquette. En Espagne, nous avons d'autres mots pour dire la chose. Fais-lui la cour, si cela t'amuse ; mais, je te le dis en ami, sois sur tes gardes, et si jamais elle t'ensorcèle, viens me trouver, je te jure de rompre le charme. »

Et Manuel, serrant la main de Juan, le quitta pour retourner à sa chaumière.

XI

Un mois de calme apparent suivit l'incident du pavillon. Madame de Rosbac prenait chaque jour plus d'empire sur la baronne, qui commençait à en vouloir sérieusement à sa nièce de sa froideur envers le jeune marquis. Ce dernier faisait à Marthe une cour par ordre dont l'insuccès était si évident, qu'il se demandait parfois si la chance extrêmement improbable d'épouser six cent mille francs valait la peine de s'enterrer pendant tout un été au fond d'un désert. La seule distraction possible pour lui à Cernan, c'eût été d'être l'amant de Julia, qu'il connaissait de longue date. La vicomtesse était une conquête digne d'être enregistrée et racontée; mais la vertu étant en ce moment indispensable à ses projets, Julia se montra d'une intraitable pruderie. L'infortuné marquis fut donc bientôt réduit à promener solitairement, au milieu des rochers et des champs de blé noir, les délicieux négligés champêtres médités pour une plus glorieuse fin, et à nouer une très-prosaïque intrigue avec la femme de chambre de mademoiselle de Montbrun.

Sa petite sœur ne s'amusait guère plus au château : elle s'était prise pour Marthe d'une de ces passions fanatiques que les petites filles éprouvent quelquefois pour les grandes

demoiselles; mais malgré les complaisances de mademoiselle de Montbrun pour elle, elle était loin d'être satisfaite,
car jamais Marthe ne lui avait fait l'ombre d'une confidence.
Sylvia était pourtant certaine qu'elle aimait Manuel, et,
chose bizarre, son instinct naissant de femme dominait
complétement dans cette affaire ses affections de famille.
Ce n'était pas aux projets de son frère qu'elle s'intéressait,
c'était à l'amour de Manuel, quoique avec une naïveté
digne de ses quatorze ans elle l'eût en même temps choisi
pour le héros de la vague histoire d'amour qui flotte dans
l'imagination de la plupart des jeunes filles.

Les affaires de la vicomtesse marchaient bien. George
venait tous les soirs à Cernan et s'en retournait tantôt
presque heureux, tantôt désespéré, mais toujours dominé
par elle. Dans les moments où l'amoureux jeune homme
était prêt à éclater, Julia n'avait qu'un mot à prononcer :
« Paris! » pour le calmer subitement. Quant à Juan, il
était de plus en plus épris, c'est-à-dire de plus en plus
aveugle. Du reste, les difficultés de sa position imposaient
à la vicomtesse des allures prudentes et réservées qui ne
pouvaient manquer d'effacer entièrement de son esprit les
paroles de Manuel.

De toutes ces choses, ni Marthe ni Manuel ne voyaient
rien, absolument rien. Plus que jamais ils étaient dominés

par le rêve. Aux heures accablantes de la journée, quand aucun bruit ne s'élève de la nature épuisée, sous l'influence de la molle torpeur qui s'empare de tous les êtres, il leur arrivait souvent de passer de longs moments la main dans la main, le regard perdu à l'horizon, oubliant leurs livres épars à leurs pieds et se parlant tout bas, comme s'ils avaient craint de troubler l'immense repos de la création. Les phrases qui s'échappaient alors de leurs lèvres étaient vagues et brûlantes, comme tout ce qui les entourait.

« Pourquoi la mer ne vient-elle pas nous prendre pour nous ensevelir dans ses abîmes? murmurait Marthe. Je voudrais mourir. Vous ne m'aimerez jamais autant qu'aujourd'hui.

— Est-ce qu'on aime plus ou moins? répondait Manuel. Depuis le commencement des temps, Dieu aime-t-il moins son œuvre? le soleil verse-t-il moins de rayons? la terre s'élance-t-elle vers lui avec moins d'ardeur? Aimer, c'est vivre de la vie infinie, absolue; celle-là ne peut pas s'user.

— Et ceux qui n'aiment pas?

— Les morts sous la terre sont plus heureux.

— Pourquoi avez-vous tant tardé à venir? Je vous ai si souvent appelé!

— Vous ne m'aimez pas comme je vous aime, répondait Manuel; vous n'avez pas souffert comme moi; vous n'avez pas trempé vos lèvres à toutes les sources; vous ne pouvez pas savoir que toutes les eaux de la terre sont amères et empoisonnées; vous ne vous êtes pas sentie seule quand une main brûlait la vôtre; vous n'avez pas mille fois répété: Je t'aime! en blasphémant; vous n'avez pas étreint des fantômes sur un cœur vide; vous n'avez pas été réveillée la nuit par une voix terrible qui criait à votre oreille : « Qu'as-tu fait de tout ce que Dieu et ta mère avaient mis dans ton âme? » et reconnu en frémissant qu'il n'y avait plus rien en vous, rien que le désir éternel et insatiable. Vous êtes grande et pure, vous ne pouvez pas m'adorer comme je vous adore, moi qui suis misérable et souillé. Je ne vis qu'en vous; sans vous, je n'aurais ni foi, ni vertu. Si vous m'abandonniez un jour !...

— Est-ce que je ne suis pas à vous ?

— Si je te disais : « Suis-moi au bout du monde ! » viendrais-tu ?

— J'irais ! »

De pareils entretiens n'étaient pas sans dangers. A leurs longs épanchements succédaient parfois de longs silences; leurs mains s'enlaçaient alors plus étroitement, un nuage passait sur leurs yeux; Manuel rapprochait involontairement Marthe de son cœur; ses lèvres touchaient ses cheveux sans qu'elle semblât s'en apercevoir. En ces ins-

tants, il eût été bien facile à Manuel d'abuser d'une émotion que Marthe était trop chaste pour redouter ; mais il
l'aimait sincèrement : il voulait la respecter. Effrayé de sa
propre faiblesse, il la repoussait brusquement, s'enfuyait
jusqu'au bord de la mer, et s'y promenait à grands pas sans
remarquer que les vagues mouillaient ses pieds. Quand il
revenait vers Marthe, il la trouvait toujours en pleurs ; ni
l'un ni l'autre ne s'adressaient une seule parole. Marthe
ramassait à terre quelque livre, et Manuel lui faisait lire
de l'espagnol en corrigeant gravement et sévèrement ses
fautes de prononciation.

Quand le temps était sombre, quand le vent d'ouest promenait dans le ciel de gros nuages gris, comme cela arrive
fréquemment sur les côtes de Bretagne, Marthe et Manuel
passaient souvent des heures entières à errer sur le rivage.
Leur conversation prenait alors une tournure toute différente.

« J'ai souvent envié le sort des paysannes que je voyais
dans les champs, disait Marthe en s'appuyant sur le bras
de Manuel. Elles ne savent que couper de l'herbe et filer
leur quenouille ; mais quand elles rapportent le soir au
logis la gerbe de luzerne qui doit nourrir leurs vaches,
leur fuseau chargé de fil, elles ont le droit d'être satisfaites
d'elles-mêmes : elles ont travaillé, elles ont été utiles. Que

de fois j'ai rougi, avant de vous connaître, de l'inutilité de
ma vie ! J'avais des heures de découragement pendant lesquelles j'en voulais à l'abbé d'avoir développé mes facultés
par ses conversations et par l'étude. A quoi bon? dans
quelle pensée? me disais-je. La pervenche qui s'épanouit
sous mes pieds a un but : elle contribue à rendre l'homme
plus heureux et meilleur en lui révélant la beauté ; mais
mon âme, mon intelligence, qui s'en inquiète? Pourquoi
m'inspirer l'horreur du mesquin et du vulgaire? Ce bon
prêtre ne sait donc pas que ce qu'il veut mettre en moi ne
sera qu'un embarras, une gêne, une cause de révolte et de
douleur dans la vie que je dois vivre? Depuis que je vous
connais, j'ai senti que j'avais tort; Dieu m'a fait souffrir
pour que je pusse mieux vous aimer et mieux vous comprendre. Aucune femme ne vous aimerait et ne vous com-
prendrait comme moi, n'est-ce pas? »

Manuel répondait par un serrement de main et par un
regard, et Marthe continuait : « Je voudrais que nous
fussions pauvres, bien pauvres, nous serions plus seuls;
vous n'auriez pas d'autre distraction, pas d'autre pensée
que moi. Vous ne connaissez pas tous mes défauts : je suis
effroyablement jalouse. J'ai éprouvé l'autre jour un sentiment si mauvais, que je n'ai pas osé vous le dire. Je me
suis réjouie de vous savoir enfin éclairé sur Julia, car vous

aviez pris son parti contre moi la veille ; j'en ai pleuré toute la nuit.

— Être jalouse de Julia, vous ! c'est de la démence !

— Il se peut que je sois folle, dit Marthe ; mais quand il s'agit de vous, tout m'inquiète. Si vous aimiez jamais une autre femme, que deviendrais-je ? »

Un matin, Manuel arriva au rendez-vous plus tard que de coutume ; Marthe l'attendait depuis quelques instants. Il était pâle et tenait une lettre à la main.

« Mon rappel en Espagne, dit-il d'une voix sourde.

— Je t'en supplie, ne pars pas, j'en mourrais ! dit Marthe en saisissant le bras de Manuel comme si elle eût voulu l'arrêter. Sa tête resta appuyée sur l'épaule de Manuel, qui couvrit de baisers son front et ses cheveux en lui disant :

— Comment as-tu pu imaginer que je songeais à te quitter ? Tu m'as souvent répété que tu abandonnerais tout pour me suivre, et tu me crois capable de sacrifier à un intérêt quelconque le bonheur de vivre près de toi !... Que m'importent l'ambition et la gloire ? N'es-tu donc pas heureuse, toi ? Rêves-tu autre chose ? Ne remercies-tu pas Dieu de t'avoir fait connaître l'amour ? »

Pendant plus d'une heure, Manuel berça Marthe des mêmes tendresses passionnées. Elle l'écoutait muette de bonheur ; elle eût voulu passer ainsi l'éternité.

Ce jour-là, Marthe ne retourna pas au château par les champs ; elle suivit, comme elle le faisait souvent, le bord du rivage. C'était doubler la longueur de la route ; mais Manuel pouvait l'accompagner sans crainte d'être aperçu : d'énormes escarpements de rochers formaient du côté de la terre une muraille continue. La mer était si haute, qu'excepté au fond des baies, le sable était partout recouvert par l'eau. Il fallait donc à chaque instant escalader des roches rendues glissantes par des goëmons. Marthe, redevenue joyeuse et confiante, sautait légèrement d'une pierre à l'autre, sans accepter le secours de Manuel, qui, moins familiarisé qu'elle avec cet exercice, avait assez à faire de se tirer lui-même des mauvais pas. Ils arrivèrent ainsi devant une flaque d'eau formée au milieu des rochers par les dernières grandes marées. Il leur était impossible de l'éviter : d'un côté le granit à pic, de l'autre la mer. L'eau avait à peine un demi-pied de profondeur. Marthe se préparait à la traverser ; mais Manuel s'y opposa absolument : il y entra lui-même, et la prit dans ses bras. Pendant le trajet d'un bord à l'autre, trajet qui ne dura guère plus de deux secondes, Marthe, dont la tête était renversée sur l'épaule de Manuel, crut voir à cinquante pieds au-dessus d'elle, sur une pointe de rocher qui surplombait le rivage, un chasseur appuyé sur son fusil. Elle pensa aussitôt au marquis de Rosbac, qui se donnait quelquefois le plaisir de se promener en accoutrement de chasse, et trembla qu'il ne l'eût aperçue. Manuel, averti par elle, leva les yeux ; ne découvrant rien, il s'efforça de la tranquilliser, et parvint presque à lui persuader qu'elle s'était trompée.

Le soir de ce même jour, le marquis de Rosbac, au lieu de prendre, comme à l'ordinaire, congé de sa mère après l'avoir reconduite jusqu'à la porte de sa chambre, entra chez elle en lui disant : J'ai à vous parler. « Ma chère mère, poursuivit-il en s'étendant dans un fauteuil, je pense que vous devez être satisfaite de moi, et que je joue assez convenablement depuis trois mois mon rôle de jeune homme à marier. Bien que la félicité conjugale ne fût pas précisément mon rêve, je n'ai rien négligé pour seconder vos desseins. J'ai été sentimental comme une ballade allemande, j'ai absorbé une quantité indéfinie de prose et de vers, j'ai même essayé de lire un traité de métaphysique ; mais, vous avez très-bien pu vous en apercevoir, mademoiselle de Montbrun a été insensible à mes tours de force. Il est maintenant prouvé pour moi que, malgré toutes les qualités physiques et morales qui me distinguent, je dois renoncer au bonheur d'émouvoir son cœur, et conséquemment à l'espérance d'être un jour possesseur de ce château. Or, comme vous ne m'avez pas amené, que je sache, sur les rivages de l'Armorique à autre fin que celle de me faire épouser par elle, j'espère que vous ne ferez aucune objection à mon dessein bien arrêté de les abandonner au plus vite. »

Madame de Rosbac écouta la tirade de son fils sans l'interrompre. Il était évident que le jeune marquis était à la fois dominé et gâté par sa mère.

« Je suis bien loin de voir les choses comme vous, lui dit-elle dès qu'il eut cessé de parler. Je trouve au contraire que tout va pour le mieux. Vous plaisez beaucoup à la baronne ; elle me répète chaque jour que vous êtes le mari qui lui convient pour sa nièce. Quant à mademoiselle Marthe, je ne suis pas aussi certaine que vous de son indifférence à votre égard. Les jeunes filles trouvent quelquefois charmant qu'on leur fasse longtemps la cour. Moi, qui vous parle, j'ai refusé trois fois votre père avant de me décider à l'épouser. Pour rien au monde je ne vous permettrai de quitter le château, je voulais au contraire vous recommander de vous montrer plus amoureux que jamais, car il serait bon que cette affaire fût arrangée avant le retour à Paris ; ici vous n'avez pas de rival.

— Mais, ma mère, vous ne savez donc rien ! vous ne voyez donc rien de ce que tout le monde voit et sait sur mademoiselle Marthe ! dit le jeune homme contrarié de cette opposition.

—Quoi ? dit la marquise ; cette ridicule histoire de jambe cassée ? Je vous ai déjà dit que Marthe avait passé près de sa tante la nuit où ce séducteur de village s'est blessé. Quant aux bavardages de la petite ville, je n'y vois pas grand mal ; si Marthe est un peu compromise, cela la rendra moins difficile.

— Il ne s'agit pas du beau chanteur de romances appelé George Servet, mais bien de l'Espagnol qui vit en ana-chorète sur je ne sais quel récif voisin ; vous ne vous êtes donc pas aperçue que mademoiselle de Montbrun l'aime ?

— Lui ! Où êtes-vous allé chercher cette nouvelle ? Marthe ne lui adresse presque jamais la parole.

— Dans le salon, c'est possible ; mais sur les rochers elle laisse très-bien monsieur Belmar la prendre dans ses bras.

— Comment le savez-vous ?

— Je les ai vus.

—Ah ! c'est ainsi, dit la marquise ; eh bien ! tant mieux : dès demain, la baronne saura à quoi s'en tenir sur sa nièce. »

Le marquis était peu intelligent, ignorant et faible ; mais il n'était pas assez corrompu pour que le froid cy-nisme avec lequel sa mère subordonnait tous les senti-ments humains à l'intérêt ne soulevât pas quelquefois en lui des révoltes malheureusement passagères.

— Ma mère, je vous en supplie, s'écria-t-il, permettez-moi de partir, et laissez les amours de mademoiselle de Montbrun s'arranger comme ils pourront. Voilà assez longtemps que je joue un rôle ridicule, ne me faites pas jouer un rôle infâme.

— Six cent mille francs de dot valent bien quelques contrariétés et quelques ennuis, dit la marquise. Vous me paraissez oublier un peu trop votre position. Votre père ne vous a laissé que son nom et son titre, ce qui dans le siècle où nous vivons est un patrimoine assez léger. Ne croyez pas qu'il vous soit facile de rencontrer une femme riche qui consente à vous épouser pour le plaisir d'être marquise. Sans des circonstances particulières, je n'aurais pas osé songer à mademoiselle de Montbrun; mais je savais que ce qui vous eût nui ailleurs vous servirait ici. La baronne désire que vous épousiez sa nièce, parce qu'elle espère que, n'ayant ni profession ni fortune propre, vous dépendrez absolument d'elle, et que vous pourrez l'acompagner partout où il lui plaira d'aller. Ne comptez pas que je subvienne plus longtemps aux dépenses de la vie dissipée dont vous avez contracté l'habitude. Ma fortune personnelle est à peine suffisante pour que je puisse vivre et établir convenablement votre sœur. Si vous n'épousez pas mademoiselle de Montbrun, je ne vois pour vous que deux

partis à prendre : vous faire soldat, ou entrer comme sur-
numéraire dans quelque administration. »

Ce foudroyant dilemme mit fin aux objections du jeune
marquis, qui rentra dans sa chambre de fort mauvaise
humeur en se disant : « Pourquoi n'ai-je pas seulement
vingt mille francs de rentes ? » Il y a une foule de gens
qui paraissent convaincus que Dieu n'a le droit d'exiger
de ses créatures la dignité et la vertu que quand il leur a
donné de quoi satisfaire toutes leurs fantaisies.

Le lendemain, à l'heure où la baronne parcourait les
journaux qui lui arrivaient chaque matin de Paris, madame de Rosbac entra dans le salon. Sa fille était au piano
et déchiffrait une romance nouvelle. — Sylvia, va dessiner
dans le boudoir; ton tapotage me fatigue, j'ai mal à la
tête, dit la marquise.

Sylvia obéit après avoir jeté sur sa mère un regard qui
disait clairement qu'elle n'était pas la dupe de cette migraine improvisée.

La marquise s'assit en face de son amie, prit un journal
et parut le lire attentivement. Au bout de quelques instants,
elle le posa sur ses genoux en disant :

« Je pense, chère Amélie, que vous avez connaissance
du bruit qui préoccupe tout le voisinage ?

— Quel bruit? dit la baronne d'un air distrait.

— Le bruit du mariage de votre nièce avec monsieur Belmar.

— Qui a pu inventer une pareille sottise? dit tranquillement la baronne.

— Ce n'est donc pas vrai?

— Perdez-vous la tête?

— Cela m'eût étonnée, mais on s'appuyait sur des faits si étranges....

— Quels faits?

— Mon Dieu! chère amie, je ne sais si je dois vous le dire. On prétendait que vous permettiez à votre nièce de se promener seule avec ce monsieur.

— Qui a eu l'audace de débiter de semblables impertinences?

— Un peu tout le monde.

— Ainsi vous me dites sincèrement qu'il n'y a rien de vrai? reprit la marquise après une pause.

— Comment pouvez-vous insister? Est-ce qu'on épouse ces gens-là? On les laisse venir souvent chez soi, justement parce qu'ils sont sans conséquence.

— Chère Amélie, dit la marquise en prenant les mains de la baronne d'un air tragiquement sentimental, l'amitié impose de grands devoirs. S'il s'agissait de ma fille et que vous n'eussiez pas le courage de faire ce que je fais aujourd'hui, je vous en voudrais mortellement. Ne me demandez pas d'explication, mais suivez mon conseil : ne recevez plus ce monsieur Belmar.

— Mais enfin que savez-vous? Qu'y a-t-il? dit la baronne.

— Il y a que monsieur Belmar joue la grande passion près de votre nièce. Dans quelles vues? Il est facile de le deviner.

— Tant pis pour ce monsieur, s'il se rend ridicule. Marthe est trop bien élevée, trop raisonnable, pour que cela m'inquiète.

— Chère Amélie, Marthe est sans doute la plus parfaite des jeunes filles; mais à son âge on est toujours un peu inconséquente, un peu légère. On ne peut pas savoir qu'il y a des gens qui font métier de se faire aimer des héritières. C'est un jeu sûr : ou on épouse, ou on se fait payer son silence.

— Mais quoi enfin? dit la baronne, quoi? Dites tout.

— Eh bien! votre nièce s'est laissée plus ou moins prendre aux grandes phrases de ce monsieur. On me l'avait dit depuis longtemps, mais j'hésitais encore à le croire, quand hier matin je les ai vus, à un quart de lieue du château, causer en tête-à-tête au bord de la mer.

— Mais ce monsieur Belmar est un misérable! s'écria

la baronne au comble de la fureur. Comment ai-je pu
l'admettre chez moi? S'il se présente encore ici, je le ferai
jeter à la porte par mes gens. Et Marthe ! quelle récom-
pense pour tous les soins que j'ai pris d'elle ! quel monstre
d'ingratitude !

— Calmez-vous, ma chère. Marthe est peut-être au fond
assez innocente. Le malheur, c'est que personne ne le
croira. Il faut si peu de chose pour perdre à jamais une
jeune fille dans l'opinion !

— Je vais la faire chercher; je veux lui parler à l'instant,
dit la baronne.

— Ne mêlons pas les domestiques à tout cela, ils n'en
savent probablement que trop. »

Et la marquise, entr'ouvrant la porte du boudoir, appela:
Sylvia ! Sylvia !

Mais Sylvia ne répondit pas, par l'excellente raison
qu'elle était en ce moment au fond du jardin. Convaincue
que la conversation entre les deux vieilles amies serait
intéressante, puisqu'on la renvoyait, elle avait écouté derrière la portière au lieu de dessiner, et à la première excla-
mation de la baronne contre Marthe, elle s'était empressée
de sauter dans le parterre, où elle la voyait cueillir des
fleurs. Enchantée d'être enfin mêlée à une véritable histoire
d'amour, Sylvia redit mot pour mot à Marthe tout ce qu'elle

avait entendu. Quand elle en vint à répéter les paroles outrageantes qui avaient été prononcées contre Manuel, Marthe rougit et pâlit à la fois, puis elle tomba sur un banc presque sans connaissance. Sylvia, effrayée du désespoir qu'elle venait de causer, prit ses mains dans les siennes et se mit à pleurer. Au bout de quelques minutes, Marthe revint à elle et dit à la jeune fille :

« Laissez-moi, Sylvia. J'ai absolument besoin d'être seule. »

Quelque désir qu'eût Sylvia de rester, elle n'osa pas résister à cet ordre ; mais elle se cacha à quelque distance derrière une charmille, d'où elle put voir Marthe se promener à pas lents, la tête inclinée sur sa poitrine, les bras croisés, les joues en feu, le regard fixe. Un vieux domestique apparut bientôt à l'extrémité de l'allée où elle se trouvait et arriva à deux pas d'elle sans qu'elle l'aperçût.

« Madame la baronne désire parler tout de suite à mademoiselle, dit le valet de chambre.

— C'est bien, j'y vais, dit Marthe sans cesser de marcher et sans lever les yeux sur lui. »

Puis elle s'arrêta tout à coup, et regardant le domestique en face :

« C'est vous, Pierre ? dit-elle ; que voulez-vous ?

— J'ai déjà eu l'honneur de dire à mademoiselle que

madame la baronne désirait lui parler, et mademoiselle m'a répondu qu'elle allait venir.

— C'est bien, allez-vous-en; j'irai, dit brusquement Marthe. » Puis elle se rassit et parut réfléchir profondément. « Il le faut, se dit-elle; je ne veux pas qu'on l'insulte. Je mourrai plutôt. ».

Quand elle entra dans le salon, où l'attendait la baronne, aucun signe extérieur ne révélait ce qu'elle éprouvait. La baronne était encore rouge et courroucée.

« Est-il vrai, mademoiselle, que vous ayez eu des tête-à-tête sur les rochers avec cet étranger qu'on appelle monsieur Belmar? dit-elle durement.

— Il est parfaitement vrai que cela m'est arrivé hier, dit Marthe en poussant un fauteuil près de celui de sa tante.

— Et vous osez l'avouer? S'amouracher d'un aventurier, d'un misérable! cria la baronne, qui comme tous les êtres faibles s'exaltait au delà de toute mesure quand elle sortait de sa passivité habituelle.

— Je ne vous comprends pas du tout, ma tante, dit Marthe très-froidement en s'asseyant. Hier, en quittant la chaumière de Catherine, j'ai rencontré monsieur Belmar sur le rivage. Il venait de recevoir une lettre qui annonçait son rappel en Espagne et s'est approché de moi pour me faire part de cette nouvelle, ce qui n'a, je crois, rien de bien étrange entre personnes qui se voient presque chaque soir. Il m'a même chargée de vous dire qu'il viendrait aujourd'hui ou demain prendre congé de vous. J'avais oublié de vous parler de cela ce matin.

— Ah ça! que m'a donc raconté la marquise? dit la baronne, complétement dominée par le calme de sa nièce et pressée d'en finir avec une colère qui la fatiguait. Ce monsieur ne t'a pas dit qu'il t'aimait? Tu ne l'aimes pas?

— C'est madame de Rosbac qui vous a dit cela? interrompit Marthe sans répondre à la question.

— Mais oui, c'est elle. Elle a passé une heure à me répéter que tu te compromettais, que tu te perdais de réputation.

— Vous ne voyez donc pas, ma chère tante, que la marquise veut me faire épouser son fils.

— Mais non, je t'assure, c'est uniquement par intérêt pour moi et pour toi. Elle t'aime beaucoup, madame de Rosbac. Pourquoi ne veux-tu pas épouser Gaston? C'est un charmant jeune homme.

— Je vous en supplie, ma chère tante, ne parlons pas de cela. Vous m'avez laissée libre jusqu'ici. Pourquoi seriez-vous moins bonne cette fois? M'aimez-vous moins?

— C'est justement parce que je t'aime que je désire ce

10*

mariage. Tu pourrais rester près de moi. Je ne consentirai
jamais à un mariage qui nous séparerait. »

Marthe embrassa sa tante et monta dans sa chambre, où
elle tomba demi-morte sur un sofa.

« Eh bien ! dit la marquise en rentrant dans le salon
dès qu'elle eut vu Marthe en sortir.

— Eh bien ! ma chère, il n'y a rien, dit la baronne,
ennuyée d'une question qui lui rappelait des émotions
désagréables. Quand vous les avez vus, monsieur Belmar
lui annonçait tout simplement son départ pour l'Espagne.

— Je m'en doutais, dit la marquise, dont le but était
pour le moment atteint. Pauvre petite ! j'avais bien raison
de la défendre contre vous. »

XII

MARTHE A MANUEL.

« On sait tout. Il m'est impossible d'aller vous voir. Comment vous raconter ce qui vient de se passer ? Je n'avais
que trop raison : le chasseur d'hier, c'était le marquis de
Rosbac. La marquise nous a dénoncés à ma tante avec
une méchanceté infernale. Je n'ose pas penser à cette hor-

rible femme. Quand j'y songe, ma tête s'égare; j'éprouve des sentiments de haine et des désirs de vengeance que je n'avais pas compris jusqu'ici. Ma tante s'est emportée comme elle s'emporte quand elle sort de son indolence accoutumée. Sylvia avait écouté leur conversation et me l'a répétée avant qu'on m'eût fait chercher. Sans cela, je ne sais ce qui serait arrivé; on vous aurait accusé, insulté peut-être à cause de moi. Manuel, pardonne-moi. Je n'ai pas dit que je ne t'aimais pas, rien au monde ne pourrait me faire renier mon amour; mais j'ai annoncé à ma tante que tu partais dans deux jours. Que pouvais-je faire? Si tu savais comment elle menaçait de te traiter! La colère de ma tante s'est subitement calmée; c'est un vieil enfant, elle ne réfléchit jamais et ne cherche qu'à oublier ce qui peut la troubler. Je la connais, son irritation contre toi passera vite; la marquise, qui la domine complétement aujourd'hui, partira. Ma tante m'aime autant qu'elle peut aimer, elle a toujours été très-faible avec moi; elle ne voudra pas me voir mourir de chagrin et finira par me permettre de t'épouser.

» A quoi servirait maintenant ta présence en Bretagne? Tu ne pourrais plus venir au château, je ne pourrais plus aller te voir. Il vaut mieux que cela soit ainsi. Tôt ou tard on devait tout savoir.

» Tu m'aimeras toujours autant, n'est-ce pas? Tu re-
viendras dans quelques mois. J'aurai du courage, je te le
promets. Tu m'as vue faible ce matin, je n'étais encore
qu'une enfant, je n'avais pas souffert ; mais quand j'ai su
qu'on t'outrageait, j'ai bien senti que j'avais un cœur digne
de toi.

» Je ne sais comment t'envoyer cette lettre. Je n'ose pas
aller moi-même chez Catherine ; j'ai peur d'être suivie. »

Dans les âmes comme celle de Marthe, le premier mouvement est toujours plein de courage et de générosité. Leur
grandeur native les pousse tout d'abord au renoncement et
à l'abnégation. La faiblesse de la femme n'apparaît qu'à la
seconde heure. La lettre ne put pas partir sur-le-champ, et
elle y ajouta ces mots :

« Je n'ai plus ni force ni courage. J'ai menti en écrivant
ce qui précède. Je ne veux pas que tu partes. Reste, je t'en
prie, reste. Je trouverai moyen de les tromper. Tout me
sera possible, excepté de vivre sans toi. Je remets ma lettre
au fils du fermier ; tu peux lui confier ta réponse. »

MANUEL A MARTHE.

« J'approuve tout ce que tu as fait. Je partirai, et tu
partiras avec moi. Je n'hésite pas à disposer de ton avenir.
Je sais qu'une femme comme toi est capable de briser son
cœur pour accomplir un devoir, mais que le jour où elle
dit : J'aime ! elle donne sa vie entière. S'il n'en était pas
ainsi, je te mépriserais. Tes torts envers ta tante, ta conduite envers moi, seraient alors sans excuse. On ne peut
violer sans crime et sans honte les conventions et les lois
du monde que quand on obéit à une loi supérieure. En
nous créant des âmes qui ne peuvent connaître le bonheur
et s'élever jusqu'à lui que l'une par l'autre, Dieu a donné
à notre union une sanction mille fois plus haute que celle
que nous recevrons des hommes. L'amour serait la plus
humiliante de toutes les folies, s'il n'était pas le plus res-
pectable, le plus sacré de tous les liens. Tu es à moi, bien
à moi, comme je suis à toi pour toujours.

» Être à moi, pauvre enfant ! tu sais ce que cela veut
dire. Ce n'est pas le bonheur que je t'offre. Je ne suis qu'un
malheureux à consoler; voilà pourquoi tu me suivras.
Que serais-tu dans la vie d'un des heureux de la terre?
Une joie entre mille autres, une distraction, peut-être moins

que cela, un objet de luxe auquel on ne tient que par vanité. Est-ce là de quoi satisfaire tes aspirations immenses ?
Pourrais-tu remplir près d'eux la sublime mission de la
femme ici-bas ?

» Dans l'existence où je t'entraîne, je n'entrevois que
luttes, incertitude, orages ; mais chaque jour j'aurai besoin
de toi, chaque jour tu auras un sacrifice à faire, une larme
à essuyer. Si je suis haï, persécuté, insulté par les hommes,
tu me verras heureux par toi, par toi seule, et tu m'en-
tendras remercier Dieu à tes pieds d'avoir fait descendre
vers moi l'ange qui sauve du désespoir.

» Qui pourrait te retenir ? Ta tante ? Tu connais assez
son étroit et implacable égoïsme ; elle ne te comprend
pas, et t'aura bien vite oubliée. Le monde ? Il te calomnie
et respecte Julia. Je vais tout préparer pour notre départ,
car je ne doute pas de ta réponse. Une âme comme la tienne
ne peut pas reculer devant le sacrifice. »

Dieu ! — Sacrifice ! Pourquoi ces mots sont-ils le fond
de la langue de l'amour ? Quel charme mystérieux possè-
dent-ils ? où prennent-ils leur irrésistible puissance ? Pourquoi toute âme un peu noble se révolte-t-elle contre la
pensée de ne chercher dans une affection que du bonheur ?
L'homme est-il si grand que le comble de la félicité se

trouve pour lui dans le dévouement? Sent-il instinctivement
que nos amours de la terre ne sont qu'un reflet d'une
flamme plus pure, qu'une participation anticipée à l'amour
universel, infini, dans lequel tout égoïsme est absorbé?
Peut-être cherche-t-il à s'abuser lui-même. Quand il s'abu-
serait, cette illusion serait encore une protestation contre
son abaissement et sa misère.

_____

MARTHE A MANUEL.

« Onze heures du soir.

« Ma vie t'appartient; fais-en ce que tu voudras. Où tu
iras, j'irai. »

« Cinq heures du matin.

« J'ai passé toute la nuit agenouillée devant le portrait
de ma mère, la suppliant de me conseiller, de me guider,
et j'ai cru entendre sa voix : elle me rappelait ses longues
souffrances, ses sacrifices au devoir, et me disait que le
repos de l'âme est à ce prix. Je ne puis abandonner ma
tante sans avoir tout tenté pour la fléchir, je ne le puis...
Manuel, je t'en conjure, attends encore six mois. Alors,

quoi qu'il arrive, rien ne m'arrêtera plus ; car, tu l'as dit, je suis à toi et pour toujours.

» Je n'ose penser au moment de ton départ. Il faut pourtant que tu partes sans délai. Je me crains moi-même ; si tu restais encore quelques jours, je faiblirais. Aide-moi à trouver du courage. Viens ce soir au château faire tes adieux à ma tante. Demain matin j'irai chez toi ; je te l'avais refusé jusqu'ici, mais aujourd'hui c'est moi qui le veux. »

Le soir, Manuel était à Cernan et prenait congé de la baronne. Marthe chanta, causa et rit. Dieu envoie-t-il un de ses anges aux femmes pour les fortifier dans certaines circonstances ? On serait tenté de le croire, tant leur puissance sur elles-mêmes est incompréhensible,

Un épais brouillard couvrait la terre, quand Marthe quitta le château, vers six heures du matin, pour se rendre près de Manuel. Rien n'est plus morne, plus désolé que l'aspect des bords de la mer par un temps sombre. L'homme le plus ferme se sent froid au cœur, quand il ne voit devant lui que des masses de granit dessinant sur un ciel gris leurs profils bizarres et des montagnes d'eau glacée qui roulent l'une sur l'autre en gémissant. Il semble que la chaleur et la lumière aient pour jamais abandonné le monde.

Marthe éprouva peut-être cette impression en parcourant

le rivage, mais son âme était si troublée, qu'elle n'avait qu'une perception vague de ses propres sensations. En voyant les malles entassées dans un coin de la chaumière, les étagères dégarnies de livres, les vases remplis de fleurs desséchées, tout ce désordre matériel qui fait involontairement songer qu'on doit désirer quitter au plus vite un logis devenu inhabitable, elle comprit nettement pour la première fois que Manuel allait partir. Son courage l'abandonna. Sans prononcer une seule parole, elle se jeta dans ses bras en sanglotant. Manuel avait eu de la force pendant les heures de bonheur; il en manqua à celle du désespoir, et couvrit Marthe, qu'il pressait presque inanimée contre son cœur, de baisers et de caresses passionnées.

Tout à coup elle revint à elle, s'arracha de ses bras et s'enfuit à l'extrémité de la cabane, où elle demeura appuyée contre la muraille, pâle, frissonnante, les bras croisés sur la poitrine, les yeux fixés à terre.

« C'est donc ainsi que tu m'aimes! s'écria Manuel en se jetant à genoux devant elle. Nous allons nous séparer; c'est toi qui l'as voulu, et tu me fuis! Nos vies ne sont-elles pas unies pour toujours? n'es-tu pas à moi? n'es-tu pas ma femme? Marthe, parle-moi, regarde-moi. Marthe, réponds-moi, m'aimes-tu? »

Marthe l'écoutait, immobile et froide comme une statue.

11

Un léger tremblement de ses lèvres indiquait seul qu'elle vivait.

« Je comprends, reprit Manuel avec amertume en se relevant; vous voulez conserver le droit de m'oublier. Dans quelques mois, vous vous direz : « Je puis être à un autre, je ne lui ai donné que mon cœur. » Votre cœur! vous ne me l'avez même pas donné. »

Et il se jeta sur le divan avec désespoir. Pendant près d'un quart d'heure, un profond silence régna dans la cabane. On n'y eût entendu que la respiration inégale de Marthe et les sanglots étouffés de Manuel. Marthe s'avança enfin vers lui, et, prenant la main qu'il appuyait sur ses yeux, elle la pressa doucement. Manuel releva la tête et regarda Marthe, dont le visage était inondé de larmes.

« Tu m'aimes! s'écria-t-il en l'étreignant impétueusement entre ses bras. »

Quelques heures plus tard, Marthe était seule dans la chaumière. Seule! elle ne le croyait pas encore. A chaque instant, elle tressaillait et prêtait l'oreille; elle s'imaginait entendre le pas de Manuel. Elle lui avait absolument défendu de revenir; mais elle espérait.... elle avait la certitude qu'il reviendrait. Quand le léger bruit qui l'avait remplie de joie s'éteignait sans que Manuel parût, elle retombait sur le divan et s'accusait de folie, puis elle se redressait frémissante, si le vent faisait crier les goëmons secs en les balayant sur le rivage, ou si quelque pêcheur marchait dans le lointain. La journée se passa ainsi. Les premiers moments d'une séparation ne sont peut-être pas les plus cruels: il reste dans les objets matériels, dans l'air autour de nous, quelque chose de ceux qu'on ne voit plus; mais bientôt, hélas! toute trace de leur présence s'efface. Alors on s'agite douloureusement dans le vide; la longueur des jours nous écrase; quand la personne aimée était là, les jours n'avaient que les heures que nous passions près d'elle. Rien ne conduit plus à douter de l'existence positive du temps que l'amour. Une seconde de bonheur peut être le foyer d'un rayonnement qui dévore et annule les vingt-quatre heures qui nous en séparent.

Sa correspondance avec Manuel devint toute la vie de Marthe. Presque chaque jour elle trouvait chez Catherine une lettre de lui, et consacrait souvent des nuits entières à lui répondre. Les lettres sans fin seront toujours une des plus infaillibles preuves de la profondeur d'une affection. Dans le bonheur on peut s'abuser, mais quand le besoin de verser son âme dans une autre âme se fait incessamment sentir malgré l'absence, c'est qu'on est sérieusement atteint.

Madame de Cernan retourna à Paris trois semaines après

le départ de Manuel. Ce fut un nouveau déchirement pour Marthe. Les lieux où l'on a aimé sont sacrés. L'arbre qui abritait d'heureuses causeries, le sentier qu'on parcourait ensemble, le paysage qui inspirait les mêmes rêves à deux êtres qui s'adoraient, ne seront jamais pour eux un arbre, un sentier, un paysage comme un autre. Jamais l'homme ne se résignera à croire que la nature n'est qu'un impassible témoin de ses émotions. Il a l'intuition vague d'une communication entre elle et lui, et cette intuition doit avoir raison contre le raisonnement qui la condamne.

XIII

La baronne avait quitté la Bretagne le 15 octobre. Un soir du mois de février suivant, toutes les personnes que nous avons connues au château de Cernan se trouvaient réunies dans son hôtel à Paris. Cinq mois s'étaient écoulés depuis le départ de Manuel, et pendant ces cinq mois le drame intime dont nous avons raconté le prologue, n'avait pas fait un pas vers son dénoûment. Madame de Rosbac persistait dans son système d'intrigue : dès qu'un prétendant sérieux à la main de Marthe perçait à l'horizon, elle s'efforçait de l'éloigner par de calomnieuses révélations sur le caractère de mademoiselle de Montbrun, espérant ainsi rendre son fils indispensable. Madame de Cernan éprouvait un secret mécontentement contre sa nièce ; elle lui reprochait souvent sa tristesse, la physionomie ennuyée qu'elle portait dans le monde, et son obstination à refuser le marquis. Marthe essayait quelquefois de lui parler indirectement de Manuel ; mais la seule idée d'un mariage qui lui enlèverait sa nièce excitait chez la baronne une telle irritation, qu'elle se taisait bientôt découragée.

Une rupture complète avec sa tante lui semblait donc inévitable. Renoncer à Manuel, c'eût été à ses yeux la dernière des infamies ; d'ailleurs elle l'aimait plus qu'elle ne l'avait jamais aimé. En supprimant les froissements de la réalité, l'absence augmente notre foi au bonheur dont elle nous prive : Marthe en connut toutes les illusions et toutes les tortures. Elle avait des instants d'indicible souffrance où elle oubliait les considérations qui l'avaient empêchée de suivre Manuel, et se désespérait d'avoir résisté à ses supplications.

Des anciens hôtes de Cernan, Julia seule était heureuse. Juan de Villa l'avait suivie à Paris, et venait enfin de lui demander officiellement sa main. Les circonstances l'avaient merveilleusement servie. Quelques jours avant son

départ de Bretagne, maître Servet avait été frappé d'apoplexie à la suite d'un de ses plus chaleureux plaidoyers, et
était mort au bout de trois mois de souffrance. Malgré sa
passion pour la vicomtesse, George n'avait pu quitter son
père malade; il lui avait été également impossible d'abandonner sa mère pendant les premiers instants de douleur.
Julia se croyait donc à jamais débarrassée de lui.

Le soir dont nous parlons, la vicomtesse entra triom-
phante dans le salon de la baronne. Soit coquetterie, soit
désir d'engager Juan en donnant toute la publicité possible
au bruit de leur prochain mariage, elle s'était plu à faire
une toilette soi-disant espagnole, et paraissait plus blanche,
plus fraîche, plus délicate que jamais, sous ses dentelles
noires et ses nœuds de ruban rose. Elle s'attendait à d'enthousiastes félicitations de la part de Juan, qui l'avait
quittée quelques heures auparavant; mais, à sa grande
surprise, il ne sembla pas remarquer sa parure, et lui
adressa la parole d'un air triste et contraint qui la tour-
menta singulièrement. Julia était une de ces femmes que
leur passé tient dans un état de perpétuelle inquiétude. —
Lui a-t-on dit quelque chose? que sait-il? se répétait-elle
tout en souriant à Juan. Elle essaya en vain de le faire
parler. Les insinuations les plus adroites le laissèrent sou-
cieux et impénétrable.

Une sérieuse anxiété commençait à s'emparer de la vicomtesse, quand la porte du salon s'ouvrit : un domestique annonça monsieur George Servet, et George parut en grand deuil, pâle, les traits bouleversés. Julia regarda Juan, qui se tenait à quelque distance d'elle, le dos appuyé contre la cheminée ; au coup d'œil qu'il lança sur George, elle comprit que le danger venait de ce côté.

Après avoir adressé quelques phrases de politesse à madame de Cernan, George s'approcha de la vicomtesse et lui dit d'une voix sourde :

« Il faut absolument que je vous parle.

— Comment va madame votre mère? dit Julia assez haut pour être entendue de l'Espagnol, qui ne la quittait pas des yeux.

— Ma mère! répondit George à voix basse au grand déplaisir de la vicomtesse, je l'ai laissée désespérée, malade ; ne réveillez pas mes remords.

— Êtes-vous depuis longtemps à Paris? dit négligemment Julia.

— Depuis un quart d'heure, murmura George. Il faut que je vous parle, ajouta-t-il avec une fureur concentrée.

— Venez demain me voir, j'aurai le plus grand plaisir à causer avec vous, dit Julia toujours à haute voix.

— Demain, c'est trop tard, dit George; je veux vous parler ce soir, à l'instant même.

— George, on nous entend; vous êtes fou. Ne me parlez plus, dit tout bas la vicomtesse effrayée des 'regards terribles de Juan, et elle fit un mouvement pour se lever.

— Après tout, ce que j'ai à vous dire n'est pas long, dit George exaspéré. Épousez-vous, oui ou non, monsieur de Villa? Oui ou non, répondez! »

Julia ne répondit pas et se dirigea vers la cheminée. George resta sur sa chaise comme foudroyé. Il prit un livre sur une table placée près de lui, l'ouvrit, et lut indéfiniment la même page sans avoir conscience de ce qu'il faisait. Julia s'était posée près de Juan. Le coude coquettement appuyé sur le velours ponceau qui recouvrait la cheminée, elle jouait avec les rubans de sa coiffure. L'Espagnol était sombre et ne la regardait pas.

« Monsieur de Villa, dit-elle après s'être assurée qu'elle était plus jolie ce soir-là qu'elle ne l'avait jamais été, monsieur de Villa, j'ai bien envie de vous dire ce qui vous rend si maussade ce soir.

— Dites, madame, reprit Juan d'un ton froid en se retournant involontairement vers elle.

— Vous êtes jaloux de monsieur Servet.

— C'est vrai, dit Juan, qui était absolument incapable de dissimuler.

— Pourquoi? dit Julia en regardant Juan avec une délicieuse expression de naïveté.

— Mais, madame, il me semble que vos conversations à voix basse m'en donnent assez le droit.

— Ah! ce n'est pas tout, dit Julia avec une gentillesse enfantine. Vous étiez jaloux, vous étiez furieux en entrant dans le salon.

— Eh bien! oui, madame, dit Juan brusquement; j'étais jaloux, j'étais furieux, et j'avais grandement raison de l'être. »

La physionomie de Julia changea tout à coup d'expression.

« Monsieur de Villa, dit-elle, la situation dans laquelle nous nous trouvons, me donne le droit d'exiger de vous une franchise absolue. Quelle accusation fait-on peser sur moi? Dites-moi tout. J'en appelle à votre loyauté. »

Le ton noble et calme avec lequel Julia prononça ces paroles, imposa singulièrement à Juan. D'ailleurs, en appeler à sa loyauté, c'était toucher chez lui la corde sensible. Il tira une lettre de sa poche et la remit tout ouverte à la vicomtesse.

« Lisez, » lui dit-il.

11*

Julia comprenait un peu l'espagnol et déchiffra sans trop
de peine la lettre suivante :

« Mon cher Juan, dois-je croire ce qu'on m'écrit? Est-il
» vrai que tu songes à épouser la vicomtesse? Je t'en con-
» jure, ne fais pas cette folie; Julia n'est pas digne de toi.
» Ne crois pas qu'il s'agisse ici de vagues soupçons; le
» hasard m'a fourni contre elle des preuves irrécusables.
» Au reste, il te sera facile de te convaincre par toi-même
» de la vérité. George est sans doute à Paris ; ouvre les
» yeux sur ce qui se passe entre lui et Julia. Si tu l'aimes
» sérieusement, tu me pardonneras difficilement la ruine
» de tes illusions; mais tu me remercieras plus tard, j'en
» ai la certitude. »

« Monsieur de Villa, tout est fini entre nous, je vous
rends votre parole, dit Julia avec une dignité superbe en
remettant la lettre de Manuel à Juan. — Et elle resta un
instant immobile, les yeux fixés sur les siens.

— Je dois être magnifique ainsi, se disait-elle; si nous
étions seuls, il tomberait à mes pieds.

— Mais, madame, balbutia Juan fasciné, expliquez-moi
seulement l'arrivée subite de M. Se   xpliquez-moi
pourquoi il vous parlait à voix basse.

— Je ne m'abaisserai jamais jusqu'à me justifier, dit

Julia, de plus en plus glaciale, à mesure qu'elle était plus certaine de l'émotion de Juan, et elle fit un mouvement pour s'éloigner.

— Je vous en conjure, écoutez-moi ! » dit le pauvre désespéré.

Julia fit deux pas sans tourner la tête. Juan déchira la lettre et la jeta au feu.

« Je ne crois plus que vous, madame, » dit-il en s'avançant vers Julia.

Julia l'enveloppa d'un regard plein d'amour et revint s'accouder sur la cheminée.

« Que je vous remercie de votre confiance ! dit-elle en se penchant vers Juan. Maintenant je vous dois l'explication que je vous refusais tout à l'heure. M. Servet est amoureux de moi depuis longtemps, et son amour a donné lieu à mille bavardages, dont j'ignorais l'importance avant de lire la lettre de votre ami. J'ai cru comprendre tout à l'heure qu'il n'était venu à Paris que pour savoir si je vous épousais. Voilà tout.

— L'avez-vous aimé? dit Juan d'un ton où perçait une profonde jalousie.

— Juan ! dit la vicomtesse, et ses yeux ajoutaient à ce mot un commentaire qui signifiait: « Je n'ai jamais aimé que vous. »

— Je ne veux plus qu'il vous parle, dit Juan.

— Je ne vois qu'un moyen de l'en empêcher : c'est de lui apprendre la vérité.

— Pourquoi la lui avez-vous cachée?

— Notre mariage n'étant pas annoncé publiquement, j'aurais eu l'air de lui faire une confidence; mais si vous m'y autorisez...

— Certes! » dit Juan.

La vicomtesse était intérieurement ravie. Son audace et son adresse avaient conjuré la tempête. Il ne s'agissait plus que de briser le cœur du pauvre George, chose tout à fait insignifiante à ses yeux. Pour anéantir à jamais les soupçons de Juan, elle résolut de se montrer d'une dureté éclatante envers son ancien amant. D'ailleurs elle possédait à un trop haut degré la science de la vie, pour ne pas savoir qu'en fait de scélératesse, la plus inouïe est la plus habile, et qu'étonner c'est toujours dominer.

George était resté près de la table, ne voyant, n'entendant et surtout ne lisant rien. Julia, sans quitter sa place, l'appela par son nom. George tressaillit et s'avança vers elle. Par un mouvement de bonté instinctive, Juan se déroba à moitié au triomphe que lui préparait Julia, en s'asseyant dans un fauteuil au coin de la cheminée.

« Monsieur Servet, dit Julia de sa voix la plus caressante, vous êtes trop de mes amis pour que je ne tienne pas à vous annoncer moi-même mon prochain mariage avec monsieur de Villa. Comme je suppose que vous retournerez bientôt près de madame votre mère, je vous charge d'en faire part à mes connaissances de Bretagne. »

C'est à tort qu'on s'étonne de l'impassibilité avec laquelle la plupart des condamnés entendent leur sentence de mort. Au moral comme au physique, les coups d'une excessive violence ont pour premier effet d'annuler la sensibilité. Tandis que les gens qui remplissent la salle, voient se dresser devant eux les formidables images de la guillotine et de l'éternité, l'accusé saisit à peine le sens des paroles qui le retranchent du nombre des vivants.

Le discours de Julia sembla pétrifier George. Pendant plusieurs secondes, il resta devant elle, les yeux fixés sur une rose blanche enfouie au milieu des dentelles de son corsage; deux ou trois pétales s'en détachaient. — Cette fleur va tomber, se disait-il. Tout à coup il passa sa main sur son front et fit quelques pas indécis à droite et à gauche. Sans s'en douter, il cherchait son chapeau. L'habitude, comme l'instinct, fait quelquefois mouvoir le corps sans que la volonté s'en mêle. Le chapeau trouvé, il traversa le salon d'un pas ferme et sortit.

A trente ans, quelque épris qu'on soit, la trahison d'une

maîtresse ne vous enlève qu'une femme. A vingt ans, c'est la foi à la femme qu'on perd le jour de la désillusion, et sans cette foi la vie est impossible à un âge où l'amour est tout.

De toutes les personnes qui se trouvaient dans le salon de la baronne, une seule devina ce qui se passait dans le cœur de George, une seule lut sur son front le désespoir sans remède, une seule se dit en le voyant ouvrir la porte : — Il va se tuer ! — Ce fut Marthe. Aussi le suivit-elle sans hésitation.

Au moment où elle quittait le salon, Julia se retournait vers Juan et murmurait en souriant : — Pauvre garçon ! il ne dormira certes pas de la nuit.

Une heure après cette scène, Marthe entrait avec l'abbé dans la chambre qu'occupait George dans un hôtel de la rue Jacob. George était assis devant son bureau et écrivait. Il se retourna et regarda ses anciens amis d'un air hébété, en posant la main sur un pistolet qui se trouvait devant lui.

« Mon cher George, qu'alliez-vous faire ? s'écria l'abbé en s'élançant vers le jeune homme.

« Me tuer, » dit George tranquillement.

La démence de la passion, comme les autres démences, coupe toute communication entre nos idées et celles des autres. George ne comprenait pas qu'on pût penser à l'empêcher de se tuer.

« Oubliez-vous Dieu? n'aimez-vous plus votre mère? »
s'écria l'abbé en faisant un mouvement pour s'emparer du
pistolet.

George saisit le bras du vieillard et le poussa vers la
porte en lui disant : « Allez-vous-en, je veux être seul; je
n'aime rien. »

Marthe était restée jusqu'à ce moment silencieuse dans
un coin de la chambre. Elle s'approcha de George et posa
sa main sur son épaule.

« George, dit-elle, je croyais que vous m'aimiez comme
une sœur. »

Le jeune homme tressaillit en entendant cette douce
voix de femme et regarda Marthe comme s'il ne l'avait
jamais vue.

« Je n'aime rien ; je n'ai pas de sœur, murmura-t-il en
lâchant le bras de l'abbé.

— Mon cher abbé, laissez-moi lui parler, » dit Marthe
au vieux prêtre.

L'abbé savait que l'instinct de la consolation donné par
Dieu à la femme, la fait supérieure à l'homme dans les
grandes crises de la vie morale. Il fit un signe d'assentiment et s'assit près de la porte. Marthe prit la main de
George, qui se laissa conduire sans résistance vers un
canapé placé au fond de l'appartement.

« Mon cher George, dit Marthe en tenant toujours sa main dans la sienne, vous l'aimez donc bien ! »

George la regarda avec des yeux effarés.

« Vous aimiez donc bien Julia! reprit-elle.

— Ne prononcez pas ce nom, ne parlez pas d'amour, » dit George en repoussant la main de Marthe. — Et il resta les bras pendants, la tête appuyée sur sa poitrine.

Marthe reprit sa main. George la regarda et vit qu'elle pleurait. « Pourquoi pleurez-vous ? dit-il durement.

— Je pleure parce que vous souffrez, parce que je souffre moi-même.

— Vous! dit George avec ironie, vous souffrez, vous qui n'avez jamais aimé !

— George, dit la jeune fille d'une voix basse et pénétrante, George, j'ai aimé ; j'aime autant que vous.

— Autant que moi! cria George en bondissant de fureur, autant que moi ! osez-vous dire cela! Des coquetteries, des niaiseries sentimentales ; vous n'êtes pas capable d'autre chose, vous ! Voilà ce que vous appelez aimer autant que moi! Mon cœur était si plein d'elle, que je n'ai pas trouvé de larmes pour pleurer mon père. Près de ma mère, je n'avais qu'une pensée : quand donc me laissera-t-elle partir pour que j'entende Julia me répéter qu'elle m'aime? L'infâme! elle disait à un autre les mots qu'elle m'avait dits à moi; mais elle ne l'aime pas, elle n'a jamais aimé personne : c'est un monstre, cette femme!... Oh! Julia, ma bien-aimée Julia!» cria-t-il un instant après, en étendant les bras devant lui avec délire, et, comme une corde trop tendue qui se brise après avoir rendu le son le plus aigu, il s'affaissa sur lui-même, et des larmes jaillirent de ses yeux.

Quand George releva la tête, il promena autour de lui un regard étonné.

« Marthe, dit-il d'une voix sans timbre, comment êtes-vous venue ici? Que vous êtes bonne! » Puis il retomba dans un morne abattement.

L'abbé appela Marthe d'un regard.

« Ma chère enfant, lui dit-il, je vais partir avec George pour l'Italie. S'il reste à Paris ou s'il retourne en Bretagne, le désespoir le saisira de nouveau, et nous ne serons pas toujours près de lui pour le sauver. Dans deux ou trois mois, je le reconduirai à sa mère. Je vous laisse ici. Tout sera bientôt prêt pour notre voyage.

George, dominé par le tout puissant magnétisme qu'exercent l'abnégation du prêtre et la douceur de la femme, monta sans résistance dans une chaise de poste, et Marthe lui serra une dernière fois la main avant de se faire reconduire à l'hôtel.

XIV

Madame de Rosbac, son fils, sa fille, Juan et Julia dînaient le lendemain chez la baronne de Cernan.

« Où donc est l'abbé? dit madame de Rosbac en remarquant qu'on n'avait pas mis le couvert du vieux prêtre.

— Il est parti pour Rome, dit madame de Cernan.

— Et le naturel de B... qui est apparu un instant hier au soir dans le salon, qu'est-il devenu ? dit le jeune marquis. Ne trouvez-vous pas, madame, qu'avec sa figure pâle et ses yeux égarés il ressemblait à s'y méprendre au spectre de Banquo?.. ajouta-t-il en se retournant vers Julia. — Jenny lui avait appris tous les détails de l'intrigue de la vicomtesse avec George, et en adorateur éconduit, le marquis ne laissait passer aucune occasion de la tourmenter.

— L'ombre de Banquo n'ayant jamais existé que dans l'imagination de Macbeth, je n'ai pas d'idée bien arrêtée sur son compte, répliqua Julia d'un ton dégagé.

— Je crois, madame, que vous devez connaître très-intimement la Macbeth de monsieur Servet, dit le marquis effrontément, et qu'avec un peu de bonne volonté vous pourriez nous dire d'où venait le spectre d'hier et où il est allé. »

Juan ne comprenait rien à ce dialogue : les Espagnols ayant lu Shakspeare sont des phénomènes qu'on pourrait compter ; mais, voyant qu'il s'agissait de George, il écoutait de toutes ses oreilles et regardait de tous ses yeux.

La vicomtesse, ne voulant pas paraître embarrassée des attaques du marquis, répondit étourdiment :

« Il est probablement allé rejoindre les sorcières sur leur bruyère.

— Il est parti pour Rome avec l'abbé, » dit Marthe, qui contenait à grand'peine son indignation.

Les deux femmes échangèrent un regard. Celui de Julia disait : « Je devine tout, et je te hais ; » celui de Marthe : « Je sais tout, et je te méprise. » Se voir menacée dans ses projets par Manuel et méprisée par Marthe, c'était plus qu'il n'en fallait pour pousser la vicomtesse à la vengeance. — Il faut en finir, se dit-elle en sortant de table. Demain Marthe sera brouillée avec Manuel ou avec sa tante. Moi aussi j'ai des armes contre eux...

Non-seulement l'épître que Juan lui avait montrée la veille lui prouvait que Marthe écrivait toujours à Manuel ; mais Jenny, qui n'avait guère de secrets pour la vicomtesse, lui avait confié que sa maîtresse recevait trois fois par semaine des lettres de Bretagne, soi-disant de Catherine, qu'elle renfermait dans un coffret. Julia avait trop

d'expérience pour ne pas savoir qu'une correspondance
aussi active, entretenue depuis cinq mois, devait impliquer
quelque compromettant mystère. Révéler les secrets de
Marthe à la baronne, c'eût été s'exposer elle-même. En
habile stratégiste, elle eut immédiatement l'idée de faire
servir les passions des autres à la satisfaction des siennes,
et, prenant madame de Rosbac à part aussitôt que le café
fut enlevé, elle eut avec elle une longue et intime confé-
rence.

Ceci se passait le mardi soir. Tous les mercredis, Marthe
sortait à une heure pour aller prendre une leçon de chant
chez un professeur célèbre. En descendant l'escalier, elle
rencontra madame de Rosbac, qui montait chez sa tante.
La marquise accabla la jeune fille de ces mille câlineries
qui feront toujours de la rencontre de deux femmes du
monde un curieux et grotesque spectacle.

Une demi-heure après, les deux vieilles amies étaient
dans la chambre de Marthe. Un grand coffret d'ébène
venait d'être forcé par la marquise, et une foule de lettres
s'en échappaient. La marquise en prit une au hasard, la
déploya comme par distraction, et d'un coup d'œil lut ces
deux lignes : « Ma bien-aimée, penses-tu à moi? Com-
prends-tu ce qu'est ma vie loin de toi? toi, mon unique
pensée, ma maîtresse, ma sœur, ma femme... »

Elle savait tout ce qu'elle voulait savoir, et glissa adroitement ce papier sous les yeux de la baronne, qui le prit sans se douter que son amie l'avait lu.

« La malheureuse! l'infâme! cria madame de Cernan. Moi qui comptais en faire mon héritière! Qu'elle s'en aille! Je ne veux plus en entendre parler.

— Ma chère amie, dit la marquise, on n'est pas infâme pour avoir écrit et reçu quelques lettres d'amour. Votre nièce est une femme charmante, la vie de votre intérieur. Songez à l'isolement dans lequel vous retomberiez, si elle vous quittait. »

Parler d'isolement, c'était évoquer le fantôme qui troublait les nuits de la baronne. « Je n'y pense que trop, dit-elle avec découragement; mais qu'en faire? Comment la marier maintenant?

— Nous sommes déjà sœurs par l'affection; que les torts de Marthe deviennent un secret de famille, dit la marquise. Mon fils l'aime, vous le savez. Une étourderie de jeune fille ne me paraît pas assez grave, pour empêcher un mariage que je désire depuis longtemps. »

La baronne fut presque complétement calmée par ces paroles. Comme toutes les femmes de son espèce, elle ne mesurait la gravité d'une faute que sur les inconvénients sociaux qui pouvaient en résulter. Du moment que celle de

Marthe devait être ignorée du monde et ne dérangeait pas ses projets, elle n'y attachait plus une grande importance.

« Merci, chère amie, dit-elle. Je vous donne ma parole que Marthe épousera votre fils. Comme je vais lui parler! ajouta-t-elle en regardant la pendule.

— Prenez garde, dit la marquise, qui comprenait mille fois mieux que la baronne le caractère de Marthe. Votre nièce est fière et exaltée. Si vous la blessez, elle brisera avec vous plutôt que de céder. Il faudrait y mettre des ménagements.

— Eh bien! restez près de moi, dit la baronne, enchantée qu'on lui évitât l'embarras d'une scène difficile. »

Quand Marthe rentra dans sa chambre, elle poussa un cri en voyant sur une table son coffret brisé et les lettres de Manuel éparses. Elle aperçut au même instant la baronne et la marquise assises toutes les deux sur un canapé. Sans dire un seul mot, elle s'avança vers la table, rassembla les lettres et les remit dans le coffret. Son effrayante pâleur trahissait seule ce qu'elle souffrait.

« Eh bien! mademoiselle, qu'avez-vous à dire? s'écria la baronne, irritée de ce calme apparent.

— Rien que vous ne sachiez, ma tante, répondit Marthe. J'aime monsieur Belmar, et je vous supplie de me permettre de l'épouser.

— Vous permettre de l'épouser? jamais. Ah! vous avez cru que vos intrigues auraient pour résultat de me faire donner ma fortune à ce misérable! Je comprends votre sang-froid. Vous êtes trop heureuse que madame de Rosbac veuille bien consentir à oublier vos torts. Sans cela, je vous renverrais en Touraine dans la famille de votre mère. »

Avant que Marthe pût répondre, madame de Rosbac prit la parole.

« Ma chère Marthe, dit-elle, je connais vos grandes qualités et je me réjouirais de vous avoir pour fille. Mon fils vous aime passionnément et n'entendra jamais parler de cette histoire. Moi-même je ne sais rien. Je n'ai pas lu une seule ligne de ces lettres.

— Si vous les aviez lues, madame, vous auriez la conviction que je ne puis épouser que monsieur Belmar, répondit Marthe.

— Exagération de jeune fille, dit la marquise.

— Vous épouserez le marquis, ou je vous abandonnerai, dit la baronne.

— Je ne fais pas l'injure à monsieur de Rosbac de croire qu'il épouserait une femme qui est à un autre, dit Marthe.

— C'est bien la digne fille de sa mère, de cette malheureuse qui a déshonoré le nom de mon frère, cria la baronne furieuse. J'avais prévu ce qui arrive quand je l'ai vu s'allier à une famille de saltimbanques. Oui ou non, épouserez-vous le marquis, mademoiselle ? »

Marthe prit le coffret et fit quelques pas vers la porte sans même regarder la baronne. La marquise s'elança et saisit le bras de la jeune fille.

« Chère enfant, dit-elle, ne faites pas de folie. Le sentiment auquel vous cédez en ce moment est honorable, mais l'exaltation de votre caractère et votre ignorance de la vie vous égarent. Ne croyez pas que votre faute soit sans exemple ; c'est une histoire de tous les jours. Combien de jeunes filles, entraînées comme vous par l'amour, deviennent d'heureuses épouses et d'heureuses mères, et n'en sont ni moins honorées dans leur famille, ni moins chéries par leur mari !

— Pourvu qu'elles lui apportent six cent mille francs de dot, dit Marthe révoltée de tant de bassesse, en écartant avec dégoût les mains de la marquise.

— Qui sait si M. Belmar voudra de vous sans les six cent mille francs ? » dit madame de Rosbac en lançant sur Marthe un regard chargé de haine.

Marthe ouvrit la porte.

« Marthe ! Marthe ! où allez-vous? Restez, dit la baronne.

— Je vais en Touraine. Je ne resterai pas une seconde

de plus dans une maison où l'on insulte ma mère. Vous n'avez plus de droits sur moi, madame. »

Marthe dit ces mots avec une détermination si froide, si arrêtée, que ni l'une ni l'autre des deux amies n'eut la pensée de la retenir.

Mademoiselle de Montbrun ne s'arrêta que quelques heures en Touraine, pour prier sur la tombe de sa mère. Rien ne l'empêchait plus de tenir la promesse qu'elle avait faite à Manuel six mois auparavant.

XV

« Pourquoi suis-je si joyeux? se dit un soir Manuel en sortant de la *tertulia* de la marquise d'Alvarez. Après tout, je n'ai pas trop à me plaindre de la destinée pour le moment. Je deviens le dieu des progressistes, et le sot acharnement avec lequel les modérés m'attaquent ne sert qu'à augmenter le bruit qui se fait autour de mon nom. On compte déjà avec moi ; mais il faut que je sois député. C'est le seul moyen de faire triompher mes idées et d'arriver promptement au pouvoir. Une fois ministre... »

12

Ici Manuel s'abîma dans des projets de perfectionnement politique et de régénération nationale, au milieu desquels nous nous permettrons de ne pas le suivre ; puis, par une de ces combinaisons singulières qui se produisent dans les cerveaux les mieux organisés, les blanches épaules et les sourires pleins de promesses de la séduisante marquise d'Alvarez se mêlèrent avec une telle persistance à ses plans de réforme sociale, qu'il finit par se persuader qu'il avait assez travaillé pour ce jour-là au bonheur de son pays, et s'abandonna sans résistance à de plus douces méditations.

La marquise était jeune, belle et coquette, le marquis vieux et laid. C'était une base suffisante pour édifier tout un échafaudage d'espérances. A part ces considérations générales, Manuel croyait avoir ce soir-là des raisons particulières pour sourire à la fumée de son cigare en songeant à la marquise.

Le moment vint pourtant où il jugea convenable de quitter son fauteuil pour son lit. Pendant le trajet, l'idée qu'il n'avait pas reçu depuis plusieurs jours des nouvelles de Marthe surgit tout à coup dans son esprit. Il chercha à se rappeler la date de sa dernière lettre; mais la fatigue et l'influence envahissante du sommeil, lui rendirent difficile tout effort de mémoire, et il remit ce calcul au lendemain.

Il dormait encore vers sept heures du matin, quand sa

porte fut bruyamment ouverte par une femme qui s'avança vers son lit une lettre à la main. Il reconnut sa concierge, et l'accueillit assez rudement. Celle-ci s'excusa en disant que le commissionnaire porteur de la lettre avait recommandé de la remettre le plus tôt possible. Manuel brisa négligemment le cachet; mais, dès qu'il eut lu quelques lignes, ses sourcils se froncèrent, ses yeux devinrent fixes, et ses mains furent agitées d'un tremblement convulsif. La lettre était de Marthe. Elle lui annonçait son arrivée à Madrid. Dans la crainte d'affliger Manuel, Marthe parlait à peine des tristes scènes qui l'avaient décidée à quitter la France. Elle dissimulait ce qu'elle avait souffert, et ne l'entretenait que du bonheur qu'elle aurait à le revoir.

Manuel demeura atterré. Avec la clairvoyance de l'égoïsme, il entrevit à la fois toutes les fatales conséquences que ce coup de tête allait faire peser sur sa vie. C'était très-sincèrement que sur les grèves solitaires de la Bretagne il avait chaque jour répété à Marthe que si jamais elle lui retirait son amour, il n'aurait plus la force de supporter une vie sans but et pour toujours désolée. Il se trouvait alors dans un de ces instants, si rares dans la vie des hommes, où une passion exclusive pour une femme n'exige d'eux aucun sacrifice de plaisir ni d'intérêt; mais six mois le séparaient de cette époque, et il y en avait trois au moins

qu'il vivait parfaitement heureux loin de Marthe, sans que
peut-être il se le fût avoué à lui-même.

Deux mois! Voilà donc ce qu'avait duré pour lui la douleur de la séparation. Encore n'est-il pas certain que dans
tout autre pays il eût aussi longtemps souffert. A Madrid,
il faut un tel concours de circonstances ou une bonne volonté si grande pour rencontrer des distractions, qu'on y a
moins de mérite qu'ailleurs à renfermer sa vie dans un
souvenir ou dans une espérance. Les mille inventions modernes qui nous arrachent forcément à nous-mêmes, dans
la plupart des capitales de l'Europe, n'ont point encore
franchi les Pyrénées. Sans le musée royal, l'un des plus
beaux du monde, il est vrai, on oublierait aisément en
Espagne que l'art de la peinture existe. La musique ne
donne guère signe de vie qu'au théâtre *de Oriente,* où une
troupe italienne se fait entendre pendant l'hiver. Dans le
public, le règne de la guitare est fini, et celui du piano est
à peine commencé. Quant aux fougueuses danses natio-
nales, on ne les exécute plus qu'au théâtre, et nul établissement analogue au Jardin-d'Hiver ne se découvrirait à
Madrid. Ceux qui éprouvent le besoin de retremper leur
âme dans la contemplation de la nature, sont encore plus
à plaindre dans la capitale des deux Castilles que ceux
qui recherchent les jouissances intellectuelles et les joies

bruyantes. Londres a ses parcs, Hampton-Court et Rich-
mond; Paris, les bois de Ville-d'Avray, Saint-Germain et
Fontainebleau. Autour de Madrid, aussi loin que l'œil peut
s'étendre, il n'aperçoit que le ciel et la terre nue, qui semblent se regarder avec un solennel ennui.

Malgré tout cela, les étrangers qui visitent l'Espagne en
reviennent généralement charmés, ce qui s'explique quand
on réfléchit qu'en Espagne il y a les Espagnoles. Si on juge
les belles péninsulaires à travers nos brumes glacées et notre
élégance de convention, on les accuse volontiers d'abuser
des couleurs voyantes, d'avoir une démarche accentuée à
l'excès, et de pousser l'animation et ce laisser-aller des
manières jusqu'à une limite peu éloignée du mauvais ton;
mais cet éclat, ce mouvement, ce luxe de vie, sont tellement d'accord avec le splendide soleil de leur pays, qu'il
suffit de passer les monts pour reconnaître que le type le
plus ravissant de l'espèce féminine, c'est l'Espagnole en
Espagne.

En quittant la Bretagne, Manuel n'était pas dans une
position d'esprit à rendre justice aux femmes espagnoles.
Jamais il n'avait jugé aussi sévèrement sa patrie : tout ce
qui se disait et se faisait autour de lui, lui semblait absurde
et sans intérêt. Il se renferma dans sa chambre et se livra
avec rage au travail. Le livre qu'il écrivit en quelques se-

maines eut plus de succès que ceux qu'il avait publiés
jusqu'alors. Des hommes haut placés le recherchèrent, les
premiers salons de Madrid s'ouvrirent pour lui. Il ne crut
pouvoir se dispenser d'y paraître, et y apporta un air mé-
lancolique et légèrement blasé qui le fit immédiatement
remarquer par les femmes. Ses amis, consultés sur la cause
de sa tristesse, laissèrent entrevoir qu'une grande passion
conçue pendant l'exil pouvait bien y entrer pour quelque
chose. La veille de cette révélation, Manuel n'était encore
qu'un homme distingué pour ses belles compatriotes; le
lendemain, c'était un héros de roman, c'est-à-dire le rêve,
l'idéal des imaginations féminines dans tous les siècles et
dans tous les pays. Il souffrait : qu'il serait doux de guérir ses blessures! Il aimait : qu'il serait flatteur pour la
vanité de faire oublier une femme adorée! Les plus sen-
sibles et les plus belles rivalisèrent de zèle, et l'amant de
Marthe se vit bientôt en butte aux plus redoutables séductions. Que fit-il dans ces périlleuses circonstances? Hélas!
cher lecteur, ce que vous auriez probablement fait à sa
place : il faiblit peu à peu. Il descendit, presque sans s'en
apercevoir, la pente rapide qui conduit des sommets sublimes qu'habite l'amour exalté, aux gracieuses oasis où
s'épanouissent les fleurs éphémères du plaisir. Ce n'est
pas qu'il eût oublié Marthe; non certes, il y pensait en-

core, il y pensait même beaucoup. Manuel avait des besoins d'imagination que des triomphes d'amour-propre et de prosaïques distractions ne pouvaient entièrement satisfaire; il n'avait pas encore atteint l'âge où l'on accepte de faciles jouissances en échange d'émotions profondes. Les lettres de Marthe lui arrivaient toujours aussi fréquentes, aussi parfumées de poésie, aussi brûlantes d'enthousiasme et de tendresse. Il les lisait avec un vif plaisir, et ses réponses, écrites sous cette impression, eussent pu faire illusion à une femme plus experte que mademoiselle de Montbrun. A dire vrai, leurs amours étaient devenues pour lui une sorte de poëme dans lequel il aimait à se sentir jeune, pur, ardent, dévoué, plutôt qu'une réalité de son existence. Le dénoûment qu'il avait jadis appelé de tous ses vœux lui semblait tout à fait improbable, et il ne le regrettait pas. L'indépendance illimitée de la vie de jeune homme a quelque chose de si séduisant, qu'il est presque impossible de lui dire adieu pour toujours sans éprouver un vague sentiment de tristesse. Pour un ambitieux d'ailleurs, cette indépendance est plus qu'une source de piquantes intrigues et de sensations variées. C'est une condition indispensable de succès. Cependant, si Marthe fût parvenue à vaincre les préjugés et les répugnances de madame de Cernan, si la baronne eût consenti à lui don-

ner sa nièce et sa fortune, Manuel se fût résigné à son
bonheur. Non pas que l'ombre d'un calcul, la plus fugi-
tive réflexion intéressée se fût mêlée au sentiment qui l'a-
vait entraîné vers Marthe; à cette époque, il ne calculait
pas, il ne réfléchissait pas, il sentait. Seulement, depuis
que la vie positive avait repris sur lui ses imprescriptibles
droits, depuis surtout que les passions égoïstes avaient re-
commencé à dominer son cœur, un instant sanctifié par les
élans généreux de l'amour, il avait quelquefois pensé que
dans une société organisée comme la nôtre, la fortune peut
rendre moins pesantes les entraves que le mariage met inévitablement aux vastes projets, aux audacieuses entreprises;
il s'était quelquefois dit que, si l'avenir, tel qu'il l'avait un
instant entrevu, se réalisait, Marthe, après tout, serait
assez riche pour ne pas trop gêner ses desseins. Quant à
l'idée qu'elle pût abandonner famille, position, richesse,
pour venir se jeter dans ses bras, jamais elle ne s'était présentée à son esprit, et il se trouvait sans force devant elle.
La pauvreté en elle-même ne l'effrayait pas (il le croyait du
moins); il en était encore à poétiser son ambition à ses
propres yeux, à n'y voir qu'un noble désir de créer de
grandes choses, non une vulgaire convoitise des honneurs
et des biens de ce monde; mais, parce qu'il s'était laissé
bercer un jour par un délicieux rêve, devait-il renoncer à

tout avenir, à toute espérance de gloire? Parce qu'une
jeune fille s'était follement imaginé que la vie entière peut
être un hymne d'amour, devait-il se résigner à voir les
hautes facultés dont le ciel l'avait doué s'user, se dégrader,
s'éteindre dans de mesquines préoccupations domestiques,
peut-être dans des luttes hideuses avec le besoin? Ne le
dissimulons pas, un homme d'une âme plus aimante,
d'une imagination moins avide de bruit, eût pu ressentir
quelque effroi devant la tâche que la destinée imposait à
Manuel. Lui, on l'a vu, fut atterré. Après avoir successivement maudit l'amour et lui-même, il sortit enfin pour
se rendre à l'hôtel où Marthe l'attendait.

XVI

Marthe était bien loin de soupçonner l'impression que
sa lettre avait produite sur Manuel. Pour elle, tout était
encore comme au jour de la séparation. Des serments
échangés devant Dieu, étaient à ses yeux un lien indisso-
luble. Elle aurait cru mériter tous les mépris de Manuel,
si elle avait pu séparer un seul instant dans sa pensée sa
destinée de la sienne. Ne lui avait-il pas mille fois répété

que l'amour est le foyer divin d'où émanent toutes les vertus, toutes les nobles inspirations, l'échelle mystérieuse
qui unit le ciel à la terre, la loi sacrée supérieure à toutes
les institutions, à toutes les coutumes, à tous les préjugés
humains? Pouvait-elle deviner qu'à part de rares moments
d'exaltation, les hommes ne se croient liés que par ces
mêmes institutions qu'ils foulent sans cesse aux pieds, et
par des formules dont ils font le sujet habituel de leurs
sarcasmes? Pouvait-elle imaginer qu'au bout de quelques
mois d'absence, Manuel serait bien près de ranger leur
affection au nombre de ces aventures de jeunesse, dont le
souvenir est destiné à jeter un reflet poétique sur les heures
arides de l'âge mûr?

Elle arrivait le cœur rempli de joie; chaque tour de roue
la rapprochait de Manuel, qu'elle croyait si malheureux
loin d'elle, si impatient de la revoir. Enivrée par ses rêves,
elle était insensible à tout ce qui se passait autour d'elle.
Le voyage n'eut pas pour elle de fatigue; l'isolement complet dans lequel elle se trouvait ne lui causa ni étonnement
ni embarras. Elle ne s'aperçut ni des sourires équivoques
que sa présence excita plus d'une fois, ni des galanteries
insultantes que bon nombre de ses compagnons de voyage
crurent pouvoir se permettre envers une jeune femme, qui
courait ainsi les routes sans protection. Elle n'éprouva pas

davantage le sentiment pénible qui s'empare des âmes les mieux trempées, quand, après avoir dépassé une certaine zone de terrain, une limite imperceptible, la langue de la patrie est tout à coup remplacée par un idiome étranger. L'espagnol était la langue de Manuel; Manuel remplissait pour elle toute l'Espagne. Elle admira la tournure pittoresque et les fières allures des pâtres et des muletiers qui pendant les relais entouraient la diligence, les crêtes neigeuses des sierras ne lui parurent pas sans beauté, et peu s'en fallut qu'elle ne trouvât des charmes aux plaines désolées de la Castille.

Il était minuit quand elle arriva à Madrid, après avoir passé cinq jours et cinq nuits en voiture. Avant de prendre aucun repos, elle écrivit à Manuel et recommanda de lui faire porter sa lettre aussitôt que le jour serait venu. Elle essaya ensuite de dormir; mais l'agitation de son esprit était si grande, qu'elle put à peine s'assoupir quelques instants, et quitta son lit dès six heures du matin.

Après s'être habillée, elle se regarda dans une glace et fut frappée de sa pâleur et de l'altération de ses traits. Depuis qu'elle aimait, sa beauté, à laquelle elle n'avait pendant longtemps attaché aucune importance, lui était devenue chère et précieuse. Manuel lui savait tant de gré d'être jolie! Il connaissait si bien la moindre ligne de son

visage, les nuances les plus fugitives de son teint, les plus
légères courbures de ses cils! Elle l'avait vu parfois la contempler pendant des heures entières avec un tel ravissement,
que le bonheur de son amant lui avait révélé la joie d'être
belle; elle ne put donc se défendre d'une douloureuse émotion en croyant reconnaître qu'elle l'était beaucoup moins
qu'à l'époque où il l'avait quittée. En réalité, si elle avait
perdu l'éblouissant éclat de sa fraîcheur de jeune fille, bien
des charmes nouveaux s'étaient développés en elle. La
souffrance avait communiqué à sa voix un accent ému et
pénétrant qu'elle ne possédait pas auparavant, et l'enthousiasme du sacrifice donnait une énergie ardente et un éclat
profond à son regard.

Mais tout cela, elle l'ignorait; aussi un léger nuage de
tristesse voilait-il son front quand, après cet examen de sa
personne, elle s'assit sur un canapé pour attendre Manuel.
Elle attendit longtemps. Pendant la première demi-heure,
l'exaltation qui l'avait soutenue jusque-là ne l'abandonna
pas. Elle se redisait à elle-même les passages les plus brûlants des lettres de Manuel, elle entendait sa voix murmurer
à son oreille de douces paroles et frémissait sous les caresses de son regard. Peu à peu cependant ces riantes vi-
sions s'effacèrent et furent remplacées par une fiévreuse
impatience; le repos lui devint insupportable, et elle se mit

à marcher rapidement dans sa chambre. C'était une de ces chambres d'hôtel tristes, froides, mal meublées, assez sales, comme on en trouve beaucoup dans tous les pays du monde et particulièrement en Espagne. Elle ouvrit la fenêtre, éprouvant le besoin de respirer un air plus pur. Cette fenêtre donnait sur une cour remplie de mules, de muletiers et de diligences; un nuage de poussière, une odeur nauséabonde, un concert de cris et de voix discordantes montèrent jusqu'à elle. Son cœur se serra. Elle songea involontairement aux fraîches brises qui à cette époque de l'année entraient le matin dans sa chambre de Bretagne, lui apportant le parfum des lilas en fleurs, aux jappements joyeux par lesquels ses chiens saluaient son apparition dans le jardin, à l'affectueux sourire qui s'épanouissait sur les lèvres de l'abbé quand elle traversait l'allée solitaire qu'il avait choisie pour lire son bréviaire. Ces insignifiants détails d'un passé avec lequel elle avait rompu sans retour, empruntaient au lointain du souvenir et à la situation présente un charme indicible. Quelques larmes mouillèrent ses yeux. L'heure avançait, et chaque minute devenait pour elle un siècle de torture.

Enfin la porte s'ouvrit, et Manuel entra. Le bonheur rayonna dans les yeux de Marthe, et elle se précipita vers lui. Dans ce premier moment, elle ne vit rien; mais quand

13

Manuel se fut placé près d'elle sur le canapé, elle fut frappée de sa pâleur et s'étonna de son silence.

« Que vous êtes pâle!... Qu'avez-vous? dit-elle d'une
voix inquiète. »

Manuel ne savait guère dissimuler. « Rien, absolument rien, répondit-il. — Que s'est-il donc passé entre
vous et votre tante? Je n'ai pas compris le premier mot de
votre lettre. »

Certes il y avait loin de ces paroles, prononcées avec un
visible embarras, à l'explosion de joie et aux effusions de
tendresse que Marthe avait rêvées. Mais le cœur d'une
femme qui aime pour la première fois renferme de tels
trésors de confiance, que le doute n'y peut entrer. Marthe
était d'ailleurs si émue elle-même, que le trouble de Manuel lui semblait naturel : elle ne vit dans sa curiosité
qu'une affectueuse sollicitude.

« Qu'importe ce que j'ai souffert? dit-elle. Maintenant
tout est oublié. »

Mais Manuel désirait que Marthe parlât, parce qu'il ne
savait que lui dire. De plus il n'était pas fâché d'apprendre
où en étaient les choses. Il insista, et elle finit par lui
obéir.

Manuel, le front appuyé sur sa main, paraissait l'écouter attentivement : elle put le croire très-touché de ses

souffrances et des insultes qu'il lui avait fallu subir. Tout
cela cependant le préoccupait médiocrement. Comment
aurait-il pu avoir de la pitié pour les autres, quand il se
trouvait lui-même si malheureux? La vue de la femme
qu'il avait tant aimée avait produit sur lui une impression
profonde. Il le sentait, il l'aimait toujours; mais la vie du
cœur avait cessé de lui suffire, il rêvait d'autres agitations,
d'autres jouissances; et la pensée qu'il lui faudrait désormais s'y renfermer exclusivement le glaçait d'épouvante.
Une phrase de Marthe l'arracha pourtant enfin à ses sombres méditations.

« Vous croyez donc que votre tante ignore votre départ pour l'Espagne? dit-il en l'interrompant pour la première fois.

— Elle l'ignore certainement aujourd'hui, répondit
Marthe, et elle l'ignorera probablement longtemps encore,
car elle n'a jamais eu aucune relation avec la cousine de
ma mère, elle est trop irritée pour songer de si tôt à s'informer de moi. »

Un éclair de joie traversa l'âme de Manuel. Sa destinée
n'était donc pas irrévocable : Marthe pouvait retrouver l'affection de sa tante, sa fortune, et lui sa liberté; mais comment rompre avec Marthe, comment lui faire comprendre
qu'elle devait retourner en France? L'égoïsme ne connaît

pas d'obstacles. Dès que Manuel avait entrevu la possibilité de cette solution, il devait tout tenter pour y arriver.

— C'est une nécessité, se disait-il ; plus que cela, c'est un
devoir.

Depuis quelques instants, Marthe se taisait.

« Marthe, dit Manuel, croyez-vous à mon amour ? »

Marthe lui répondit par un regard plus éloquent que
toutes les protestations.

« Eh bien ! continua Manuel, je serais un égoïste, un
lâche, indigne de votre amour, indigne même de votre estime, si je n'avais pas aujourd'hui la force d'immoler cet
amour qui est toute ma vie.

— Que voulez-vous dire ? interrompit Marthe stupéfaite.

— Que je ne puis accepter les sacrifices que vous voulez
me faire, que je ne puis vous permettre de renoncer pour
moi à votre famille, à l'avenir brillant qui vous était réservé. Un mot de tendresse, le moindre acte de soumission
peut vous rendre l'affection de votre tante. Je dois exiger
que vous disiez ce mot, que vous fassiez cette démarche.
Ma vie à moi sera horrible. Je me condamne à l'éternel
désespoir, à l'éternelle solitude du cœur ; mais dans mes
heures les plus amères, j'aurai du moins la consolation de
savoir que vous êtes heureuse et que je souffre seul.

— Manuel, ne parle pas ainsi, s'écria Marthe ; tu ne peux

pas dire cela sérieusement. Crois-tu que j'aie oublié nos beaux rêves de vie laborieuse et cachée? Si le monde nous abandonne, qu'y perdrons-nous? Ceux qui s'aiment n'ont pas besoin de lui. Nous aurons pour frères tous ceux dont tu défends la cause, et on écoutera ta parole avec plus de respect quand tu partageras leur destinée. »

Cet élan de tendresse émut Manuel beaucoup plus qu'il ne l'aurait désiré. Cependant il se dit qu'il fallait avoir du courage, que faiblir dans ce moment, c'était river à jamais sa chaîne.

« Vous avez une grande âme et un noble cœur, reprit-il avec effort, je n'en ai jamais douté; mais vous ne savez rien de la vie. Votre imagination enthousiaste vous abuse sur les souffrances trop réelles qui vous attendraient près de moi. La source de bonheur qui nous semble inépuisable peut tarir un jour. N'auriez-vous pas le droit de me faire des reproches, si je vous dissimulais aujourd'hui la vérité? »

Marthe n'avait aucune expérience des passions; mais une intuition soudaine lui révéla que l'amour a déjà cessé d'exister quand on prévoit qu'il peut finir.

« Ah! mon Dieu! s'écria-t-elle en se renversant sur le sofa, ah! mon Dieu! il ne m'aime plus!... » — Et elle enfonçait sa tête dans les coussins en sanglotant.

Devant ce désespoir sans orgueil et sans colère, le cœur de Manuel se brisa. L'amour triompha de tout en cet instant. Ce fut un malheur pour Marthe. S'il s'était montré dur et cruel, elle en fût morte ou serait partie guérie. Elle se crut aimée, et devint la victime prédestinée de la lutte que les instincts généreux et l'égoïsme se livraient dans l'âme de Manuel.

Il s'était jeté à ses pieds et couvrait de baisers et de larmes une de ses mains, qu'elle s'efforçait en vain de lui retirer.

« Marthe, s'écriait-il, Marthe, tu m'as mal compris. Je t'aime plus que moi-même, je ne songeais qu'à ton bonheur. Tu as mille fois raison; elles mentent, les froides maximes de la sagesse du monde. L'amour est tout. Accable-moi, si tu veux, de ta colère : je t'ai parlé comme à une femme vulgaire; mais ne pleure pas, je t'en conjure, tu ne peux pas savoir ce que tes larmes me font souffrir. »

Il parla longtemps ainsi. Peu à peu Marthe abandonna sans résistance sa main à ses caresses, puis elle finit par appuyer son front sur l'épaule de Manuel. Il lui peignait avec les plus sombres couleurs ses tristesses, le vide affreux de sa vie, l'ennui et le dégoût qui le suivaient en tout lieu depuis leur séparation. Marthe l'écoutait en silence; le bonheur était dans son cœur, et pourtant des larmes rou-

laient encore sur ses joues par intervalles, comme ces
gouttes de pluie qui se détachent du feuillage des arbres
longtemps après que l'orage a cessé.

Quand Manuel se retrouva dans sa chambre après une
journée passée tout entière près de Marthe, il se demanda
ce qu'il allait faire, comment il arrangerait sa vie? Cette
question l'embarrassa gravement.

Manuel, nous l'avons dit, avait une imagination audacieuse doublée d'un caractère faible. Une fois possédé par
une passion ou par un projet, il oubliait dans la contemplation du but tout ce qui l'en séparait, et quand le moment d'agir arrivait, aucune difficulté n'ayant été prévue
par lui, la plus légère le déconcertait. C'était un de ces
hommes qui partent en annonçant de très-bonne foi qu'ils
vont renverser des montagnes, et qui, s'ils trouvent la
route barrée par une toile d'araignée, reviennent sur leurs
pas en disant avec une égale bonne foi qu'il leur a été impossible de passer. Un des plus grands malheurs qui puissent arriver à une femme, c'est d'aimer un homme de ce
caractère, car il possède tout ce qu'il faut pour l'entraîner,
et rien de ce qu'il faudrait pour la soutenir.

Manuel ne voyait que deux partis à prendre : faire de
Marthe sa maîtresse ou l'épouser. Ces deux partis l'ef-
frayaient également. A part l'espèce de terreur que lui

causait le mariage, il ne pouvait supporter la pensée que sa femme ne jouerait pas dans le monde un rôle égal à celui des femmes qu'il voyait habituellement. Renoncer aux riches et brillantes relations dont il avait contracté l'habitude, pour se renfermer dans une vie humble et obscure, c'était une souffrance certaine pour sa vanité et un danger probable pour ses projets ambitieux. Afficher ses relations avec Marthe, braver le monde, rien ne lui semblait plus facile de loin, mais de près il y découvrait mille inconvénients. Ce qui l'effrayait surtout, c'est qu'il connaissait assez les hommes pour être certain que les plus vicieux de ses ennemis politiques se feraient contre lui une arme de sa vie privée.

Après avoir longuement examiné la question sous toutes ses faces, et toujours à son point de vue égoïste, il finit par faire ce qu'il faisait d'ordinaire dans les cas embarrassants, c'est-à-dire que, ne se trouvant de courage pour aucun sacrifice, il ne prit aucun parti. Les circonstances furent chargées d'arranger ses affaires.

Deux jours après son arrivée à Madrid, Marthe était installée dans un modeste appartement de la rue d'Alcalà.

Quand deux branches d'un même fleuve se rejoignent après avoir parcouru des régions différentes, l'une charrie du sable et des graviers, l'autre apporte les débris parfumés des arbustes qui bordaient ses rives, et un certain temps s'écoule avant que leurs eaux se soient confondues de nouveau. Il se passe quelque chose d'analogue entre deux amants qui se revoient après une longue séparation. Marthe et Manuel l'éprouvèrent. Pendant les premiers jours de leur réunion, Marthe s'étonna et s'affligea des changements qu'elle croyait remarquer dans les idées de Manuel. Elle craignait de ne plus retrouver en lui cet enthousiasme pour le grand et le beau, cette exaltation de sentiment qui l'avait tant charmée : Manuel regrettait vaguement la liberté et les distractions de son existence de jeune homme; mais peu à peu le niveau se rétablit entre leurs imaginations, leurs cœurs recommencèrent à battre à l'unisson, et tous deux s'absorbèrent dans l'immense bonheur de la vie à deux.

Pendant un an, ils furent heureux, heureux de ce bonheur enivrant, exclusif, presque absolu, qui est l'attrait, l'écueil et la condamnation des affections qui restent en dehors des devoirs de la famille et des obligations sociales. Tous doivent prendre leur part des charges et des souffrances de la vie. Nul n'a le droit de bâtir son nid si haut que les souffrances de la terre ne puissent l'atteindre. Ceux qui l'essaient sont impitoyablement brisés. D'ailleurs toute chose laissée sans contrepoids périt par son propre

13*

excès. Le bonheur basé sur l'égoïsme, — fût-ce l'égoïsme
à deux, celui de l'amour, — doit périr et périt par l'é-
goïsme. Marthe le sentait, le disait et l'oubliait ; Manuel
oubliait tout aussi, même son ambition, ou plutôt, près de
Marthe, son ambition devenait un rêve, comme quelques
mois auparavant son amour pour elle n'était plus qu'un
rêve dans sa vie d'ambition et de plaisir. Il passait toutes
ses journées avec elle, l'entretenait de ses projets de travail,
consacrait de longues heures à lui exposer le plan des ou-
vrages qu'il méditait, et n'écrivait pas une seule ligne.
Marthe lui reprochait souvent sa paresse ; mais au fond
elle était heureuse de voir que Manuel ne vivait qu'en elle
et par elle. Il faut avoir beaucoup souffert pour se défier
du bonheur.

XVII

Six mois après l'arrivée de Marthe à Madrid, Juan de
Villa y était revenu avec la vicomtesse de Cernan, qu'il
avait épousée quelques semaines après la soirée dont on
connaît les détails. Les deux amis ne s'étaient pas revus.
Manuel avait rompu avec toutes ses connaissances. Une

seule personne venait quelquefois chez lui, c'était un de ses cousins, fils d'une sœur de son père, nommé don Ramon Moreno. Don Ramon était un jeune homme de vingt ans environ, ardent, naïf, fort enthousiasmé de Manuel et admirateur passionné de Marthe, dont il connaissait l'histoire, et avec laquelle il avait causé quelquefois.

Un soir don Ramon, après avoir vainement cherché Manuel chez lui et dans les promenades, monta chez Marthe pour dire à son cousin que sa mère, arrivée depuis quelques jours à Madrid après une longue absence, désirait lui parler. Manuel répondit qu'il irait le lendemain chez elle. Cette circonstance, parfaitement insignifiante en apparence, devait avoir des conséquences incalculables pour le bonheur de Marthe.

La tante de Manuel Belmar avait épousé un officier d'un grade subalterne, que les hasards des guerres civiles avaient rapidement élevé aux plus hautes dignités de l'armée. Les médisants disaient tout bas que la beauté de la señora Moreno avait beaucoup contribué à cet avancement inespéré. Quoi qu'il en fût, le général Moreno était en possession d'une considération justement méritée comme militaire, et se trouvait en relation avec tous les hommes politiques de Madrid, ce qui arrive nécessairement dans un pays où les révolutions se font presque toujours par l'armée. Madame

Moreno jouissait en parvenue de sa haute position sociale,
et aurait voulu faire participer toute sa famille à sa grandeur. Les succès de Manuel l'enchantaient; elle rêvait pour
lui un riche mariage ou quelque brillant emploi qui pût le
rattacher au parti modéré, le meilleur de tous, selon elle,
parce que c'était celui auquel elle devait sa fortune. Elle fut
donc désolée quand elle apprit par son fils l'amour de
Manuel pour Marthe et l'existence qu'il menait depuis un
an. S'exagérant beaucoup son influence sur son neveu,
elle crut qu'il lui serait facile de le ramener à ce qu'elle
appelait « des idées raisonnables, » et résolut d'avoir une
explication avec lui.

Le résultat de son entrevue avec Manuel rendit furieuse
la señora Moreno. Manuel répondit affectueusement à ses
démonstrations amicales; mais quand elle voulut lui parler de Marthe, il la pria sèchement et froidement de ne jamais aborder ce sujet. Il ajouta que Marthe était tout dans
sa vie, qu'auprès de son amour rien n'avait à ses yeux ni
intérêt ni importance.

Le lendemain, la señora Moreno tint conseil avec trois
ou quatre vieux amis, auxquels elle répéta avec désespoir
que son neveu était un jeune homme perdu, que l'extra-
vagante Française à laquelle il sacrifiait son avenir lui
avait tourné la tête, qu'il était honteux pour sa famille de

le voir plongé dans une situation fausse et immorale ; et qu'ils devaient l'aider de tout leur pouvoir à l'en faire sortir. Ceux qui l'écoutaient étaient d'honnêtes et excellentes gens, incapables de manquer à leur parole, ou de causer volontairement une contrariété à qui que ce fût; ils n'en crurent pas moins de leur devoir de tout faire pour séparer Manuel de la femme qu'il aimait.

Si Manuel avait vécu dans le désordre, dans la débauche, entouré des femmes les plus viles, il est assez probable que ni ses parents ni ses amis ne s'en fussent inquiétés. Le vice a sa place faite dans notre société. Depuis la prostituée vulgaire jusqu'à la grande dame dont les faveurs sont souvent un des rouages secrets de la politique, on peut être vicieux à son aise, et même avec profit et honneur, pourvu qu'on sache s'y prendre adroitement; mais la passion, telle pure, telle noble, telle grande soit-elle, et justement parce qu'elle est plus pure, plus noble, plus grande, plus incapable d'hypocrisie et de transaction honteuse, dérange inévitablement l'ordre établi. C'est l'ennemi commun contre lequel tout est permis.

Du conciliabule domestique dont nous avons parlé sortit une conspiration contre Marthe. Un vieil avocat traça le plan de conduite à suivre.

« Ne faites jamais de remontrances à votre neveu, dit-il

à la señora Moreno; ne lui parlez jamais de cette femme:
ce serait le meilleur moyen de la lui faire adorer jusqu'à
son dernier jour; mais invitez-le souvent à venir chez
vous, tâchez qu'il se rencontre dans votre salon avec des
hommes politiques. Il aime le monde, il est ambitieux;
il se lassera bientôt de ces éternels tête-à-tête amoureux. »

Bientôt Manuel reçut de sa tante une invitation à dîner.
On la lui apporta chez Marthe avec plusieurs autres
lettres.

« Je n'irai certes pas! s'écria-t-il en jetant loin de lui
le billet d'invitation. »

Marthe, qui l'avait lu par-dessus son épaule, rougit de
plaisir. Certaine que Manuel désirait rester près d'elle,
elle fit toutes les réflexions sensées et généreuses que nous
faisons d'ordinaire quand nous ne sommes pas menacés
dans notre passion dominante. Manuel semblait se soucier
si peu du monde et de sa famille, qu'elle se persuada
qu'il serait très-mal de sa part de le tenir éloigné de sa
famille et du monde. Il y a aussi dans l'âme humaine un
instinct secret qui nous pousse à braver le danger. Est-ce
dans l'orgueil, est-ce dans le besoin d'émotions qu'il faut
chercher la racine de cet amour du péril condamné par
l'Évangile, qui s'empare de presque tous les gens heureux
et les entraîne vers l'abîme où doit s'engloutir leur félicité?

A quelque sentiment qu'elle obéît, Marthe trouva de si excellentes raisons pour engager Manuel à aller dîner chez sa tante, qu'il finit par se laisser convaincre.

Cette fois elle n'eut qu'à se louer de son abnégation ou de sa généreuse imprudence. Les mille imperceptibles liens qui donnent du charme aux relations du monde, s'é- taient brisés pour Manuel pendant sa retraite. Il éprouva ce que nous avons tous éprouvé quand, après avoir longtemps vécu de la vie concentrée, âpre, intense, de la passion ou de l'étude, nous avons été rejetés dans l'agitation superfi- cielle et les luttes mesquines des salons. Il ne vit autour de lui que banalité, niaiserie, et s'empressa de retourner près de Marthe aussitôt que le dîner fut terminé.

Rendue confiante par ce premier triomphe, Marthe vit Manuel retourner chez sa tante sans trop d'inquiétude. Pendant deux mois, ses apparitions dans le salon de la señora Moreno furent aussi courtes que rares. Malheureu- sement il en est de l'ambition chez certaines âmes, comme des taches faites par l'eau sur les étoffes teintes de cer- taines couleurs : à l'ombre, les taches semblent avoir dis- paru ; mais si le soleil les frappe, elles reparaissent de nouveau. Le contact du monde fait l'office du soleil pour les instincts ambitieux. L'ambition politique est du reste une conséquence toute simple de la situation actuelle de

l'Espagne; les *pronunciamientos* et les coups d'état s'y
succèdent avec une régularité telle qu'on y peut tout rêver
et tout espérer. Il faut remarquer aussi que la politique est
la seule carrière ouverte à l'activité humaine, dans une société où il n'y a ni grandes entreprises, ni industrie, ni com-
merce, ni sciences, ni arts. Être amoureux ou ambitieux,
voilà l'alternative dans laquelle se trouve placé tout Espagnol assez peu espagnol pour redouter l'ennui; car chacun
sait qu'un vrai fils de l'Ibérie supporte une existence com-
parable en monotonie à celle d'un fakir de l'Inde, sans être
atteint par cette maladie septentrionale.

Manuel faisait partie de la nombreuse phalange des
jeunes gens élevés dans les idées étrangères, qui voudraient
appliquer à leur pays les théories françaises ou anglaises,
et qui s'irritent de sa résistance aux innovations, sans
réfléchir que l'Espagne est peut-être dans son droit en se
refusant à des réformes, à des progrès qui ne sont pas le
résultat de sa civilisation propre. La Péninsule est, à tout
prendre, plus infortunée que coupable, et son malheur date
de loin. Pas une gloire, pas une conquête qui n'ait été pour
elle une cause de décadence. Le pouvoir gigantesque de
Charles-Quint, son élévation à l'empire fut le coup de mort
pour elle. Le roi d'Espagne, empereur d'Allemagne, pouvait
tout, et était le champion obligé de l'esprit ancien. Au

commencement du xvɪᵉ siècle, au moment où toutes les nations européennes s'ébranlent, s'agitent, se précipitent vers l'avenir, l'Espagne, comprimée par une main de fer, s'immobilise et se pétrifie. L'aiguille de cette nation s'est arrêtée à la fin du moyen âge, et on voudrait aujourd'hui lui faire marquer la même heure que celle des peuples qui ont sur elle quatre siècles d'avance. La déplorable situation de l'Espagne n'a rien d'étonnant ; entre les idées anciennes qui meurent et les idées nouvelles qui n'ont pas encore pris racine, il en est un peu de toutes choses en ce pays comme de la coiffure des femmes : indécise entre la mantille et le chapeau, elle ne consiste plus qu'en un voile tellement léger, qu'il équivaut à rien.

Manuel était loin de partager l'opinion que nous venons d'énoncer. Il apportait dans ses haines, dans ses espérances, dans ses croyances politiques la qualité distinctive de ses compatriotes, la naïveté. Quoi qu'on en puisse penser ailleurs, dans leurs exagérations les plus manifestes, dans leurs vanteries les plus extravagantes, les Espagnols sont naïfs. C'était de la meilleure foi du monde que Manuel rêvait de hautes destinées pour lui et pour sa patrie.

Un changement subit de ministère contribua puissamment à le rejeter dans la vie politique. Le ministère renversé était composé de modérés, ils furent remplacés par des progressistes. Quelques membres du nouveau cabinet avaient cependant fait cause commune depuis longues années avec le parti vaincu, et c'étaient justement ceux-là qui affectaient le plus ardent libéralisme. De ce nombre était le ministre de l'intérieur, don Antonio Espinoz, ami intime du général Moreno. Il avait quelquefois causé avec Manuel chez sa tante; l'idée lui vint de le rallier au gouvernement. C'était une conquête précieuse que celle d'un publiciste distingué qui avait soutenu jusque-là les opinions les plus avancées. Des élections devaient avoir lieu quelques mois plus tard; le ministre fit clairement entendre à Manuel que s'il voulait se mettre sur les rangs, sa candidature serait chaudement appuyée. Manuel hésita d'abord. Il voyait des abîmes entre ses théories démocratiques et la marche suivie par le ministère. Un raisonnement assez spécieux, mais inspiré au fond par l'intérêt personnel, le détermina à accepter. Il se dit que, ne pouvant pas espérer la réalisation complète de ses idées, ce qu'il pouvait faire de mieux pour son propre parti, c'était de se mettre en situation d'en faire adopter quelques-unes. Bientôt posé en candidat ministériel, recherché et flatté par ceux qui redoutaient la veille sa verve moqueuse, il recommença à rêver le pouvoir et à s'enivrer d'espérances.

Marthe souffrait cruellement. Dans l'aveuglement du

bonheur, elle s'était quelquefois réjouie que la fausseté de sa position la renfermât avec Manuel dans une sorte de cercle magique où aucun bruit du monde ne pénétrait. Elle reconnaissait maintenant sa folie, elle sentait enfin ce qu'il y a de douloureux pour une femme à ne pouvoir pas s'associer ouvertement à la vie de celui qu'elle aime, à se trouver dans l'alternative de l'annuler socialement ou de le voir se créer des occupations et des intérêts tout à fait indépendants d'elle. Elle versait souvent des larmes qu'elle cachait soigneusement à Manuel. Si elle avait pu deviner à quel point le besoin de bruit, l'amour du pouvoir et du luxe contribuaient à pousser Manuel dans la carrière politique, elle se fût peut-être moins aisément résignée; mais elle le voyait encore à travers le voile de gaze d'or que la passion met sur les yeux de la femme. Elle aurait cru faire une action impie et criminelle en s'efforçant de l'absorber tout entier.

La señora Moreno commençait à espérer la guérison de son neveu, et, toujours guidée par son vieux conseiller, elle trouvait souvent moyen, sans lui parler directement de Marthe, de lui dire des mots qui portaient coup.

« Avez-vous remarqué comme doña Carmen vous regarde? » lui dit-elle un soir.

Doña Carmen était la fille unique du ministre don Antonio Espinoz.

« Non, dit Manuel, qui n'avait jamais eu l'idée de s'occuper des regards de doña Carmen.

— O mon cher Manuel, reprit sa tante, quel rêve j'aurais fait pour vous, si... Mais ne parlons pas de cela ; c'est
impossible, vous n'êtes pas libre. »

Quand un homme se serait rivé lui-même, et très-volon-
tairement, une chaîne aux pieds et aux mains, on risquerait
fort de le mettre en fureur en lui disant que ses mouvements ne sont pas libres. Le ton de commisération avec
lequel lui parlait sa tante, donna des crispations à Manuel.

« Elle n'est pas belle, votre doña Carmen, dit-il en regardant la jeune fille.

— Tous n'en jugent pas ainsi. Voyez comme ce jeune
secrétaire d'ambassade lui fait la cour ! Puis son père est
en faveur. Le mari de doña Carmen pourrait arriver à tout. »

En retournant chez lui, Manuel se répéta plusieurs fois
à lui-même qu'il sacrifiait à Marthe un magnifique mariage.

Il n'y a guère de milieu en amour entre la reconnaissance et l'ingratitude. Dès que Marthe n'était plus tout
pour Manuel, elle devait être bien près de devenir une
gêne pour lui.

Un soir, il vit entrer Juan et Julia dans le salon de sa
tante. La beauté de Julia avait doublé de valeur à Madrid ;
ses cheveux blonds, sa gracieuse nonchalance, son élé-

gance parisienne avaient un succès étourdissant. Il en est
de la beauté des femmes comme du talent des acteurs, que
les applaudissements décuplent : plus admirée, Julia était
plus jolie en Espagne qu'en France. Manuel fut forcé de
se l'avouer en la regardant; mais il se dit en même temps
qu'il la méprisait profondément et qu'il ne lui adresserait
jamais la parole.

Juan vint lui serrer la main. Ils ne se dirent pas un seul
mot. Aucune explication n'était possible entre eux. Quoique
Julia fût entourée des hommes le plus à la mode de Madrid, elle lançait de temps en temps un regard vers Manuel.
Voyant qu'il semblait décidé à ne pas venir la saluer, elle
imagina un prétexte pour s'éloigner de ses admirateurs, et
se rapprochant de lui : « Est-ce ainsi, dit-elle de sa voix
la plus douce, que vous oubliez vos anciens amis? suis-je
donc si effroyablement changée que vous ne me reconnais-
siez pas? »

Manuel, tout interdit, ne put s'empêcher de répondre
par un compliment. Julia répliqua par une flatterie. La
conversation ainsi engagée continua. Bientôt Manuel remarqua que des regards pleins de jalousie s'attachaient
sur lui; cédant à un mouvement de vanité, il se plut à
prolonger son tête-à-tête avec Julia, et oublia complète-
ment l'heure à laquelle il rentrait toujours près de Marthe.

Un remords subit lui fit tourner la tête vers la pendule; il pensa à l'inquiétude de Marthe, et rompit brusquement l'entretien. Au moment où il s'éloignait, il vit Julia se pencher à l'oreille de sa tante, et l'entendit murmurer assez haut pour qu'il pût parfaitement l'entendre : — Pauvre esclave !

Il eut envie de revenir près de Julia et de rester jusqu'à la fin de la soirée.

A l'une des *tertulias* suivantes, la señora Moreno lui dit : « J'avais l'intention d'aller demain aux *toros* avec doña Carmen, mais mon fils est absent, mon mari et son père seront occupés; nous n'aurons personne pour nous accompagner. Il fut un temps où je vous aurais prié de nous rendre ce service; malheureusement vous n'êtes pas libre. »

Ce mot produisit sur Manuel son effet habituel, et il se mit avec empressement aux ordres de sa tante.

XVIII

Le lendemain, un éclatant soleil de juillet versait des flots de lumière et de chaleur. La *funcion* commençait à cinq heures précises; dès trois heures, une foule immense circulait dans la superbe rue d'Alcalà. Rien ne peut donner l'idée de l'animation qui s'empare de ce peuple espagnol, d'ordinaire si nonchalant et si grave, quand il s'agit de son plaisir favori. De somptueux équipages passaient rapides comme l'éclair, emportant les derniers représentants de l'aristocratie castillane. Les femmes qui suivaient à pied les trottoirs étaient encore plus coquettement parées, encore plus provoquantes dans leur démarche et dans leur regard que de coutume. On se disputait une place sur le siége d'un omnibus déjà complet, et les chevaux de ces modestes véhicules, énergiquement stimulés par leurs conducteurs, galopaient avec ardeur sous les larges cocardes de rubans rouges dont on ne manque jamais de les parer en semblable circonstance.

Une fenêtre de l'appartement occupé par Marthe s'ouvrit, et elle vint s'accouder sur le balcon. La tristesse de sa physionomie formait un contraste frappant avec la joyeuse impatience qui se lisait sur tous les visages. Elle

semblait complétement indifférente au bruit et au mouvement de la rue, seulement ses regards interrogeaient avec
avidité toutes les voitures découvertes qui passaient sous
ses fenêtres. Quelques jeunes fats ne manquèrent pas de
croire que son attention s'adressait à eux, et se retournè-
rent pour la lorgner lontemps après avoir dépassé son balcon ; mais elle était trop préoccupée pour remarquer leur
impertinence, et continuait son examen sans se lasser.
Enfin ses joues, jusque-là très-pâles, se colorèrent fortement à la vue d'une calèche dans laquelle se trouvaient
Manuel, sa tante et doña Carmen. Elle se pencha à demi
hors du balcon ; elle attendait un regard. Manuel, engagé
dans une conversation animée avec doña Carmen, ne pensa
pas à lever les yeux vers elle ; peut-être aussi ne le voulut-
il pas. Un nuage obscurcit le front de Marthe ; elle rentra
dans sa chambre, ferma la fenêtre, et laissa retomber les
rideaux pour mettre une barrière entre elle et la gaieté du
dehors ; puis elle se jeta avec découragement sur un sofa,
et bientôt des larmes coulèrent lentement entre ses doigts,
qu'elle tenait pressés sur ses yeux.

Tandis que Marthe pleurait, Manuel installait gaiement
sa tante et doña Carmen dans une des meilleures loges du
cirque immense qu'on appelle la *Plaza de Toros.*

Ne possédant pas la première notion de tauromachie, il

nous serait impossible de donner des détails circonstanciés sur les péripéties de la course à laquelle Manuel assista. Il suffit de constater que les taureaux se comportèrent vaillamment; il y eut plus d'une demi-douzaine de chevaux éventrés, deux ou trois *picadores* blessés; somme toute, le public fut satisfait. Au moment où éclataient les premières fusées du feu d'artifice qui termine presque toujours la fête, doña Carmen dit tout à coup :

« Don Manuel, voudriez-vous avoir l'obligeance de me conduire dans la loge de madame d'Alvarez? Son mari l'emmène demain au fond de l'Estramadure, et je désirerais lui serrer la main avant son départ. »

Manuel n'avait pas revu la marquise depuis l'arrivée de Marthe. Il fut vivement contrarié par cette demande; mais il n'y avait pas moyen de refuser.

La loge de madame d'Alvarez était tous les lundis le rendez-vous des jeunes gens qui avaient quelques prétentions ou quelques droits au titre d'homme distingué. On remarquait entre tous le comte del Rio et son inévitable satellite, don José de la Encina. Le comte était cité comme l'homme le plus élégant et le plus spirituel de Madrid. Quant à don José, il était incontestablement très-riche, mais non moins incontestablement vulgaire sous tous les rapports. Il avait pourtant assez de bon sens pour reconnaître la supériorité

14

du comte, et croyait s'y associer en se montrant partout avec lui, en répétant ses bons mots, en se faisant habiller par son tailleur, et en héritant quelquefois de ses maîtresses.

Quand Manuel entra dans la loge de la marquise, elle engageait tous ses adorateurs à un souper d'adieu qu'elle voulait leur donner à la sortie de la course. Elle fit mille démonstrations affectueuses à son amie, répondit au salut de don Manuel avec une légèreté affectée, et continua ses invitations. Manuel était la seule personne à laquelle elle ne se fût pas directement adressée ; il se tenait au fond de la loge et échangeait quelques mots avec le comte del Rio, ce qui ne l'empêcha pas d'entendre la marquise dire à don José :

« Rendez-moi le service d'engager de ma part don Manuel.

— Lui? répondit don José, qui aimait à paraître au courant de toute chose, et surtout de la chronique scandaleuse, c'est parfaitement inutile ; soyez certaine qu'il vous refusera.

— Et pourquoi? dit la marquise.

— Parce que c'est un homme fini, enterré, marié.

— Don Manuel est marié! dit la jeune femme avec surprise.

— Marié! c'est-à-dire, c'est selon...

— Ah! » fit madame d'Alvarez avec une moue dédaigneuse, et elle parut donner toute son attention à une
gerbe lumineuse qui s'épanouissait en ce moment dans l'air.

Manuel avait tout entendu ; il était au supplice, il aurait
voulu pouvoir souffleter don José.

Les dernières lueurs du bouquet final s'éteignaient, on
commençait à déserter le cirque. Soit méchanceté, soit
politesse, en passant devant Manuel pour quitter sa loge,
la jeune marquise se retourna vers lui, et lui dit gracieusement : — Mes amis veulent bien venir souper ce soir
chez moi ; serez-vous des nôtres, don Manuel?

Manuel fut au moment d'accepter. Il répondit cependant
avec un peu d'embarras : « Je suis désespéré, madame ;
mais j'ai des engagements, je ne puis avoir cet honneur.

— Je m'y attendais, » dit la marquise en riant, et elle
prit le bras du comte pour regagner sa voiture.

Manuel reconduisit sa tante chez elle, puis il erra au
hasard dans les rues et finit par se promener à grands pas
sous les arcades de la *Plaza-Mayor.* Il était peut-être plus
que malheureux ; il était irrité, furieux, sans savoir à qui
ou à quoi s'en prendre. S'il avait refusé le souper de la
marquise, ce n'était pas au fond par crainte d'affliger
Marthe ; mais, selon lui, après la conversation qu'il avait
entendue, il n'y pouvait jouer qu'un rôle insignifiant ou

ridicule, qui ne convenait nullement à sa vanité. C'en était
donc fait : il n'y avait plus pour lui ni indépendance, ni
plaisirs, ni jeunesse. Parce qu'il aimait une femme, serait-
il condamné à consumer sa vie dans un tête-à-tête sans
fin? Ses amis aimaient aussi, du moins ils le disaient,
cela ne les empêchait pas de mener libre et joyeuse existence. Pourquoi n'en était-il pas ainsi de lui? Quelle influence maligne pesait sur sa destinée? Toutes les pensées
qui s'agitaient dans son cerveau l'importunaient. Il était à
la fois contrarié qu'on le crût marié, et profondément
blessé de la légèreté avec laquelle don José avait semblé
traiter ses relations avec Marthe.

Ce qu'il y a d'horriblement pénible dans les souffrances
de ce genre, c'est que pour peu qu'on ait quelque élévation dans l'âme, on est humilié de les ressentir. Les nobles
et généreuses douleurs portent avec elles une sorte de consolation; mais les tortures de l'égoïsme, les angoisses de
la vanité ont quelque chose de si mesquin et de si lâche,
que la première punition de celui qui s'y abandonne est
d'arriver inévitablement au découragement et au dégoût
de lui-même.

Manuel n'était pas loin d'éprouver ces deux sentiments
dans toute leur amertume, quand l'horloge de Santo-
Thomas sonna dix heures. Il se rappela subitement qu'il

devait être impatiemment attendu, et se dirigea vers la rue d'Alcalà. Marthe était encore sur le sofa où nous l'avons laissée. — Comme tu reviens tard ! dit-elle d'un ton moitié joyeux, moitié triste, en se soulevant à demi. — Elle attendait le baiser que Manuel ne manquait jamais de lui donner quand il revenait près d'elle, leur séparation n'eût-elle duré que quelques minutes.

Dans la disposition d'esprit où il se trouvait, Manuel vit un reproche dans ces paroles. C'était pour lui la confirmation de son esclavage; sa mauvaise humeur s'en accrut. Sans embrasser Marthe, sans même lui répondre, il se laissa tomber dans un fauteuil. Une seule bougie brûlait sur une console; l'aspect de cette chambre à peine éclairée et de cette femme en larmes était presque lugubre. Manuel en fut désagréablement impressionné. Trop peu satisfait de lui-même pour n'être pas injuste envers les autres, il en fit un crime à celle qui souffrait par lui. « Pourquoi pleurez-vous? dit-il d'un ton rude en se tournant vers Marthe.

— Ai-je besoin de vous le dire? » répondit-elle.

Il se fit un long silence. Manuel avait ramassé sur la natte qui recouvrait l'appartement une rose rouge qu'il avait posée lui-même le matin dans les cheveux de Marthe, et l'effeuillait machinalement.

14*

« Daignerez-vous enfin m'apprendre pourquoi vous pleurez? dit-il en s'arrêtant devant le sofa. Est-ce parce que vous m'avez attendu quelques instants? Mais c'est de votre part une odieuse tyrannie à laquelle un homme ne peut se soumettre. Est-ce parce que vous vous êtes ennuyée dans la solitude? C'est une faiblesse bien digne d'une femme; mais vous ne devriez pas en faire souffrir les autres. Après tout, je ne vous ai pas engagée à venir ici. »

Ces paroles produisirent sur Marthe l'effet d'un choc électrique. Elle se leva frémissante. « Non, dit-elle avec une amertume poignante; non, vous ne m'avez pas engagée à venir ici. Pendant six mois, vous avez employé tout ce que vous possédiez d'éloquence, de séduction, peut-être faudrait-il dire d'habileté, à allumer la passion dans mon âme. Pendant six mois, vous m'avez dit chaque jour que l'amour est toute la vie, qu'hors de là il n'y a pour la femme ni vertu ni grandeur; vous m'avez suppliée à genoux de ne laisser jamais séparer mon existence de la vôtre; vous avez voulu enfin qu'il me fût impossible d'appartenir à un autre sans m'avilir! Mais quelques mois d'absence ont passé : j'aurais dû comprendre que ce court espace de temps rendait permis ce qui vous paraissait infâme. Que ma folie retombe sur moi seule! Vous êtes innocent, et vous pouvez vous laver les mains de mes

souffrances. Le jour où il m'a fallu choisir entre l'appro-
bation des hommes et ma propre estime, entre tous les
biens de ce monde et mon amour, je n'ai pris conseil que
de ma conscience et de mon cœur. Quand j'ai quitté pour
toujours celle qui m'avait servi de mère, il est très-vrai
qu'aucun ordre formel ne m'appelait vers vous. J'étais
soutenue par une illusion divine, je me croyais indispensable à votre bonheur. Le voile qui couvrait mes yeux
vient de tomber. Vous venez de m'apprendre que j'étais
seule heureuse. Ce que tout à l'heure je croyais être du
dévouement, ma vertu, ma gloire à moi, ne 'm'apparaît
maintenant que comme un honteux et méprisable égoïsme.
Je ne vois plus qu'humiliation ici, et je n'accepterais pas
le bonheur même à ce prix. »

Elle était magnifique en parlant ainsi. Sa chevelure dé-
nouée inondait ses épaules, son front rayonnait de fierté,
une flamme sombre jaillissait de ses yeux. Sans jeter un
seul regard sur Manuel, elle enveloppa sa tête et ses
épaules d'une épaisse mantille et se dirigea vers la porte.
Il y avait dans ses mouvements une raideur automatique
effrayante; Manuel les suivait d'un œil hébété. Tous les
deux semblaient sous l'influence du sommeil somnambu-
lique. Elle toucha la clef. A ce moment, Manuel s'élança
aussi prompt que la pensée et posa sa main sur la sienne :

« Vous ne partirez pas! cria-t-il d'une voix terrible. Au contact de cette main, sous le regard dominateur de son amant, Marthe frissonna de tout son corps et devint pâle comme un cadavre.

— Et pourquoi? murmura-t-elle d'une voix étouffée.

— Parce que je t'aime! s'écria Manuel en la serrant avec passion entre ses bras. Il y avait dans ce cri un tel accent de vérité, une si irrésistible puissance, que Marthe se sentit vaincue.

— Tu m'aimes, et tu me tortures sans pitié! tu m'aimes, et tu m'injuries! balbutia-t-elle.

— Oui, je t'aime, répétait Manuel. Que t'ai-je dit? Je n'en sais rien; j'étais fou. Si tu pouvais deviner ce que j'ai souffert ce soir à cause de toi! »

Subjugué par la beauté et l'énergie de sa maîtresse, Manuel venait de se persuader que son cœur seul avait souffert dans cette fatale soirée, que les bavardages de don José et le méprisant sourire de la marquise avaient été la cause unique du trouble qui s'était emparé de lui. « Non, continua-t-il, je ne veux plus te quitter. Combien je le hais, ce monde vil et stupide, qui a perdu la faculté de comprendre la pureté et l'héroïsme!

— Pourquoi le haïr quand on peut l'oublier? dit Marthe.

— Tu parles comme une sainte, et tu mériterais d'être

adorée à genoux,... Mais dis-moi, pourquoi pleurais-tu?
poursuivit-il en attirant doucement Marthe près de lui.

—Je ne sais. Je me suis sentie si isolée, si malheureuse,
et puis pourquoi ne m'as-tu pas regardée?

— Voulais-tu que j'attirasse sur toi l'attention de ma
très-sotte tante et de l'absurde coquette que j'étais obligé
d'accompagner? C'est mal à toi d'avoir manqué de courage. Ne sais-tu pas qu'il y a des obligations auxquelles
les hommes ne peuvent se soustraire?

— Hélas! oui, je le sais, dit Marthe; mais toi, peux-tu
comprendre ce qui se passe dans l'âme d'une femme absorbée dans une pensée unique? Je sens bien que je ne
peux pas être dans ta vie et que tu es dans la mienne; je
ne le désire pas. N'ai-je pas aimé surtout en toi cette inquiétude éternelle, cette ardeur immense qui voudrait embrasser l'univers? Mais j'ai besoin de croire que dans les
instants où tu fais trêve aux soucis de la vie intellectuelle,
je suis le seul être au monde qui puisse te donner quelque
consolation et quelque joie.

— Tu es ma vie, mon bonheur, la plus grande et la
meilleure des femmes, dit Manuel en pressant Marthe contre
son cœur. Je voudrais racheter au prix d'un supplice cha-
cune des larmes que je t'ai fait verser. Dis-moi que tu
m'aimes encore, dis-moi que tu me pardonnes.

— Enfant!» dit Marthe en l'embrassant et en l'enveloppant d'un regard céleste.

XIX.

Après cette scène, Marthe et Manuel crurent avoir oublié les paroles amères qu'ils avaient prononcées et s'aimer plus que jamais. Cette illusion dura quelques heures chez Manuel, quelques jours chez Marthe; puis les choses reprirent leur pente fatale.

Manuel alla tous les soirs dans le monde. Il se persuada d'abord que ses projets d'avenir l'exigeaient impérieusement; mais bientôt il ne chercha plus à se dissimuler son désir de rencontrer Julia. Ce fait, étrange en apparence, est en réalité très-naturel; les femmes aussi habiles que l'ex-vicomtesse savent exploiter tous les sentiments qu'elles inspirent, même le mépris.

Les premières prévenances de Julia envers Manuel avaient été surtout inspirées par la crainte. D'un juge sévère, d'un témoin dangereux elle voulait faire un complice. D'autres motifs la poussèrent encore à entreprendre la conquête de son ennemi. Manuel avait résisté à ses

avances ; il l'avait dédaignée. C'était assez pour qu'elle désirât le voir à ses pieds, pour provoquer même une de ces
violentes fantaisies qui sont les grandes passions des
femmes comme Julia. Puis sa jalousie et sa haine contre
Marthe étaient loin d'être éteintes ; une conversation qu'elle
entendit par hasard quelques jours après la course de taureaux les ranima plus ardentes que jamais.

« Comme madame de Villa est jolie ! disait don José de
la Encina au comte del Rio ; décidément il n'y a que les
Françaises...

— Madame de Villa est assez jolie, répondait froidement
le comte ; mais elle n'est pas belle. Du moins elle ne me
semble plus belle depuis que j'ai vu la maîtresse de don
Manuel.

— Vous la connaissez ? s'écria don José en jetant sur le
comte un regard plein de curiosité et d'envie.

— J'ai rencontré hier don Manuel au *Retiro* avec une
jeune femme, et après ce qui s'était dit dans la loge de
madame d'Alvarez, j'ai supposé que ce devait être sa maîtresse. Je comprends maintenant pourquoi on ne l'aperçoit
plus nulle part. Quand on peut passer sa vie avec une
pareille femme, les distractions que nous venons chercher
dans les salons doivent paraître bien insipides. »

Si Manuel avait pu entendre ces paroles, son amour

pour Marthe eût probablement doublé, car le jugement du
comte faisait autorité dans la première société de Madrid.
Malheureusement ce fut Julia qui les recueillit. A l'heure
même, elle résolut de tout tenter pour enlever Manuel à
Marthe.

Le caractère de Manuel lui offrait de grandes chances de
réussite. Il faut aimer réellement avec le cœur pour être
longtemps heureux d'un bonheur que personne ne vous
envie. La vanité a d'ordinaire une si large part dans
l'amour, que les femmes dont les préférences sont un
triomphe, possèdent une immense supériorité sur celles qui
ne peuvent donner qu'un obscur dévouement. Quand Julia
adressait à Manuel des mots flatteurs qui faisaient pâlir de
dépit quelque amoureux maltraité, il lui en avait une reconnaissance mille fois plus grande que celle qu'excitaient
en lui la tendresse et l'abnégation de Marthe. Cette abnégation commençant d'ailleurs à lui peser comme un remords, il ne cherchait que des occasions de la nier. Si
Marthe témoignait quelque tristesse en le voyant sortir,
s'il remarquait quelques traces de larmes sur son visage en
revenant près d'elle, il éprouvait une mauvaise humeur
qu'il ne prenait pas toujours la peine de dissimuler.

Julia semblait avoir deviné cttee disposition d'esprit,
quand elle lui répondit, un soir qu'il l'interrogeait sur la

cause d'une mélancolie admirablement jouée : « Je suis triste, je souffre, parce que je n'ai qu'une chose à faire dans la vie,—être heureuse. Du bonheur, du plaisir... j'en suis lasse. Je sens au fond de mon âme des instincts de dévouement inassouvis, des facultés de sacrifice que je ne sais ni pour qui, ni pour quoi dépenser. Combien j'envie les femmes qui peuvent briser leur vie pour servir les desseins de l'homme qu'elles aiment! Notre gloire, à nous, n'est-ce pas de nous annuler, de nous anéantir devant notre idole, de nous laisser écraser s'il le faut pour exhausser son piédestal? On nous traite comme des esclaves auxquelles une existence paisible, des jouissances matérielles suffisent, et nous finissons par contracter tous les vices de l'esclavage; mais il y a des instants où l'âme se réveille : alors viennent le dégoût, le mépris de soi-même... Oui, le mépris, continua-t-elle avec une amertume déchirante, et aucune espérance de se relever!—Vous me demandez pourquoi je suis triste?... » dit-elle après une pause en attachant ses yeux sur ceux de Manuel ; puis elle laissa sa tête retomber sur sa main avec désespoir.

Cette tirade très-préméditée eut parfaitement l'air d'une explosion involontaire de sentiments longtemps contenus. Julia connaissait Manuel et savait quelles cordes il fallait toucher pour l'émouvoir; elle se faisait aussi un point

15

d'honneur de vaincre Marthe sur son propre terrain, avec ses propres armes. Son succès fut complet. — Personne n'a compris cette femme, se dit Manuel en la quittant.

Le rôle de Christophe Colomb, dans quelque sphère qu'il se joue, est toujours séduisant pour l'amour-propre; celui de créateur l'est encore davantage. Ou Manuel découvrait le premier les trésors de perfection féminine que renfermait l'âme de Julia, ou l'amour qu'elle ressentait pour lui créait une âme nouvelle à cette femme, jusque-là égarée, car il n'en pouvait douter, il y avait de l'amour dans le long regard que Julia avait arrêté sur le sien.

Un mois s'était à peine écoulé, que Manuel écrivait à Julia : « Merci, mille fois merci, j'aime pour la première fois. Je le sens aux extases de bonheur que tu me donnes, à cette jalousie poignante que l'admiration de tous ceux qui t'approchent développe dans mon âme. Jamais une autre femme ne m'a fait éprouver rien de pareil. Pauvre ange ! comme ils te méconnaissent, ceux qui calomnient ton cœur ! Ne t'afflige pas, n'aie pas de remords à cause d'*elle* ; je l'estime, je la plains, mais bien avant d'avoir deviné ton amour, il m'était devenu impossible de l'aimer. »

Ce qui n'empêchait pas Manuel de se montrer plus tendre, plus affectueux que d'habitude avec Marthe. Près d'elle, il avait des remords, se reprochait son infidélité, n'était pas loin enfin de considérer Julia comme une dis-traction sans conséquence. Marthe ne pouvait donc avoir aucun soupçon de ce qui se passait. Il est cependant si difficile de se garder à soi-même son secret, qu'un éloge général des femmes blondes échappa à Manuel en causant avec elle.

« Où as-tu vu Julia? dit Marthe avec la perspicacité presque surnaturelle de la passion.

— Moi? » dit Manuel en se levant brusquement pour cacher qu'il avait rougi, nulle part, jamais.

Marthe le crut, et pourtant resta inquiète. Même sans la jalousie, son existence était bien triste. Pas une des souf-frances de sa position exceptionnelle ne lui fut épargnée.

« C'est clair, c'est évident, s'écria un soir don José en voyant Manuel s'approcher de Julia et lui parler à voix basse, quelle incroyable histoire! Ces choses-là n'arrivent qu'à moi... »

On a déjà pu entrevoir que l'une des prétentions de don José était de faire avantageusement concurrence à la série d'articles qu'on publie chaque jour, dans les journaux de Madrid, sous le titre de *gacetilla*, articles qu'on pourrait à bon droit intituler *commérages*.

« J'avais résolu de n'en parler à personne, continua don José, en se tournant vers le comte del Rio, qui, à son

grand dépit, l'écoutait avec la plus complète indifférence ;
mais pour vous je n'ai pas de secrets. Figurez-vous, mon
cher, qu'en revenant ce matin à cheval de la Fuente-Castel-
lana, j'ai passé par hasard devant la maison qu'habite
don Manuel, juste au moment où une dame voilée en sortait pour monter dans un fiacre qui l'attendait à quelques
pas de là. Les stores étaient si soigneusement baissés, que
j'ai soupçonné une aventure. J'ai suivi la voiture, elle ne
s'est arrêtée qu'à la porte de l'hôtel où nous nous trouvons
en ce moment. Comprenez-vous à quel point j'ai été surpris quand j'ai vu madame de Villa en descendre? Il n'y
avait pas moyen de s'y tromper, son voile était levé. Je l'ai
saluée, et elle m'a rendu mon salut en souriant. Que pensez-vous de cela ?

— Moi? absolument rien, répondit le comte.

— Ne devinez-vous pas qu'il se passe quelque chose entre
madame de Villa et don Manuel?

— C'est fort possible.

— Et sa maîtresse, la voilà donc abandonnée?

— S'il l'abandonne pour madame de Villa, il a grand
tort.

— Que va-t-elle devenir?

— Ce que deviennent toutes les femmes dans sa position, quelque chose comme une femme entretenue.

— Mais savez-vous que c'est une personne distinguée,
appartenant à une grande famille ?

— Eh ! mon cher, raison de plus. Qu'une fille du peuple
se laisse séduire, tout l'excuse : elle n'a pour la défendre
ni famille, ni éducation, ni fortune ; mais quand une jeune
fille protégée par toutes ces barrières sociales saute par-
dessus pour courir après un amant, il est permis de suppo-
ser que chez elle les mauvais instincts l'emportent de beaucoup sur les bons. D'ailleurs, retenez bien ceci, il n'y a pas
une femme sur dix mille qui sache poser le pied dans
l'amour sans glisser dans le vice. »

Après avoir passé plusieurs années de sa vie à envier les
maîtresses du comte, don José nourrissait depuis quelque
temps une idée fixe : c'était d'avoir à son tour une maîtresse que le comte pût lui envier. Marthe réunissait mieux
qu'une autre les conditions désirables, puisque le comte
l'admirait. Avant la conversation précédente, jamais don
José n'aurait osé rêver cette conquête ; dès que le comte
eut parlé, il crut avoir toujours pensé qu'une femme
comme Marthe est à vous aussitôt qu'on veut se donner la
peine de l'acheter. Malgré cette conviction, il jugea nécessaire de se livrer à quelques manœuvres préparatoires
avant d'aller mettre ses *duros* à ses pieds, et employa chaque jour plusieurs heures à se promener sous son balcon

Marthe ne le remarqua pas ; mais le comte intercepta un jour au passage un brûlant regard, dirigé vers une croisée fermée, qui le mit immédiatement sur la voie.

« Eh bien ! mon cher, lui dit-il en riant, comment vont vos platoniques amours ?

— Vous plaisantez, répondit don José, blessé dans ses prétentions d'homme à bonnes fortunes. Est-ce qu'on aime platoniquement ces femmes-là ?

— C'est généralement une sottise, et de plus un moyen à peu près sûr de ne pas réussir, dit le comte en s'éloignant. Enfin, bonne chance. Adieu. »

Le soir même, don José quitta le salon de Julia quelques instants après l'arrivée de Manuel, et se rendit chez Marthe. Bien qu'il possédât l'audace et la confiance en lui qui distinguent les gens parfaitement nuls, la manière dont il l'aborderait l'inquiétait un peu. Après de longs efforts d'imagination, il crut rencontrer un expédient excellent : c'était de lui demander, de la part de Manuel, un livre dont ce dernier venait de faire un grand éloge. Une fois la conversation engagée, don José ne doutait pas que les choses n'allassent toutes seules.

Quand il fut introduit près de Marthe, elle était plongée dans une de ces rêveries douloureuses qui remplissaient maintenant toutes ses soirées. Un grand étonnement se

peignit sur son visage en apercevant don José. Elle écouta
cependant son mensonge sans concevoir aucun soupçon,
et lui remit le volume en question avec une simplicité si
parfaite, qu'il resta devant elle tout décontenancé.

Marthe attendait évidemment son salut d'adieu, mais don
José était décidé à ne pas partir. Après un silence embar-
rassant, il lui dit enfin :

« Votre vie doit être bien triste, madame? »

Cette question s'accordait si bien avec les sentiments intimes de Marthe, qu'elle rougit et regarda don José. Il était
assez sot pour voir un encouragement dans cette émotion.

« C'est un crime, continua-t-il, d'enfouir dans la solitude
une femme aussi jeune, aussi belle, aussi distinguée que
vous, une femme qui n'aurait qu'à se montrer pour éclipser
toutes les autres! Vous êtes faite pour régner, pour briller,
et non pour pleurer obscurément l'abandon d'un homme
qui ne vous comprend pas. Combien je serais heureux, si
vous me permettiez de transformer votre existence, de vous
entourer de luxe, de... — Ici don José, à bout de rhétorique, s'écria tout à coup :

Je vous adore, madame, si vous le voulez, toute ma fortune est à vous. »

Marthe était si loin de l'idée de don José, qu'au commencement de ce discours, elle crut entendre d'absurdes com-

pliments. Quand elle fut enfin obligée de le comprendre, elle ne songea même pas à se mettre en colère.

« Fallait-il encore souffrir cela pour lui ? murmura-t-elle en levant au ciel des yeux pleins de larmes, sans paraître se souvenir que don José était là. »

Malgré ses prétentions et ses ridicules, don José avait au fond un excellent cœur. Cette douleur si sincère et si calme lui fit complétement oublier son rôle de séducteur.

« Je vous demande mille fois pardon, madame, dit-il en balbutiant. Je ne savais pas... j'ignorais... Vous êtes si belle, je vous ai aimée. Vous devez comprendre...

— Je comprends, monsieur, que c'est surtout ma position que je dois accuser de tout ceci. Veuillez, je vous prie, me laisser seule, dit Marthe en montrant de la main la porte à don José.

— Imbécile ! faire pleurer une aussi charmante femme, se dit à lui-même don José en descendant l'escalier, qu'il avait monté dans des intentions triomphantes.

— O ma mère ! ma mère ! vois où en est ta pauvre fille ! » s'écria Marthe en tombant à genoux.

Marthe ne parla pas à Manuel de ce qui s'était passé entre elle et don José. La crainte qu'il ne voulût venger l'insulte qu'elle avait reçue fut le motif qu'elle se donna à elle-même pour justifier son silence. Celui qu'elle s'efforça de se dissimuler, c'est qu'elle redoutait d'acquérir la preuve de son indifférence, d'apprendre que l'homme auquel elle avait tout sacrifié ne savait pas ou ne pouvait pas la protéger. Non-seulement elle se sentait peu aimée, mais elle était jalouse. Don José avait parlé d'abandon. La nuit, le jour, en rêve, ce mot terrible déchirait sans cesse son oreille. A peine parvenait-elle à l'oublier quand Manuel était près d'elle, et qu'elle lui faisait jurer à genoux qu'il l'aimait et l'aimerait toujours.

A quelques heures de distance, Manuel répétait le même serment à Julia. Sa passion pour elle n'avait cependant pas tenu ce qu'avait semblé promettre l'ardeur du début. Julia, le croyant assez fort, c'est-à-dire assez corrompu pour l'aimer telle qu'elle était, avait jeté le masque dès que son triomphe sur Marthe lui avait paru assuré. Elle se faisait gloire devant lui de son habileté, de l'audace avec laquelle elle imposait ses vices, et raillait impitoyablement la niaiserie et la sottise des gens qui se laissent arrêter par des scrupules de conscience ou effrayer par l'hypocrisie sociale. Ces maximes, débitées avec entrain et esprit, amusaient Manuel. En présence de Julia, il y applaudissait tout haut et était même quelquefois bien près de les approuver; mais loin d'elle il n'y pouvait penser sans un secret sentiment de dégoût. Cette perversité

15*

calculée lui faisait horreur. Eût-il d'ailleurs partagé la
manière de voir de madame de Villa, ses opinions seraient
probablement restées les mêmes, car il n'est guère
d'hommes que l'affectation du cynisme ne révolte pas chez
une femme. Ce qui contribua encore plus à l'éloigner de
Julia, c'est que les observations de sa tante étaient justes;
doña Carmen l'aimait, et, en véritable Espagnole, le lui
laissait voir clairement.

 . Doña Carmen était une jeune fille assez sotte et médiocrement belle, qui avait en outre l'inconvénient d'être élevée à *la francesa*, c'est-à-dire qu'au lieu de savoir tout
juste lire ses prières, écrire un billet à un amant, draper
gracieusement sa mantille et jouer de l'éventail, ce qui
constitue l'éducation à *la española*, elle dessinait d'affreux
bonshommes, sous prétexte de copier Murillo et Velasquez,
écorchait quelques polkas, et passait les nuits à dévorer
de détestables romans français dont les jeunes filles de
France ne connaissent même pas le titre. Cette éducation
prétendue française, trop en vogue aujourd'hui chez nos
voisins, a pour résultat d'éteindre tout ce qu'il y a de
piquant, d'imprévu, de gracieux dans l'esprit des jeunes
Espagnoles, d'étouffer les élans naïfs de leur ardente
imagination, de transformer des femmes ingénûment
passionnées et adorables dans leur simplicité native en

créatures prétentieuses, corrompues de tête et de cœur.

Doña Carmen n'aurait pas trouvé de juge plus sévère que Manuel, si la position de son père ne lui avait donné, comme fille à marier, une importance sociale et une valeur positive qui ne permettaient pas à un ambitieux d'apercevoir ses défauts. La señora Moreno avait parfaitement raison en disant que le gendre du ministre de l'intérieur pourrait arriver à tout. Elle n'avait peut-être pas tort non plus en supposant que Manuel obtiendrait sans difficulté la main de doña Carmen. Le ministre n'était pas riche, et un jeune homme intelligent et audacieux lui convenait assez pour mari de sa fille. Manuel, tel que nous le connaissons, ne pouvait manquer de songer souvent à la possibilité de ce mariage. Il se laissa peu à peu entraîner à répondre aux brûlantes œillades de doña Carmen par des déclarations d'amour, et s'habitua à considérer Marthe et Julia comme des obstacles à l'avenir brillant qu'il rêvait.

Marthe n'en sut rien, mais Julia s'aperçut bientôt qu'elle n'était pas dans le monde la préoccupation unique de Manuel. Ce qui la contraria encore davantage, c'est que beaucoup d'autres personnes le remarquèrent également. Ainsi elle avait donné à Manuel tous les droits sur elle, sans que Manuel subît la domination absolue qu'elle entendait exercer sur ses amants. En fin de compte, Marthe triomphait,

car Manuel lui cachait soigneusement qu'elle avait des rivales, tandis que Julia semblait accepter humblement la
modeste place qu'il voulait bien lui accorder dans sa vie.
Ne pouvant supporter cette pensée, Julia accabla Manuel
de moqueries et de reproches. Elle devint si exigeante, si
tyrannique à son égard, que son influence sur lui était
bien plutôt basée sur la soumission instinctive et fatale
des natures faibles envers les natures fortes que sur l'affection.

Manuel arriva donc à une situation qu'on aurait pu
prendre pour une ironie de la destinée. Dans un moment
où, pour assurer le succès de sa candidature, il eût volontiers donné toutes les femmes de la terre, il se voyait
obligé de tromper, de calmer, de consoler successivement
trois femmes, de jouer enfin un rôle qui eût fatigué don
Juan lui-même. Les choses en étaient là depuis longtemps
déjà, quand vint la semaine sainte.

XX

Saint Paul a dit: *Oportet hæreses esse.* L'Espagne lui donne pleinement raison : c'est aujourd'hui la nation la moins chrétienne de l'Europe. Le clergé y ayant toujours régné sans discussion, les armes spirituelles lui étaient inutiles. Fort d'une interprétation autorisée de l'Évangile qui déclarait la raison impie et l'intelligence diabolique, il s'est efforcé d'étouffer toutes les manifestations de l'esprit, et l'esprit est mort en lui. Partout et toujours ce qui demeure stagnant se corrompt. Les confréries, les processions, les chômages éternels, sous prétexte d'honorer les saints, un grand luxe de bougies dans les églises, voilà toute la religion de l'Espagne. En revanche, les passions de la chair et du sang, la volupté et la cruauté, la *cachucha* et les combats de taureaux, semblent les productions naturelles du sol. Ces deux choses se tiennent. Le côté intellectuel annulé chez l'homme, restent les instincts sensuels, qu'on tolère, parce que, dit-on, ils nous inspirent l'humilité en nous obligeant à reconnaître la faiblesse de notre nature.

Il suffit de passer une semaine sainte à Madrid pour

savoir à quoi s'en tenir sur la catholique Espagne. Depuis
le mercredi jusqu'au samedi, les magasins sont fermés, et
la circulation des voitures interdite. Le grand jour, le
jeudi, la population entière se répand dans les rues et se
promène d'église en église. Un mois d'avance, les dames
espagnoles préparent des toilettes spéciales pour cette so-
lennité, des toilettes de deuil d'une coquetterie si raffinée,
que les mères de famille comptent sur les parures de la
semaine sainte pour marier leurs filles. Il faut bien avouer
que, pendant cette pieuse pérégrination, les femmes semblent n'avoir qu'une préoccupation, celle de se faire admirer, et les hommes qu'une pensée, celle de rendre aux
femmes la justice qui leur est due, car on ne fait que
rendre justice aux Madrilègnes en les trouvant charman-
tes. Le lendemain, pendant l'office du vendredi saint, les
églises sont presque vides ; mais vers quatre heures, quand
sort la procession, les rues se remplissent de nouveau.
Certaines personnes prétendent qu'à la faveur de l'encom-
brement et du mouvement incessant de la foule, on échange
cette semaine-là aux portes des églises plus de serrements
de mains et de lettres d'amour qu'il ne s'en distribue dans
les promenades et dans les *tertulias* pendant le reste de
l'année. Tout ce que nous savons sur ce point, c'est que doña
Carmen, qui connaissait probablement les coutumes de

son pays malgré son éducation *à la francesa*, et qui les suivait dans ce qu'elles lui paraissaient avoir de bon, écrivit le mercredi soir à Manuel un billet dont le *post-scriptum* disait qu'il pourrait lui remettre sa réponse à la sortie de Las Calatravas.

Manuel fut vivement contrarié de l'ardeur que mettait doña Carmen à transformer ses galanteries en grande passion, car il n'avait encore aucun parti pris sur elle. De plus, Julia lui avait fait promettre de l'accompagner dans sa visite aux églises, et il craignait qu'elle ne découvrît la vérité. Ne voulant se brouiller ni avec l'une ni avec l'autre, il se décida à aligner quelques phrases de théorie amoureuse, comptant sur son habileté et sur son étoile pour les faire parvenir à leur adresse; puis, tout en faisant les réflexions les plus morales sur l'inconséquence de ses compatriotes, il s'achemina vers la maison de madame de Villa.

Une autre circonstance contribuait à le rendre ce jour-là d'assez mauvaise humeur. Marthe, saisie de ce besoin contagieux d'activité et de bruit que tous éprouvent dans les jours de réjouissance générale, l'avait prié le matin même de la conduire voir les églises. Il avait refusé en prétextant des affaires. Marthe s'était étonnée qu'à Madrid, où l'on remet si volontiers les affaires au lendemain, il en fût question le jeudi saint, et il avait été forcé de s'embarquer dans une série de mensonges et d'explications absurdes pour donner quelque vraisemblance à son assertion.

L'irritation de Manuel ne se calma que dans l'église de Las Calatravas. En apercevant doña Carmen agenouillée à dix pas de lui, près d'une vieille parente, il espéra que tout allait s'arranger pour le mieux. Après lui avoir lancé un regard à la dérobée, doña Carmen se leva et se dirigea vers la porte. Par malheur, Julia paraissait tout à fait absorbée par la prière. Manuel se pencha vers elle et lui demanda si elle comptait rester éternellement dans cette église. Elle se leva aussitôt. Doña Carmen avait si adroitement ménagé sa sortie, que Manuel arriva assez à temps pour lui glisser son billet dans la main droite, tandis qu'elle prenait de l'eau bénite de la main gauche. Il crut tout sauvé et respira librement, mais au moment où il franchissait le seuil de la porte, il vit Marthe en face de lui, au milieu d'un flot de peuple qui s'efforçait d'entrer dans l'église. Son premier mouvement fut de rentrer dans Las Calatravas. Julia, qui avait aussi reconnu Marthe, devina cette intention, et, passant son bras sous le sien, elle lui dit d'une voix moqueuse :

« Prenez donc garde, doña Carmen pourrait s'apercevoir de quelque chose, ce qui nuirait infailliblement au succès de votre épître. »

Manuel était furieux, mais il ne pouvait quitter Julia sans scandale. Doña Carmen et sa tante étaient toujours près d'eux. Il passa devant Marthe en baissant les yeux.

« C'est une indignité! Vous allez la tuer! dit-il tout bas à Julia.

— Soyez tranquille, on ne meurt pas de ces choses-là. Est-ce que vous ne me condamnez pas depuis trois mois à subir le partage de votre cœur? »

Manuel haussa les épaules.

« Ce geste signifie probablement qu'il n'y a aucune comparaison possible entre elle et moi? dit Julia ironiquement.

— Peut-être.

— Alors vous êtes bien coupable de sacrifier un être angélique à une créature aussi imparfaite que moi — et à une doña Carmen! » continua-t-elle sur le même ton.

Ils étaient arrivés au bas des marches de l'église de San-José. Manuel fit un effort pour se débarrasser des bras de Julia.

« Ne vous pressez donc pas, dit-elle; douteriez-vous que la miséricorde et la faculté d'oublier les injures fussent au nombre de ses perfections? Pleurez un peu, mentez beaucoup, et surtout jurez que vous ne m'avez jamais aimée.

— En cela, je ne dirai que l'exacte vérité, » dit Manuel en la quittant.

Il suivit de point en point le programme que lui avait tracé Julia. Il pleura, il mentit, il jura à Marthe qu'il ne s'était jamais occupé de madame de Villa. « Il est très-vrai qu'elle a tout fait pour me rendre amoureux d'elle, lui disait-il. Elle est jalouse de toi, elle te déteste. Furieuse de n'avoir pu réussir, elle a abusé des circonstances pour essayer de nous brouiller, car c'est le hasard qui m'a conduit à Las Calatravas. Me crois-tu? me pardonnes-tu? » ajouta-t-il en s'agenouillant près du sofa où Marthe était couchée.

La vérité se mêlait en si forte proportion au mensonge dans cette justification, qu'elle eût pu sembler plausible à une personne indifférente. Il n'en fallait pas tant pour convaincre Marthe. Quelle femme doute longtemps de la sincérité de l'homme qu'elle adore quand il pleure à ses pieds?

Une pensée toute naturelle contribua à la rassurer. — Pourquoi mentirait-il? pourquoi tiendrait-il tant à me calmer, s'il ne m'aimait plus? se disait-elle.

Un objet de très-petite dimension placé devant notre œil nous cache l'univers. La plus légère impression présente peut nous faire oublier l'état général de notre âme. C'est ainsi que l'homme trompe beaucoup en mentant peu. Manuel croyait adorer Marthe, parce qu'il était irrité contre Julia. Il voulait la calmer pour terminer une scène qui le fatiguait.

Pendant quelques jours, Marthe se crut heureuse ; mais l'ambition était un écueil bien plus dangereux pour Manuel que les séductions du cœur. En le livrant tout entier à ce sentiment, sa rupture avec Julia ne pouvait que hâter l'heure fatale. Il retourna dans le monde et fit décidément la cour à doña Carmen. Son but fut surtout d'abord de vexer Julia ; mais les plaisanteries et les félicitations qu'on lui adressa à ce sujet ne tardèrent pas à le familiariser avec la pensée d'abandonner Marthe pour épouser la fille du ministre. Quand l'opinion des autres nous paraît conforme à nos secrets désirs, il n'est pas besoin que les manifestations soient bien vives pour nous entraîner. Parler de ce mariage à Manuel, c'était, selon lui, l'engager à le conclure.

Dans la crise morale qu'il traversait, l'imagination et la fausse grandeur d'âme qui l'accompagne souvent sont de puissants auxiliaires pour l'égoïsme. S'il s'était dit brutalement : « Je vais briser la vie et le cœur d'une femme que j'aime pour jouer un rôle dans le monde, pour avoir de l'argent et les jouissances qu'il procure, pour habiter un

bel hôtel, me promener dans d'élégants équipages, » il eût
été bien près de la vérité ; mais il aurait probablement re-
culé avec horreur devant elle. Loin de là, il réussissait
presque à élever une lâcheté à la hauteur d'une vertu. Dans
les heures d'indifférence et de franchise, il allait bien jusqu'à s'avouer que c'était à son avenir, à sa gloire qu'il songeait à sacrifier Marthe ; mais dans les instants où son
cœur et sa conscience parlaient un peu trop haut, il avait
recours pour les faire taire à la théorie de l'abnégation et
du renoncement absolu, et, comme s'il avait espéré se persuader lui-même, il se répétait que « l'abandon de Marthe
était une de ces nécessités fatales qui pèsent sur tous les
hommes supérieurs, qu'il se devait avant tout à son pays,
et qu'entre le bonheur de l'Espagne et les larmes d'une
femme il ne lui était pas permis d'hésiter. » L'Espagne ne
se doutait guère que sa félicité exigeât un semblable ho-
locauste.

Marthe commençait à admettre la probabilité de tous les
malheurs. Une scène qui prouvait que Manuel l'aimait toujours, ou que du moins il tenait assez à elle pour chercher
à la tromper, lui avait donné quelques instants de joie.
Cette joie avait bientôt fait place à une défiance sans cesse
en éveil. Manuel avait menti, il pouvait donc mentir encore. Au lieu de puiser comme autrefois la vie dans ses

yeux, d'ouvrir son cœur à ses moindres paroles, elle épiait ses regards, observait ses gestes, analysait ses phrases. Dès qu'il la quittait, elle se livrait aux plus désespérantes suppositions, bâtissait les romans les plus étranges. S'il tardait à revenir, sa tête s'égarait. « C'est fini! il n'a pas osé me le dire; mais il ne m'aime plus, il ne reviendra pas, » se disait-elle.

Non-seulement elle doutait de Manuel, mais elle commençait à douter d'elle aussi.

Si l'amour est tout-puissant sur les grandes âmes, c'est qu'il nous ennoblit, nous divinise presque. Être la vie d'une autre vie, donner le bonheur, n'est-ce pas participer au plus magnifique des attributs de Dieu? « Illusion! disent certaines gens, on n'aime que soi, on ne cherche dans l'amour que sa propre satisfaction. » Illusion peut-être, mais illusion si pure, si féconde, si indispensable à l'homme, que pour oser la flétrir il faut être soi-même incapable d'aimer. La pensée qu'elle seule pouvait rendre Manuel heureux avait fait tout oublier à Marthe. Le croyait-elle encore? Non. Ce n'était pas tout. Elle avait adoré dans Manuel le beau, le bien sous toutes ses formes. La base d'un grand amour est toujours hors de nous. L'être aimé n'est que l'intermédiaire entre nous et la perfection infinie, le prêtre du culte saint de l'idéal. Quoiqu'elle fût loin d'a-

voir jugé Manuel, elle avait perdu sa foi aveugle. Elle
comprenait que les intérêts vulgaires tenaient dans sa vie
une plus large place que les sentiments, les croyances et les
idées. Il n'avait plus le pouvoir de la soutenir, de la fortifier,
de l'élever au-dessus d'elle-même. Dévouement, grandeur,
tout manquait donc aujourd'hui à son amour. Elle le sentait, et pourtant elle aimait, elle aimait davantage à mesure qu'elle aurait dû moins aimer. Ce supplice est le plus
horrible de tous ceux que doit subir la passion déçue et
dédaignée. « Cette existence est intolérable! » se disait-
elle chaque jour. Et ce qu'elle redoutait le plus au monde,
c'était d'être obligée d'y renoncer.

La souffrance la suivait partout. Quand elle sortait avec
Manuel, elle remarquait qu'il choisissait les rues les plus
désertes, les promenades les moins fréquentées. De tels
faits ne sont rien en eux-mêmes, on peut à peine s'expliquer pourquoi ils blessent; mais ils tuent. Ces précautions
n'empêchèrent pas Manuel de rencontrer la voiture du
ministre de l'intérieur au détour d'une rue étroite, un jour
qu'il avait Marthe à son bras. Le ministre et sa fille étaient
dans la voiture. Manuel devint pourpre et détourna la
tête. Le ministre l'avait reconnu et le salua le premier avec
un sourire amical. Manuel souleva gauchement son chapeau sans lever les yeux; Marthe salua aussi par habitude,

sans réflexion; quant à doña Carmen, elle toisa Marthe dédaigneusement du fond de la voiture, et ne fit pas la plus légère inclination.

Marthe ne pouvait comprendre qu'une chose à cette scène muette, c'est que Manuel était humilié qu'on la vît avec lui : au bras d'un homme fier et joyeux de son amour, elle se fût sentie forte contre les mépris du monde entier; mais voir que celui auquel elle avait sacrifié l'estime de tous rougissait d'elle, c'était trop. Son cœur se gonfla à l'étouffer; elle crut qu'elle allait mourir. Manuel devina ce qui se passait en elle, comme elle avait deviné ce qui s'était passé en lui. Pas une parole, pas un regard ne fut échangé entre eux. Tous deux sentaient que ce regard ou cette parole amèneraient une explication décisive, et tous deux voulaient l'éviter : lui, par un reste d'affection, par pitié et par honte; elle, par la terreur folle de la passion qui sent planer la mort au-dessus d'elle, et qui veut vivre à tout prix. Ils se quittèrent sans même se serrer la main.

« Je ne puis rester ici! Quand donc me fera-t-il assez de mal pour que je trouve le courage de le quitter? » s'écria Marthe dès qu'elle fut dans sa chambre.

Un soir, sept heures sonnèrent sans qu'elle eût vu paraître Manuel; c'était la première fois qu'une semblable

chose arrivait. La journée avait été remplie par des alternatives de découragement et d'espérance, de résignation
et de révolte. De sept heures à sept heures et demie, elle
se raidit contre le désespoir. « Il n'entendra plus parler de
moi ; je ne lui écrirai pas un mot, je ne ferai rien pour le
revoir, » murmurait-elle. Puis tout à coup, saisie d'une
de ces angoisses délirantes que peut-être les femmes connaissent seules, elle se précipita hors de sa chambre, et
courut plutôt qu'elle ne marcha jusqu'à la maison qu'habitait Manuel.

« Il est sorti depuis ce matin, » lui répondit-on.

Elle entra dans sa chambre, résolue à l'y attendre. Ses
regards cherchèrent autour d'elle une révélation de sa destinée. Rien n'indiquait un changement quelconque ni
dans les idées ni dans la vie de Manuel. C'étaient bien les
livres qu'il avait lus avec elle, les billets qu'elle lui avait
écrits, les fleurs qu'elle lui avait données. Un peu rassurée, elle s'assit devant une table de travail et parcourut un
grand nombre de lettres éparses parmi ses papiers. La plupart traitaient d'affaires, de manœuvres électorales. D'autres avaient été écrites à Manuel par des camarades ; elles
lui parlaient de ses relations de société, de ses plaisirs, de
ses projets de voyage. Pas un mot sur Marthe, pas même
une allusion indirecte dans aucune d'elles. Ce silence ab-

solu lui inspira une réflexion amère : « Je ne compte donc pas dans sa vie ? » se dit-elle.

Manuel n'arrivait pas ; mais dans sa chambre elle se sentait moins loin de lui. Elle finit par ouvrir un buvard qu'elle-même avait brodé, vit une lettre commencée, et lut :

« Votre lettre ne m'apprend rien, ma chère tante ; j'a-
» vais prévu ce qui arrive. J'étais certain que la rencontre
» de l'autre jour provoquerait chez doña Carmen une ex-
» plosion de jalousie, quoiqu'elle doive se douter depuis
» longtemps de la vérité. Vous me dites qu'elle est fu-
» rieuse, que tout sera perdu si je n'ai pas le courage d'en
» finir le plus tôt possible avec Marthe. Vous n'aviez pas
» besoin de me représenter si vivement ce que je dois à
» ma famille, à mon pays ; ces réflexions-là, je les fais tous
» les jours. Hélas ! je le sens aussi bien que vous : il faut
» prendre un parti, cette existence ne peut pas durer. Si
» en brisant ma vie, en sacrifiant mon avenir je parvenais
» à la rendre heureuse ! Mais non, je vois qu'elle souffre
» et qu'elle souffrira toujours... Que deviendra-t-elle ?
» Voilà ce qui m'arrête. Laissez-moi encore quelque temps
» pour la préparer à cette douleur. Employez votre in-
» fluence sur doña Carmen pour la calmer, pour lui per-
» suader que les difficultés de ma position... »

16

Manuel s'était arrêté là.

Marthe dévora avidement ces phrases, elle but le malheur d'un seul trait; puis, saisissant une plume et l'écrasant sur le papier, elle écrivit de cette écriture gigantesque, terrible qui se reconnaît entre toutes, l'écriture du désespoir : « J'ai lu cette lettre. Adieu ! »

Elle se leva et sortit. Il lui semblait que la lettre fatale remplissait la chambre et l'en chassait.

Avant de quitter la maison, elle défendit de dire à Manuel qu'elle y était venue. Pourquoi? Sans s'en rendre compte, elle voulait que la lettre lui apprît tout. Elle marcha longtemps dans les rues sans but, sans projet. Le monde avait perdu pour elle sa réalité; elle croyait que la vie s'était arrêtée, qu'il n'y aurait plus d'avenir pour personne, et que la nuit qui l'enveloppait et qu'elle aimait ne ferait jamais place au jour. Quelquefois aussi elle oubliait ce qui venait de se passer, s'occupait de ce qu'elle ferait le lendemain, de ce qu'elle dirait à Manuel, et poussait un gémissement d'horreur, quand, réveillée par la souffrance, elle se rappelait que pour elle il n'y aurait plus de lendemain.

Enfin elle rentra. Elle brûlait de demander si Manuel était là, s'il était venu ; elle n'osa pas. On lui remit une lettre de lui. Pendant un quart d'heure, elle la tint entre

ses mains sans l'ouvrir. Ses yeux s'arrêtaient sur l'enveloppe comme ceux du condamné doivent s'arrêter sur l'ins-
trument du supplice. Par un mouvement d'énergie fiévreuse, elle la déchira. Manuel écrivait :

« Ma chère Marthe, j'ai passé toute la journée à Aranjuez;
j'en arrive, et je viens de rencontrer un de mes amis qui
m'a engagé à dîner. Comme beaucoup d'électeurs et d'éli-
gibles doivent se trouver chez lui, j'ai accepté. On causera
probablement beaucoup : ne t'étonne donc pas si tu ne me
vois pas de la soirée.

» Ne t'ennuie pas trop. »

Jamais les plus brûlantes expressions de l'amour n'a-
vaient aussi délicieusement ému Marthe que ce froid billet.
Manuel pensait à elle; il craignait qu'elle ne s'ennuyât.
Après ce qu'elle avait redouté, Manuel lui apparut un instant comme un ange sauveur; puis les mots, les phrases
qu'elle avait lues quelques heures auparavant se recompo-
sèrent dans sa tête. La lettre entière se dressa devant elle,
et elle retomba anéantie.

Elle eut cependant encore quelques lueurs d'espérance.
Elle se disait que Manuel ne résisterait pas à son cri de
détresse, qu'il allait accourir, qu'elle le recevrait avec tant
d'amour qu'il ne pourrait plus songer à se séparer d'elle.

D'autres fois elle aurait voulu effacer avec son sang les mots qu'elle avait écrits. « Si Manuel acceptait cet adieu éternel!... » Faiblesse inouïe de la passion : si Manuel l'aimait, que lui importeraient ces mots? S'il ne l'aimait plus, pourquoi voulait-elle le revoir?

Toute la nuit elle attendit. Au point du jour, elle se dit qu'elle allait partir, quitter l'Espagne. A dix heures, elle était encore dans sa chambre. Aucun espoir ne pouvait lui rester; elle jeta quelques effets dans une malle et se fit conduire au bureau d'une diligence qui partait à onze heures pour la France.

« Y a-t-il des places? dit-elle.

— Deux de première berline, » répondit l'employé.

Marthe fut confondue. En faisant sa question, elle était convaincue que toutes les places devaient être retenues.

« Je me déciderai, je reviendrai demain, » dit-elle.

Elle ne voulut pas retourner chez elle, elle prit une chambre dans un hôtel.

« S'il le veut, il lui sera bien facile de me retrouver, » pensait-elle.

Manuel ne parut pas.

« Pourquoi partir? se dit-elle le lendemain; on ne m'attend nulle part. Ne puis-je pas mourir à Madrid aussi bien qu'ailleurs? »

Au fond de l'âme, elle espérait, elle voulait vivre encore, c'est-à-dire revoir Manuel.

Elle loua une chambre dans un quartier qui n'est guère habité que par des ouvriers, à l'extrémité de la rue de Toledo. Personne ne pouvait la découvrir là.

XXI

Manuel était rentré chez lui vers minuit, la tête remplie de candidatures, de professions de foi, de listes électorales, et s'était endormi dans ces pensées. Il se réveilla tard le lendemain, et écrivit longtemps, avant que ses yeux rencontrassent la lettre au bas de laquelle Marthe avait tracé son adieu désespéré.

Manuel devina immédiatement ce qui s'était passé. De tous les sentiments qu'il éprouva en ce moment, le plus vrai fut un sentiment de soulagement et de satisfaction. Malgré son désir très-réel, il n'aurait peut-être jamais rompu avec Marthe, s'il avait été forcé de prendre l'initiative dans cette affaire. Les circonstances lui rendaient donc un immense service.

16*

Il erra pendant plus d'une heure dans les rues avant de monter chez Marthe. Ce retard avait deux causes : un mouvement de sensibilité véritable et un calcul.

« En voyant que je tarde tant, elle comprendra que tout est fini, » se disait-il.

La domestique qui entr'ouvrit le guichet grillé tradition-
[...] pour voir qui sonnait, parut très surprise en reconnais-
sa[...] Manuel.

« Mais la señora est partie, dit-elle.

— Partie !... »

Il était libre sans avoir vu une femme se rouler à ses pieds folle de douleur, sans avoir entendu ni sanglots, ni supplications, ni reproches, sans s'être montré dur, lâche, ingrat, cruel, sans avoir souffert !

Il se passa cependant deux jours avant qu'il pût se dé-cider à revoir sa tante et doña Carmen. Quelques efforts qu'il fît, il ne parvenait pas à étouffer ses remords.

« Il m'était impossible de la rendre heureuse, se disait-il; jamais je n'aurais pu lui donner ni les plaisirs, ni la haute position sociale dont elle jouissait en France... — Il savait très-bien que rien n'était plus indifférent à Marthe. D'ail-leurs quelle position, quels plaisirs pouvait-elle trouver loin de lui aujourd'hui? — Si c'était une femme ordinaire, je m'inquiéterais de son avenir, se disait-il encore; mais elle a trop d'élévation dans le caractère, un esprit trop supérieur, pour ne pas reprendre aisément dans le monde la place qu'elle est faite pour y occuper. »

Sa tante et ses complices ne négligèrent rien pour l'étourdir. Doña Carmen s'attribua tout l'honneur de sa prompte rupture avec Marthe, et se montra charmante pour lui. Quoiqu'il n'eût pas encore demandé officiellement sa main, leur prochain mariage paraissait tacitement convenu. Manuel fut bientôt tellement absorbé par ses projets d'avenir, qu'il oublia à peu près Marthe. Malheureusement pour lui, un *pronunciamento* eut lieu la veille du jour où le vote devait commencer. Après la construction de quelques barricades et l'échange de quelques coups de fusil, un avantage décisif resta à l'armée. Un ministère absolutiste remplaça le ministère progressiste. Selon la coutume, les ministres disgraciés s'empressèrent de partir pour la France. Don Antonio Espinoz et sa fille furent des premiers à quitter l'Espagne.

Cet événement plaçait Manuel dans une situation des plus désagréables. Il était évident que le nouveau ministère le traiterait en ennemi, et ses anciens amis, les progressistes purs, ne pouvaient voir en lui qu'un transfuge. Toute carrière était donc fermée pour le moment à son ambition. Quant à la félicité domestique que doña Carmen persisterait peut-être à lui offrir, il était résolu à tout faire pour s'y soustraire. Il pensait sérieusement à quitter Madrid, et se demandait s'il irait en Angleterre étudier le gouvernement représentatif, ou aux États-Unis voir fonctionner la république, quand un matin, six semaines environ après la disparition de Marthe, une femme inconnue entra sans se faire annoncer dans sa chambre.

« Vous êtes bien don Manuel Belmar? » dit-elle.

Manuel fit un signe d'assentiment.

« Je viens vous parler pour une *señorita francesa* qui est ma voisine. Elle est malade, elle se meurt... »

Manuel tressaillit et devint pâle.

« Son nom? » dit-il.

L'Espagnole lui tendit l'enveloppe d'une lettre qu'il avait écrite à Marthe avant leur séparation.

« Je suis allée rue de l'Alcala, au numéro indiqué, dit-elle, et les gens de la maison m'ont envoyée chez vous.

— Partons, » dit Manuel.

Quand il arriva près de Marthe, il la trouva exténuée par la douleur et par la fièvre, presque méconnaissable, et versa des larmes sur ses mains brûlantes et amaigries. Elle ne parut pas le reconnaître, et cependant une expression de bien-être et de joie se répandit peu à peu sur ses traits. Le soir amena un redoublement de fièvre et de délire.

Manuel s'assit près de son lit. Lui aussi avait la fièvre. La tête appuyée sur le bord de l'oreiller de Marthe, la main sur les yeux, il revoyait la Bretagne, les rochers, les collines de sable, entendait le mugissement prolongé de la mer et les sifflements du vent dans les sapins. Marthe passait devant lui belle, fraîche, rougissante, telle qu'elle était le jour où elle lui avait dit pour la première fois qu'elle l'aimait, à la porte de la chaumière de Catherine. Il la voyait ensuite dans le salon de madame de Cernan, parée, éblouissante, fêtée par tous, et lui disant bien bas qu'elle n'était heureuse que par lui. Quand une plainte de la malade l'arrachait à ses divagations, il croyait faire un mauvais rêve en se retrouvant au chevet d'une femme mourante, dans une chambre froide et nue, à peine éclairée par la lueur vacillante d'une veilleuse.

« Pauvre Marthe ! murmurait-il, et tout cela parce que tu m'as aimé ! »

Parfois il se rapprochait de Marthe pour écouter les phrases entrecoupées qui s'échappaient de ses lèvres. C'était toujours de lui qu'elle parlait; mais il n'entendit ni un reproche, ni une parole amère. Il y avait des instants où elle semblait recouvrer le sentiment de la réalité et se penchait à son oreille en lui disan d'une voix déchirante :

« Tu veux donc m'abandonner pour l'épouser?

— J'étais fou ! je déteste cette femme, s'écriait Manuel, oubliant que Marthe ne pouvait pas le comprendre.

— Pourquoi te défendaient-ils de m'aimer ? reprenait-elle en soulevant sa tête et en regardant Manuel, comme si elle avait cherché dans ses yeux une explication qui lui échappait. Nous étions pourtant bien heureux !

— Oui, nous étions heureux, nous le serons encore, répondait Manuel en la serrant dans ses bras. J'ai trop long-temps souffert la tyrannie de ces gens-là. Je ne veux plus croire, je ne veux plus aimer que toi. »

Marthe ne l'entendait pas, et continuait avec découragement :

« Si tu m'avais aimée comme je t'aime, ils n'auraient jamais osé te dire cela. Ils voyaient bien que tu ne m'aimais plus.

— Je t'en conjure, ne parle pas ainsi, répondait Manuel ; je suis le plus coupable et le plus malheureux des hommes, Je t'aime et je t'ai toujours aimée. Si tu veux me sauver des passions égoïstes et mauvaises, m'arracher aux honteuses influences que je rougis aujourd'hui d'avoir subies, sois indulgente comme Dieu, oublie, pardonne, laisse-moi t'aimer, aime-moi. »

Certes des protestations d'amour et de repentir dans lesquelles les circonstances, l'exaltation du moment, la ruine

de ses espérances ambitieuses avaient une si large part,
auraient paru bien insuffisantes à un observateur de sang-
froid pour effacer de longs mois d'indifférence, suivis du
plus lâche abandon ; mais Marthe aimait comme aime une
femme quand elle a sacrifié à son amour tous les sentiments innés ou acquis auxquels se rattachait l'idée de sa
propre dignité, quand elle a abdiqué tout ce qui faisait sa
force, sa vertu, sa gloire aux yeux des hommes. Puis elle
venait de passer deux mois seule. Être seul, ce n'est pas
être enfermé loin du monde dans une cellule, ce n'est
même pas la séquestration absolue du prisonnier. Ce qui
fait la base, la vie des relations humaines, ne se mesure ni
ne se touche. Les liens qui nous rattachent les uns aux
autres sont invisibles. On passe vingt ans au fond d'un ca-
chot sans se trouver un instant seul, si pendant ces vingt
ans on conserve la certitude que vos amis aiment, prient et
gémissent en pensant à vous, et qu'ils ont besoin pour supporter votre absence de savoir que vous aimez, que vous
priez, que vous gémissez en songeant à eux. Être seul !
c'est avoir la conviction désespérante qu'il n'y a pas une
créature sur la terre dont on puisse diminuer la tristesse ou
augmenter la félicité en pensant à elle. On peut se sentir
annulé à ce point par l'isolement, qu'un enfant qui vous
sourit ou un mendiant qui vous implore excite dans votre

âme des élans de reconnaissance. Ce sourire ou cette prière
prouve que vous êtes encore quelque chose pour eux. C'é-
tait ce supplice-là que Marthe avait connu, et elle était
heureuse : elle pardonna.

Deux mois après, Manuel passait presque toutes ses
journées loin de Marthe. Il expliquait ses longues absences
par la nécessité de se créer une position. Il voyait, disait-
il, des amis qui pouvaient lui être utiles. Marthe ne le tour-
mentait plus ni par des questions ni par des reproches. Il
y avait déjà en elle un peu de la résignation et de la timidité
qui résultent d'une longue souffrance morale.

Dans les interminables méditations auxquelles elle se livrait, elle croyait trouver des mots qui devaient inévitablement aller au cœur de Manuel, et se figurait qu'il était facile de faire renaître son ancien bonheur. Dès que Manuel
paraissait, le son de sa voix, un geste, cette sorte d'atmo-
sphère indéfinissable dont nos sentiments intimes semblent
nous envelopper, arrêtaient sur ses lèvres les paroles que
tout à l'heure elle croyait magiques. Tremblante pour son
illusion, elle évitait soigneusement l'explication qu'elle appelait de tous ses vœux quelques instants plus tôt.

Un jour cependant, en voyant entrer Manuel, elle s'a-
perçut qu'il était ému.

« Qu'as-tu? dit-elle.

— Il est presque certain que je vais être nommé secrétaire d'ambassade à Rome, répondit Manuel d'un ton plus contraint que joyeux.

— Quel bonheur! s'écria Marthe. Quitter Madrid, cette horrible ville, où l'on ne trouve que du soleil, de la poussière et de l'ennui, voyager avec toi, visiter l'Italie, c'est mon rêve réalisé; mais tu n'as pas l'air heureux... Regrettes-tu Madrid ?

— Madrid ! dit Manuel avec amertume, je le déteste mille fois plus que je ne saurais le dire.

— Comment s'appelle ton ambassadeur ?

— Don Antonio Espinoz. »

Ce nom n'apprenait rien à Marthe.

« Quand partirons-nous ?

— Dans quinze ou vingt jours. »

Dès le lendemain, Marthe commença ses préparatifs de voyage. Manuel lui avait annoncé qu'il serait obligé d'aller à Guadalajara pour prendre congé d'un frère de sa mère. Marthe ne se laissa pas trop attrister par la perspective de deux jours de solitude. Elle vit partir Manuel sans grande émotion. Elle ne vivait plus que dans l'avenir, et remettait le bonheur au lendemain.

17

XXII

Manuel la quitta vers six heures du soir. Dès qu'elle fut seule, elle s'absorba dans de délicieux rêves. Elle parcourait avec Manuel Rome, Naples, Venise, Florence, toutes ces villes dont le nom était resté associé dans sa mémoire au souvenir de sa mère et à ses premières émotions de jeune fille. Florence surtout, la vieille cité où madame de Montbrun était née, où elle avait été jeune, aimée, heureuse, lui apparaissait comme la patrie de l'amour et du bonheur. Deux heures s'étaient déjà écoulées sans qu'elle s'en aperçût, quand elle entendit frapper à sa porte. Elle alla ouvrir et recula de surprise en reconnaissant Julia.

« C'est moi, ma chère Marthe, dit madame de Villa ; vous ne vous attendiez pas à ma visite. Je viens vous annoncer de grandes nouvelles. »

Marthe frémit. Elle avait tant souffert qu'elle redoutait tout.

« Votre tante est morte, continua Julia d'un ton dégagé.

— Ma pauvre tante ! s'écria Marthe.

— Morte comme elle a vécu, sans trouver l'énergie né-

cessaire pour faire son testament, ce à quoi vous devez
probablement de posséder aujourd'hui cent mille francs de
rente. L'abbé, ne sachant où vous prendre, m'a écrit pour
me demander des renseignements sur vous. Ce pauvre
abbé! vous lui avez, je crois, fait comprendre l'amour,
tant il trouve de motifs pour vous excuser, reprit Julia en
riant et en remettant une lettre à Marthe. »

Marthe ne put lire sans pleurer les mots pleins de tristesse et d'affection que l'abbé avait su trouver pour parler
d'elle. En remettant la lettre dans l'enveloppe, elle remarqua que le timbre de Madrid avait deux jours de date.

« Je savais que monsieur Belmar devait s'absenter, et je
voulais avoir la certitude de vous trouver seule, dit Julia,
prévenant la question de Marthe. »

Marthe resta quelques instants immobile et muette. A
tout prendre, il y avait plus de joie que d'affliction dans
son âme. Si elle donnait quelques regrets à sa tante, elle
songeait encore bien davantage au bonheur qu'éprouverait
Manuel en apprenant qu'il était riche, qu'il pourrait maintenant avoir des chevaux, des voitures, tout ce luxe qu'il
aimait tant.

« Eh bien! qu'allez-vous faire? dit Julia.

— Nous devons partir dans quelques jours pour Rome,
répondit Marthe.

— Vous partez pour Rome : avec qui? dit Julia en regardant Marthe avec une expression singulière.

— Mais avec Manuel, dit Marthe stupéfaite de cette
question.

— Est-ce que vous comptez l'épouser?

— Je ne sais.... comme il voudra.... qu'importe? dit
Marthe, de plus en plus surprise.

— Vous pouvez être certaine qu'il le voudra maintenant,
et puisque, après l'indigne conduite qu'il a tenue envers
vous, vous êtes capable de faire une pareille sottise, je vous
dois toute la vérité. Tenez, ma chère, lisez, dit Julia en
donnant à Marthe une lettre ouverte. Voyez ce qu'il m'é-
crivait il y a six mois. »

Cette lettre était celle dont nous avons donné plus haut
un fragment : « Merci de m'avoir fait connaître l'amour.
Jamais aucune femme ne m'a fait éprouver rien de pareil...
Ne t'afflige pas à cause d'elle. Je l'estime, je la plains ; mais
longtemps avant d'avoir deviné ton amour, il m'était devenu impossible de l'aimer.

Ces phrases percèrent le cœur de Marthe d'autant de
coups de poignard.

« Ah! mon Dieu! s'écria-t-elle, il écrivait cela à une
autre, et j'étais à lui ! »

Après ce cri, où était toute l'âme de la femme, sa tête

s'inclina sur sa poitrine, et elle resta longtemps comme écrasée par la douleur. Julia ne la quittait pas des yeux ; mais Marthe semblait avoir complétement oublié sa présence.

« Pourquoi ne m'a-t-il pas tout avoué?... Alors j'aurais peut-être pu lui pardonner, murmura-t-elle enfin.

— Lui pardonnerez-vous encore ceci ? » dit Julia en présentant à Marthe une seconde lettre.

Marthe la repoussa instinctivement ; elle ne se sentait pas la force de supporter une nouvelle torture.

« Lisez donc, dit Julia, c'est un peu plus sérieux que sa grande passion pour moi. » Et elle mit la lettre entre les mains de Marthe.

La lettre était écrite par la señora Moreno à Julia : « Nous avons enfin triomphé, disait-elle. Mon neveu a revu hier doña Carmen, et partira avant la fin du mois pour Rome. Il va se trouver dans une situation magnifique. Ce n'est pas sans peine que nous avons obtenu ce résultat : à tout ce que nous lui disions, il objectait le désespoir que ce mariage causerait à mademoiselle de Montbrun. Quoi qu'il arrive, personne n'a le droit d'accuser Manuel ; ce n'est pas lui qui l'a engagée à quitter sa famille pour venir le rejoindre. Enfin l'important, c'est de le voir débarrassé de cette lourde chaîne. »

Marthe laissa tomber la lettre. Elle l'avait parcourue sans parvenir à la comprendre.

« Qu'est-ce que cela veut dire ? dit-elle en attachant sur Julia un regard égaré.

— C'est excessivement simple, dit Julia. Don Antonio Espinoz, avec son habileté ordinaire, est parvenu à séparer sa cause de celle des ministres tombés et à rentrer en faveur auprès du nouveau ministère : on l'a nommé ambassadeur à Rome. Manuel, comme vous le savez probablement, se trouvait dans une situation excessivement fausse à Madrid par suite de ses dispositions trop prononcées à marcher sur les traces de don Antonio Espinoz en fait de conscience politique. L'occasion était donc excellente pour renouer d'anciens projets. Sa tante a travaillé de toutes ses forces contre vous, et après quelques hésitations de Manuel, il a été convenu qu'il épouserait doña Carmen, qui en est plus éprise que jamais, moyennant quoi il obtiendrait le titre de secrétaire d'ambassade. Quant à vous, on devait vous laisser à Paris au passage. Comprenez-vous maintenant ?

— Ah ! c'est trop ! c'est impossible ! cria Marthe en cachant sa tête dans ses mains. Il m'aimait pourtant. Il n'est pas méchant..... reprit-elle d'une voix étouffée.

— Il vous aimait plus peut-être que les autres femmes,

mais mille fois moins que son intérêt. Il est faible, vani-
teux et ambitieux, cela suffit et au delà pour rendre un
homme capable de tout. Vous en avez la preuve, » dit l'impitoyable Julia.

Marthe ne l'entendait pas; elle était tombée dans un
profond accablement.

Au bout de quelques instants, Julia s'approcha d'elle et
lui prit le bras.

« Ma chère Marthe, dit-elle, il est temps que vous
appreniez à voir les choses comme elles sont. De quoi
vous désespérez-vous? Vous êtes jeune, vous êtes belle,
le monde n'a à vous reprocher qu'une de ces fautes dont
une femme d'esprit comme vous peut facilement se faire
un piédestal, surtout quand elle est millionnaire. Retour-
nez en France, oubliez Manuel, qui certes ne mérite pas
de longs regrets, et recommencez une vie nouvelle. Si
vous savez vous y prendre, vous pouvez avoir encore la
plus magnifique existence qu'une femme puisse rêver.»

Au moment où Julia prononçait ce dernières paroles,
Manuel parut. Il avait manqué la diligence, et remis son
départ au lendemain. Il demeura stupéfait devant ces deux
femmes, dont l'une le regardait d'un air moqueur, tandis
que l'autre, anéantie par la douleur, n'avait pas même levé
la tête au bruit de la porte.

« Qu'avez-vous? » dit-il en s'avançant vers mademoiselle
de Montbrun.

Marthe retrouva en face de Manuel la dignité et l'énergie
qui l'avaient un moment abandonnée. Elle le regarda sans
lui répondre.

« Vous avez dû déplorer souvent mon aveuglement et
mon obstination à vous aimer, dit-elle enfin en se levant
froide et calme. J'ai bien longtemps troublé votre vie; mais
à partir d'aujourd'hui vous pouvez être heureux sans remords. Il n'y a plus rien pour vous ici, continua-t-elle en
appuyant sa main sur son cœur, rien, ni amour ni haine. »

Elle noua son chapeau, jeta un châle sur ses épaules, et
partit.

Manuel, qui sentait peser sur lui le regard ironique de
Julia, n'osa pas faire un geste pour la retenir, et resta con-
fondu.

« Qu'êtes-vous venue faire ici? s'écria-t-il avec colère
en se retournant vers madame de Villa.

— Je pourrais vous répondre que vous n'avez pas le
droit de m'interroger sur mes démarches, répliqua Julia
en s'étalant dans un fauteuil; mais je veux bien être
franche. Je suis venue chez Marthe pour lui apprendre
toute la vérité sur le passé, et aussi sur l'avenir que vous
lui réserviez. Je ne fais que mon devoir en m'occupant de

la destinée d'une parente. Quant à vous, au lieu de m'accuser, il me semble que vous devriez me remercier du service que je vous ai rendu..., car vous ne savez pas encore que Marthe a aujourd'hui cent mille francs de rente? ajouta Julia. »

Manuel la regarda avec stupeur. « Et elle est partie! murmura-t-il sans savoir ce qu'il disait.

— Cela vous étonne! dit Julia avec une intonation moqueuse. A ma connaissance, vous n'avez cependant pas fait grand'chose pour lui faire aimer l'Espagne. C'est fâcheux pour vous maintenant, j'en conviens; mais vous pouvez être sans inquiétude sur son avenir. Soyez certain qu'elle trouvera en France une foule de gens qui s'efforceront de la consoler de vos dédains, et il est peu probable que le souvenir du bonheur que vous lui avez donné les empêche longtemps de réussir.

— Je vous défends de parler d'elle ainsi! cria Manuel avec fureur.

— Comme vous vous trompiez en croyant votre amour éteint! dit Julia en se levant. Il ne faut qu'un tout petit héritage de deux millions pour le ranimer plus ardent que jamais.

— Infâme! » cria Manuel hors de lui en se précipitant vers elle.

17*

Julia ouvrit la porte, fit à Manuel un profond salut et sortit.

Quand Manuel rentra chez lui, on lui dit que sa tante l'attendait depuis quelques instants. Dès que la señora Moreno aperçut son neveu, elle s'avança vers lui avec les plus vives démonstrations de joie.

« Tous vos chagrins sont donc finis, s'écria-t-elle; une lettre de madame de Villa vient de nous annoncer que la baronne de Cernan est morte en laissant à sa nièce une ortune considérable. J'ai déjà dit à notre ami l'ambassadeur qu'il devait songer à se pourvoir d'un autre secrétaire. Quant à doña Carmen, je lui ai fait comprendre qu'elle n'aurait aucune chance de bonheur en épousant un homme dont le cœur ne pourrait jamais être à elle tout entier. Il ne te reste plus qu'à te marier, à voyager pendant quelques mois, et à nous ramener ta femme, que nous recevrons à bras ouverts. »

Manuel resta devant sa tante stupide de désespoir. Tout lui manquait à la fois.

Le lendemain, Julia se précipita vers neuf heures du soir, dans la chambre où Manuel se livrait à de sombres méditations, au milieu d'une foule de lettres déchirées adressées à Marthe, que, bien entendu, il croyait adorer depuis qu'elle était à jamais perdue pour lui.

« Pardonnez-moi le mal que je vous ai fait. Je ne pouvais supporter l'idée que d'autres femmes comptaient dans votre vie. J'ai tant souffert! J'étais folle, s'écria Julia en se jetant aux pieds de Manuel. »

Manuel resta impassible, bien que Julia n'eût pas négligé de rejeter en arrière l'écharpe de dentelles qui recouvrait ses magnifiques épaules.

« Il faut que vous veniez ce soir même avec moi chez madame d'Alvarez. Ma voiture nous attend à la porte, reprit Julia sans se décourager.

— Perdez-vous la tête? s'écria Manuel en la repoussant.

— Mais vous ne savez donc pas que vous êtes la fable des salons de Madrid, qu'on vous couvre de ridicule, que tout le monde se moque de vous?

— De moi! cria Manuel, dont la figure se bouleversa. Et que dit-on?

— Demandez plutôt ce qu'on ne dit pas. Les uns vous représentent courant la poste sur la route de France, à la poursuite de votre maîtresse et surtout de son argent. D'autres soutiennent que doña Carmen vous a fait chasser par ses laquais. Plusieurs enfin prétendent que vous êtes allé cacher votre humiliation et votre désespoir au fond d'un couvent de trappistes. Enfin il n'y a pas de moqueries,

d'épigrammes, d'inventions absurdes, qui ne circulent sur
vos deux mariages manqués.

— Je saurai bien les faire taire, s'écria Manuel au comble de la fureur.

— Il n'y a qu'un moyen : celui que je vous propose.
Montrez-vous dans le monde, affectez le calme et l'insouciance, et vous leur imposerez silence à tous. Manuel, continua Julia d'une voix suppliante en joignant les mains, je
sais bien que tu ne m'aimes plus, tu me l'as cruellement
prouvé; mais moi, je t'aime plus que mon orgueil, plus
que tout. Si Marthe avait eu mon cœur, tu ne serais pas
seul et abandonné aujourd'hui. Laisse-toi guider par moi.
Sers-toi de moi contre ceux qui t'accablent. Tu me repousseras ensuite si tu veux, quand je te serai devenue inutile. »

En ce moment, un peintre eût volontiers pris Julia pour
modèle d'une Madeleine agenouillée devant le Christ en
croix.

Le même soir, Manuel et Julia entraient ensemble dans
le salon de la marquise d'Alvarez, et on répétait tout bas
autour d'eux que Manuel avait rompu son mariage avec
doña Carmen et laissé partir Marthe, par amour pour madame de Villa.

Julia était une de ces femmes qu'un amant ne quitte
pas impunément. Avoir ruiné l'avenir de Manuel en le

brouillant avec ses deux rivales, l'avoir humilié en face, ce n'était pas à ses yeux une vengeance suffisante. Pour laver l'affront qu'elle avait subi le jour du jeudi saint, il lui fallait un triomphe public et la vie entière de Manuel. Un quart d'heure et un peu d'adresse lui suffirent pour obtenir ce qu'elle voulait.

A partir de ce jour, Manuel devint son esclave très-soumis. Elle sut lui inspirer la prétention de passer aux yeux du monde pour l'unique possesseur de son cœur. Sa coquetterie rendait cette domination si difficile, que la vie de Manuel se consumait dans des jalousies, des querelles, des tracasseries sans fin.

Les choses allèrent ainsi jusqu'au jour où une lettre anonyme apprit à Juan les relations de sa femme avec Manuel. Il les surveilla et surprit Julia au moment où elle entrait chez monsieur Belmar. Juan avait une de ces âmes droites et honnêtes dans lesquelles il n'y a pas d'alliance possible entre l'amour et le mépris. Devant la trahison d'une femme qui avait eu jusque-là toute sa confiance et d'un homme qui l'appelait son ami, un profond sentiment de dégoût s'empara de lui. — Tout est fini à jamais entre nous; je vous défends de rentrer chez moi, madame! dit-il à Julia terrifiée.

Ce fut toute sa vengeance. Les tentatives de Julia pour

le revoir et le fléchir furent inutiles; Juan quitta immédiatement l'Espagne.

Cette aventure fit du bruit. L'heure de la justice sonna
enfin pour Julia; le monde la repoussa sans pitié. Manuel
mit d'abord de l'amour-propre à jouer héroïquement son
rôle d'amant dévoué, mais il ne tarda pas à le trouver intolérable. Julia était une de ces reines de salon dont toute
la valeur, tout le charme disparaît quand les spectateurs
leur manquent. La vie intime était pour elle ce que sont
les coulisses à l'acteur. Manuel dut supporter ses regrets,
ses ennuis, ses colères contre une société qui la rejetait,
et dont elle ne savait pas se passer. Tout travail sérieux
était impossible dans de telles conditions d'existence; Manuel vit bientôt s'évanouir jusqu'à l'espérance des succès
d'ambition qu'il avait si ardemment rêvés. Perdu intel-
lectuellement, il traîna une vie misérable sous le joug des-
potique d'une femme qu'il finit par détester. Au reste,
même sans Julia, les aspirations de sa jeunesse seraient
restées stériles. Quand le but est haut, fût-il égoïste, on ne
l'atteint pas sans sacrifices. Les grands hommes ont tous
su accepter la souffrance présente en vue d'un triomphe
éloigné et incertain. Ceux que la seule pensée de l'abnégation révolte sont irrémissiblement condamnés à la nullité sociale.

Qu'on ne s'imagine pas que l'amour s'éteignit immédiatement dans le cœur de Marthe : les choses ne se passent pas ainsi ; la passion survit souvent longtemps à la volonté d'aimer. Est-il bien sûr d'ailleurs que Marthe désirât arriver au calme et à l'oubli? Qui sait si, prise d'effroi devant la perspective d'une vie sans affection passionnée, elle ne s'efforça pas de retenir sa souffrance pour échapper quelques instants de plus au vide du cœur?

Six mois après son retour en Bretagne, elle passait encore des nuits entières à relire les lettres de Manuel, à s'enivrer du passé. Un matin, à la suite d'une de ces veilles fiévreuses, elle quitta sa chambre dès que les lueurs bleuâtres de l'aube eurent fait pâlir sa lampe, et se dirigea vers le bord de la mer. Elle parcourut sans émotion les lieux où elle avait été heureuse. Les objets qui l'entouraient n'avaient pas de sens pour elle. Ses pensées, son âme étaient en Espagne.

Elle s'assit au fond d'une baie, sur une falaise élevée, et regarda sans le voir le magnifique spectacle qui se déroulait à ses pieds. Peu à peu cependant, le charme tout puissant de la nature à son réveil agit sur elle, comme les rayons du soleil sur les vapeurs grises de la nuit qui flottaient encore à l'horizon. Son trouble se dissipa, et la lumière se fit dans son esprit. Il lui sembla qu'avec les âpres senteurs de l'Océan et le parfum des bois de sapins, le vent lui rapportait les vives et pures impressions de sa jeunesse.

Près d'elle se trouvait une touffe de lande en fleurs, enveloppée d'une immense toile d'araignée couverte de rosée, qui étincelait au soleil comme un réseau de diamants. Elle l'admira longtemps, puis s'abîma dans ses souvenirs. Au bout d'une heure, ses yeux se reportèrent sur la lande. Les gouttelettes d'eau s'étaient évaporées. Un tissu noir et terne voilà tout ce qui restait du brillant réseau.

Que se passa-t-il dans l'âme de Marthe pendant cette promenade? Nous l'ignorons; mais à son retour au château elle brûla depuis la première jusqu'à la dernière toutes les lettres qu'elle avait reçues de Manuel. Quand il ne resta plus de son passé qu'un peu de cendre, elle tomba à genoux devant un portrait de madame de Montbrun.

« O ma mère! s'écria-t-elle, tu as été mille fois moins malheureuse que ta fille, tu es morte en croyant à l'amour.... »

A partir de ce moment, Marthe ne rougit point d'avoir aimé, elle ne maudit point le jour où elle avait rencontré Manuel : les passions sincères ne laissent après elles ni cette amertume ni cette honte; mais, à son insu peut-être, elle voulut guérir. Son isolement absolu, l'immobilité de

sa vie dans ce vaste et morne château lui devinrent insup-
portables. Elle quitta la Bretagne et se rendit à Paris, où
elle devait retrouver le vieil abbé et George Servet.

XXIII

Trois ans plus tard, après de longs voyages, mademoiselle de Montbrun était de retour à Marseille. Appuyée sur
le bras de George Servet, elle gravissait la montagne escar-
pée qui conduit à la chapelle de Notre-Dame-de-la-
Garde.

On était en juillet. Les splendeurs de la journée s'é-
teignaient comme à regret. La ville s'endormait doucement
entre les lauriers-roses de ses bastides et sa ceinture de
navires. Les collines nues qui la dominent semblaient brûlantes encore et conservaient des tons rougeâtres, tandis
que les côtes éloignées n'offraient plus à l'œil que des
lignes grises et indécises. La mer, la mer immense, sur
laquelle le soleil près de disparaître jetait quelques traînées
de feu, servait de cadre à ce magnifique tableau.

« Nous n'avons rien vu de plus beau en Orient, dit
Marthe en s'arrêtant.

— Rien, » dit George.

Et ils demeurèrent quelques instants muets, immobiles, aspirant lentement le parfum des orangers qui fleurissent au pied de la montagne.

Puis Marthe, entraînant George par un mouvement plein d'insoucieux caprice et de despotisme féminin, monta en courant une pente rapide. Elle s'arrêta enfin, rouge, haletante, et regarda en souriant son compagnon.

Il est des heures, sous le ciel du Midi, où les cœurs jeunes partagent invinciblement l'ivresse de la nature, s'ouvrent à la vie, au bonheur, ou se brisent dans un sanglot. Arrivés au sommet de la montagne, George et Marthe s'assirent en face de la mer, et laissèrent longtemps errer leurs regards devant eux sans prononcer un seul mot. Peut-être leurs pensées étaient-elles les mêmes ; peut-être, devant ces flots qui baignaient aussi les contrées qu'ils avaient parcourues, regrettaient-ils d'avoir touché le rivage, d'avoir fait un pas vers un monde qui devait bientôt les blesser, les emprisonner, quand ils auraient pu vivre libres sous d'autres cieux, libres avec Dieu, la nature et leurs rêves ; peut-être aussi, au moment de recommencer une existence nouvelle, s'apercevaient-ils qu'ils avaient été heureux pendant les trois années qui venaient de s'écouler.

« Quand quittez-vous Marseille? dit enfin George à Marthe.

— Dans deux jours.

— Où irez-vous?

— A Paris. »

Le silence recommença.

« Pourquoi suis-je revenu en France? s'écria George tout à coup avec amertume. Qu'ai-je à faire aujourd'hui parmi les hommes? La vie errante n'est-elle pas la seule possible pour celui que nul n'attend quand il rentre, que personne ne suit du regard quand il sort? Ne vaut-il pas mieux se sentir exilé de la société des hommes que de leur cœur?

— Pourquoi parlez-vous ainsi? dit Marthe. Vous pouvez être utile aux autres et heureux vous-même.

— Vous allez donc demander au monde le bonheur?.... vous espérez le trouver? dit George en enveloppant Marthe d'un regard plein d'anxiété.

— Je suis une femme; tout est fini pour moi. Je ne peux pas, je ne dois pas vivre, dit Marthe sans quitter des yeux l'horizon, comme si elle eût craint que ses regards ne révélassent à George ce qu'il y avait de désespoir dans cet adieu éternel à la jeunesse et à l'amour. »

La nuit venait.

« L'abbé doit nous attendre, » dit Marthe.

Ils descendirent sans se parler, d'un pas morne et lent, cette même montagne qu'ils avaient gravie quelques instants auparavant avec la confiance, l'abandon, la vivacité du bonheur.

Rentré chez lui, George écrivit la lettre suivante :

« Adieu, Marthe; je ne puis être ni votre ami, ni votre frère. Demain je quitte pour toujours la France. Je vous aime.... et vous ne voulez plus vivre.

» Je comprends que trois années passées ensemble n'aient rien laissé dans votre cœur, je comprends que vous puissiez oublier l'ami qui pensait tout haut devant vous et répondait à vos propres pensées avant que vous les eussiez exprimées; mais ne voyez-vous pas ce qu'il y a d'impie dans les paroles que vous avez prononcées ce soir? Vous voulez vous ensevelir à jamais, je ne dirai pas dans un souvenir, ceux du passé sont effacés depuis longtemps, je le sais, mais dans le vide, dans le néant! — Est-ce par fausse grandeur d'âme? — Vous ne pouvez cependant pas être la dupe de l'hypocrisie officielle, et vous croire abaissée quand vous sentez votre cœur pur. — Est-ce par orgueil?.... L'idée qu'en vous aimant, en se dévouant à vous, en vous donnant son nom, on aurait quelque chose

à oublier, à pardonner, vous est-elle insupportable? Si
vous cédez à l'un de ces deux sentiments, vous tomberez
infailliblement en croyant vous élever. Ce cœur que vous
voulez fermer à toutes les joies perdra la faculté du dévouement, et s'éteindra bientôt dans son égoïste isolement.
Il est des hommes qui savent sortir d'eux-mêmes pour
laisser leur âme ouverte aux souffrances de leurs frères, et
chez qui le renoncement au bonheur personnel semble
faire jaillir une inépuisable source d'amour; mais tous ne
sont pas appelés à une si haute mission. Celui qui pourra
dire à Dieu : « J'ai rendu une de tes créatures plus heureuse et meilleure, » celui-là aura dignement rempli sa
tâche ici-bas.

» C'est le frère qui parle : relisez quelquefois ma lettre,
et ne m'oubliez pas. »

Après avoir lu ces lignes, Marthe resta longtemps plongée dans une méditation profonde.

L'abbé la surprit ainsi.

« Qu'avez-vous? » lui dit-il.

Marthe lui donna la lettre.

« Ma chère enfant, dit le vieux prêtre, qui devina le
trouble et les hésitations de Marthe, la société est restée
païenne : elle condamne sans retour celui qui tombe; mais
le chrétien sait qu'entre le juste et le damné, entre le

ciel et l'enfer, il n'y a qu'une parole : « J'ai failli. » Si vous aimez George, vous devez l'épouser. »

Marthe écrivit quelques mots, qu'elle fit porter immédiatement à George. Il arriva bientôt, pâle, tremblant, se soutenant à peine.

« Nous partirons ensemble, » dit mademoiselle de Montbrun en lui tendant la main.

FIN.

TABLE.

PARIS. — Imprimerie A. WITTERSHEIM, 8, rue Montmorency.

COLLECTION MICHEL LÉVY

Volumes parus et à paraître. — Format grand in-18, à 1 franc

A. DE LAMARTINE vol.
Les Confidences...... 1
Nouvelles Confidences.. 1
Toussaint Louverture.. 1

THÉOPHILE GAUTIER
Beaux-Arts en Europe. 2
Constantinople...... 1
L'art moderne...... 1
Les Grotesques...... 1

GEORGE SAND
Hist. de ma Vie...... 10
Mauprat...... 1
Valentine...... 1
Indiana...... 1
Jeanne...... 1
La Mare au Diable.... 1
La petite Fadette..... 1
François le Champi... 1
Teverino, Leone Leoni. 1
Consuelo...... 3
Comtesse de Rudolstadt. 2
André...... 1
Horace...... 1
Jacques...... 1
Lettres d'un Voyageur. 1
Lélia...... 2
Lucrezia Floriani..... 1
Le Péché de M. Antoine. 2

GÉRARD DE NERVAL
La Bohème galante.... 1
Le Marquis de Fayolle. 1
Les Filles du Feu..... 1

EUGÈNE SCRIBE
Théâtre, tomes I à XV.. 15
Nouvelles...... 1
Historiettes et Proverbes 1
Piquillo Alliaga,.... 3

HENRY MURGER
Le dernier rendez-vous. 1
Le Pays Latin...... 1
Scènes de campagne... 1
Les Buveurs d'eau... 1

CUVILLIER-FLEURY
Voyages et Voyageurs.. 1

Mme BEECHER STOWE
Traduction E. Forcade.
Souvenirs heureux..... 3

ALPHONSE KARR
Les Femmes...... 1
Agathe et Cécile..... 1
Prom. hors de mon Jard. 1
Sous les Tilleuls..... 1
Sous les Orangers..... 1
Les Fleurs...... 1
Voyage autour de mon Jardin...... 1
Une Poignée de Vérités. 1

CH. NODIER (Traduct.)
Le Vicaire de Wakefield. 1

LOUIS REYBAUD
Jérôme Paturot...... 1
Dern. des Com.-Voyag. 1
Le Coq du Clocher.... 1
L'Industrie en Europe. 1

Mme É. DE GIRARDIN vol.
Marguerite...... 1
Nouvelles...... 1
Le Vicomte de Launay. 4
Le Marquis de Pontanges 1
Poésies complètes..... 1
Contes d'une vieille Fille 1

ÉMILE AUGIER
Poésies complètes..... 1

F. PONSARD
Études antiques...... 1

PAUL MEURICE
Scènes du Foyer...... 1
Les Tyrans de Village. 1

CHARLES DE BERNARD
Le Nœud gordien...... 1
Gerfaut...... 1
Un Homme sérieux.... 1
Les Ailes d'Icare..... 1
Gentilhomme campag. 2

HOFFMANN
Traduction Champfleury.
Contes posthumes...... 1

ALEX. DUMAS FILS
Aventures de 4 Femmes. 1
La Vie à vingt ans.... 1
Antonine...... 1
La Dame aux Camélias. 1
La Boîte d'Argent.... 1

LOUIS BOUILHET
Melænis...... 1

JULES LECOMTE
Le Poignard de Cristal. 1

X. MARMIER
Au bord de la Newa... 1
Comment l'Amour finit. 1

FRANCIS WEY
Les Anglais chez eux... 1

J. AUTRAN
La Vie rurale...... 1

PAUL DE MUSSET
La Bavolette...... 1
Puylaurens...... 1

CÉLESTE DE CHABRILLAN
Les Voleurs d'Or..... 1

EDMOND TEXIER
Amour et Finance..... 1

ACHIM D'ARNIM
Traduct. Th. Gautier fils.
Contes bizarres...... 1

ARSÈNE HOUSSAYE
Femmes comme elles sont 1

LE GÉNÉRAL DAUMAS
Le grand Désert...... 1

H. BLAZE DE BURY
Musiciens contemporains 1

OCTAVE DIDIER
Madame Georges...... 1

FÉLIX MORNAND
La Vie arabe...... 1

ADOLPHE ADAM
Souvenirs d'un Musicien 1

JULES DE LA MADELÈNE
Les Âmes en peine. ... 1

MARC FOURNIER
Le Monde et la Comédie. 1

EMILE SOUVESTRE vol.
Philosophe sous les toits. 1
Confessions d'un Ouvrier 1
Au coin du Feu...... 1
Scènes de la Vie intime. 1
Chroniques de la Mer... 1
Dans la Prairie...... 1
Les Clairières...... 1
Scènes de la Chouannerie 1
Les derniers Paysans,.. 1
Souvenirs d'un Vieillard, 1
Sur la Pelouse...... 1
Les Soirées de Meudon. 1
Scènes et Récits des Alpes 1
Les Anges du Foyer.... 1
L'Échelle de Femmes... 1
La Goutte d'eau...... 1

LÉON GOZLAN
Les Châteaux de France. 2
Le Notaire de Chantilly. 1
Polydore Marasquin... 1
Nuits du Père-Lachaise. 1
Le Dragon rouge...... 1
Le Médecin du Pecq.... 1
Histoire de 130 Femmes. 1
La Famille Lambert.... 1

THÉOPHILE LAVALLÉE
Histoire de Paris..... 2

EDGAR POE
Traduct. Ch. Baudelaire.
Histoires extraordinaires 1
Nouv. Hist. extraordin. 1
Avent. d'Arthur Gordon Pym...... 1

CHARLES DICKENS
Traduction A. Pichot.
Le Neveu de ma Tante. 2
Contes et Nouvelles... 1

A. VACQUERIE
Profils et Grimaces.... 1

CHARLES BARBARA
Histoires émouvantes... 1

A. DE PONTMARTIN
Contes et Nouvelles.... 1
Mémoires d'un Notaire. 1
La fin du Procès...... 1
Contes d'un Planteur de Choux...... 1
Pourquoi je reste à la Campagne...... 1

HENRI CONSCIENCE
Traduct. Léon Wocquier.
Scèn. de la Vie flamande 2
Le Fléau du Village.... 1
Les heures du soir..... 1
Les Veillées flamandes.. 1
Le Démon de l'Argent.. 1
La mère Job...... 1

DE STENDHAL (H. Beyle)
De l'Amour...... 1
Le Rouge et le Noir.... 1
La Chartreuse de Parme. 1

MAX RADIGUET
Souv. de l'Amér. espagn. 1

PAUL FÉVAL
Le Tueur de Tigres.... 1
Les dernières Fées. ... 1

MÉRY vol.
Les Nuits anglaises..... 1
Une Histoire de Famille 1
André Chénier...... 1
Salons et Souterrains de Paris...... 1

ÉDOUARD PLOUVIER
Les dernières Amours.. 1

GUSTAVE FLAUBERT
Madame Bovary...... 2

CHAMPFLEURY
Les Excentriques...... 1
Avent. de Mlle Mariette. 1
Le Réalisme...... 1
Premiers Beaux Jours. 1

XAVIER AUBRYET
La Femme de 25 ans... 1

VICTOR DE LAPRADE
Psyché...... 1

H. B. RÉVOIL (Traducteur)
Harems du Nouv.-Monde 1

ROGER DE BEAUVOIR
Chevalier de St-Georges 1
Aventurières et Courtisanes...... 1
Histoires cavalières.... 1

GUSTAVE D'ALAUX
L'empereur Soulouque et son Empire...... 1

F. VICTOR HUGO (Traduct.)
Sonnets de Shakespeare 1

AMÉDÉE PICHOT
Les Poètes amoureux... 1

ÉMILE CARREY
Huit jours sous l'Équateur 1
Les Métis de la Savane. 1
Les Révoltés du Para... 1

E. FROMENTIN
Un Été dans le Sahara.. 1

XAVIER EYMA
Les Peaux-Noires...... 1

LA COMTESSE DASH
Les Bals masqués...... 1
Le Jeu de la Reine.... 1

MAX BUCHON
En Province...... 1

HILDEBRAND
Traduct. Léon Wocquier.
Scèn. de la Vie holland. 1

AMÉDÉE ACHARD
Parisiennes et Provinciales...... 1
Brunes et Blondes..... 1
Les dernières Marquises 1
Les Femmes honnêtes.. 1

CHARLES DE LA ROUNAT
La Comédie de l'Amour. 1

ALBÉRIC SECOND
A quoi tient l'Amour... 1

Mme BERTON (née Samson)
Le Bonheur impossible. 1

NADAR
Quand j'étais Étudiant. 1

JULES SANDEAU
Sacs et Parchemins.... 1

LOUIS DE CARNÉ
Drame sous la Terreur. 1

Paris.—Typ. de Mme Vve Dondey-Dupré, rue Saint-Louis, 46.

www.ingramcontent.com/pod-product-compliance
Lightning Source LLC
Chambersburg PA
CBHW071843020726
47502CB00003B/581